U0923561

Robert
Walser

[瑞士]罗伯特·瓦尔泽 著
次晓芳 译

唐纳兄妹
Geschwister Tanner

上海译文出版社

第一章

某日清晨，一名稚气未脱的年轻男子走进一家书店，恳请别人把他介绍给书店老板认识。他如愿以偿了。上了年纪的书店老板看起来十分严肃，目光锐利地打量着站在他面前略显拘谨的年轻人，要求他讲出来访事由。“我想成为一名售书员，”这位年轻的新手称，“我对此非常向往。我不知道有什么能够阻止我实现这一愿望。我向来都把售书设想成一件令人着迷的事情，我不知道自己为什么明明迫切向往这样的美好，却一直被迫置身其外。您看，先生，我觉得此刻站在您面前的我是那么适合把书从您的店里销售出去，销量一定如您所愿。我是天生的销售员：殷勤礼貌，反应敏捷，彬彬有礼，动作迅速，说话干脆，处事决断，精通计算，认真周到，老实诚恳，但绝不是我表面看上去的那种愚昧的老实。我会给囊中羞涩的穷大学生降低价格；卖给富人时，我又会抬高价格，以便为他们效劳，令他们心满意足。因为我有理由相信，富人有时候并不知道怎样处理他们的财富。尽管我还很年轻，但我自认懂得识人，此外我也爱我身边的人，即便他们千差万别，姿态各异；而我绝不会利用我对人的了解去诓骗他人，同样也未曾想过要过分照顾穷困之人而使您的书店利润受损。简而言之：我会令对他人的仁爱与理智的业务销售达到一定的平衡。于我而言，这种理智就像一颗饱含爱意的心灵一样必不可少。我做人待事会很有分寸的，这一点我可以提前向您保证。”

书店老板认真而好奇地注视着这位年轻人。他似乎对自己面前这位口齿伶俐的年轻人是否给他留下好印象有所疑虑。他不知道如何做出准确的判断，显得有些不知所措。出于这种尴尬，他轻声问道："年轻人，我可以向您打听，您曾在哪个合宜之处高就吗？"年轻人接过话头答道："合宜之处？我不知道，您所谓的合宜之处是指什么！我觉得，您什么都不打听的话会比较合适。该向谁打听呢，这样做的目的又是什么？可能会有人告诉您关于我的一切情况，但是仅凭这些就能够使您心满意足，内心平静吗？即便有人告诉您我的情况，您又会了解到我的什么呢？譬如有人告诉您说，我的出身不错，我的父亲受人敬仰，我的兄弟们都是精明能干、前途无量的人，而我自己也是可造之才，稍微有些轻浮，但仍然前途光明。这样一来，人们可能会对我稍加信任，然后呢？您对我仍然一无所知，也没有任何理由让您变得心安些，使您录用我在您的书店做售书员。不，先生，通常情况下，打听来的消息毫无用处。倘若我能擅自给您——这位在我面前的老先生一些忠告的话，我会劝阻您打听任何关于我的消息。因为我知道，如果我有办法欺骗您，或者骗取您寄予在我身上建立在打听到的消息之上的希望时，我会想方设法地让那些虚假的消息更加动听。因为那些消息只有片面的对我的赞美之词。不，尊敬的先生，如果您想雇用我，那么我请求您展现出比那些与我打过交道的老板更大的勇气，仅凭我给您的印象来录用我。此外，如果您真的去打探有关我的消息，而且收集到的都是真话，听起来只会不堪入耳。"

"这样啊？为什么会这样呢？"

"我在任何地方待一阵子，"年轻人继续说道，"不久后都会再换个地方，因为我不甘心将我的青春朝气囿于狭小沉闷的写字间里，即便所有人都认为，比如说银行职员的写字间，是最舒适的办公场所。迄今为止还没有人辞退过我，我总是单纯地想离开岗位便离开，想放弃工作便放弃。尽管这些岗位会对我今后职业生涯的发展，以及天知道到底会怎样的前途有所助益，但是倘若我继续待在那里，我一定会被折磨致死。之前和我共事过的同事经常对我的离职表示惋惜，抱怨我的所作所为，预言我前途不顺，但是另一方面出于礼貌，他们还是会对我今后的人生致以祝福。在您这里（年轻人的声音突然变得极其真诚），老板先生，我一定会坚持工作数载。无论如何，许多事情都证明您有理由试用我。”书店老板说：“我喜欢您的坦率。我会让您在书店进行为期八天的试用。倘若您适合这份工作，并且打算继续留在这里，那我们之后再讨论接下来的事宜。”老先生说着按响了传唤电铃，这些话也意味着这位年轻的求职者可以暂时离开这里了。随后，一个身材矮小、戴着眼镜、上了年纪的男人，仿佛是沿着电流迅速飘到了这里。

“请您给这位年轻的先生安排一份工作！”

戴眼镜的男人点点头。就这样，西蒙成了书店的助手。是的，他名叫西蒙。

在此期间，西蒙那位定居在首都并在当地赫赫有名的哥哥，克劳斯医生，对他年轻弟弟的所作所为感到担心。他是一个温文尔雅、尽职尽责的好人。他很希望看到他的弟弟们如他这位长兄一般，在生活中拥有一份稳定的、受人尊重的工作。但是事实上情况并未如他所愿，至少目前看来是这样，甚至恰恰相反，以致克劳斯医生开始心生愧疚。比如，他对自己说：“我本该成为那个早有一切理由必须引导弟弟们走上正轨的人。而我迄今都没能履行这一职责。我怎能对这些以及其他职责忽视至此呢。”克劳斯医生了解成千上万大大小小的责任，有时他给人一种感觉，似乎他渴望肩负起更多。他属于那类人，他们出于某种对履行职责的渴望，全身心地投身于一座几近坍塌、由无数繁琐而艰辛的义务构建的大楼，这或许是出于一种恐惧，他们害怕自己会疏忽一种神秘的、几乎不能被察觉到的义务。由于这些未履行的职责，他们数小时地坐立难安，却没有想过，第一个去承担的人会面临一项接一项的新义务。他们认为，当他们因这些责任而感到恐惧或不安时，他们似乎就已经完成了某种责任。如果他们能用一种不那么焦虑的心态对此进行思考的话，会发现自己容易把精力聚集在很多其实与他们毫无瓜葛的事情上。同时，他们也乐意看到其他人像他们一样焦虑。他们习惯向无拘无束、身无责任之人投以嫉妒的目光，然后斥责他们是轻浮草率之人的同类，因为他们是那么优雅地高昂着头颅过完一生。克劳斯医生常常强迫自己保持一种微不足道的、知足常乐式的无忧无虑的状态，但他最终还是会退回到灰暗阴郁的义务之中，他在义务的牢笼中饱受煎熬，犹如身陷囹圄。当他还年轻的时候，他或许有过冲破这一牢笼的愿望，但是他的身上缺少那股力量，没法将那些看起来有催促告诫作用的义务置之不理，抛诸身后，然后面带抛弃者的嘲笑继续前进。抛弃？噢，他从不抛弃任何东西！他觉得，倘若他想尝试着抛弃什么，他定会遍体鳞伤，这对他来说是一件极其痛苦的事情。他从不丢弃任何东西，他愿意消耗年轻的生命去钻研什么东西不值得研究、检验，什么东西不值得被爱以及被重视。他毕竟长大了，不再是一个没有感情或者缺乏想象的人了，所以他经常对自己不履行义务、甚至为此感到有些幸福而大加指责。而这又是另一种新的不履行义务的表现，这恰好也证明了一切尽职尽责的人永远不会成功履行他们所有的义务，是的，同时也证明了可能对他们而言，最容易的莫过于对首要义务视若无睹，然后等到日后，甚至为时已晚的时候再去怀念它们。当克劳斯医生回忆起他身上消失的美好幸福的时候——与一个出身无可指摘的年轻可爱的姑娘结合在一起的幸福，他不止一次为自己感到悲伤。在他为自己感到悲哀的这段时期，他给自己深爱的弟弟，那个在世上的所作所为让他深感不安的西蒙，写了一封信，内容大致如下：

> 亲爱的弟弟。你似乎完全不愿意写信透露自己的近况。或许是因为你过得不好，所以你才不写信。一如既往，你还是没有一份稳固的工作，我不得不从陌生人那里获得你的消息，这真令我遗憾。似乎我再也不应该期待从你身上得到一些真实的信息了。相信我，这会伤害到我。现在有很多事情让我觉得不舒服，难道那个被我抱以诸多期许的你，也一定要对我由于诸多因素原本就不太愉快的情绪继续火上浇油吗？我依然希望，如果你哪怕还有一丁点爱着你的哥哥，就不要让我长时间在你身上寄予无谓的希望。努力去做些什么吧，让别人在某一方面或多或少地能够继续相信你。如我所想，你有天赋，头脑清醒，还很聪明。你所有的外在表现总是反映出你内心善良的本质，这一点我向来都知道。可是为什么对各种社会建构了如指掌的你这么没有毅力，如此迅速地一再转移到其他事物上呢？你一点都不害怕自己的所作所为吗？我猜测，你的身上存在一股力量，可以让你忍受不停更换职业这种对世界毫无意义的事情。如果我是你，我早就会怀疑自己。在这一点上，我真的无法理解你，但也正是基于这个原因，我绝不会放弃希望。我希望看

到，在你积累足够的经验并且明白在这个世界上没有耐心和好的意志力终将一事无成的道理之后，你会精力充沛地踏上工作岗位。你一定也想有所成就。至少我还从未见识过如此没有抱负的你。我的建议是：坚持，在一份严苛的工作中坚持三四年，服从上司，向世人展示你可以有所作为，但同时你也是个有个性的人。这样一来，倘若你有兴趣前行的话，康庄大道就会为你铺平，引领你穿越整个熟知的世界。如果你真的有所作为，如果你对这个世界有所价值，那么你会以完全不一样的方式重新认识这个世界和世上的人。那么我觉得，相比业已洞悉一切有关生活与事业的踪迹，却仍囿于狭小书房里的学者，你会对生活更加满意；而根据我的经验来看，学者在工作室里并不感到心情舒畅。现在，你还有机会成为一名出色能干的商人，你还完全不知道商人可以在怎样的程度上，将他的生活安排成至为富有生气的样子。目前的你，不过还在蹑手蹑脚地绕过生活的拐角，钻过生活的夹缝：这一切都该停止了。或许我本该早一点，更早一点介入此事，我本该用更多的行动，而非苍白无力的劝诫性话语来帮助你努力进取，但考虑到你的自尊心令你每时每刻都只想自己帮助自己，也许我只会伤害到你，而不能够真正地说服你。你最近这段日子都在做些什么？和我讲讲吧。或许看在我因你而忧心忡忡的分上，我值得你对我敞开心扉。我自己究竟是一个怎样的人，一个别人需要提防着不能太亲近信赖的人吗？于你而言，我是一个令人害怕的人吗？我身上有什么是别人要回避的？或许因为我是“长兄”这种状况，我比你年纪大，并且知道的东西也比你多？我知道，如果能够重返青春、变得不理智以及无知的话，我也会很高兴。亲爱的弟弟，使我高兴不起来的是如何为人。我不幸福。可能对我而言，幸福已经为时已晚。我现在已经到了这样一个年纪，还没有成家，对幸福生活也有着迫切的渴望，也想拥有一位年轻女人为我操持家务的幸福。兄弟，爱着一个姑娘是一件美好的事情。但是，我却失败了。不，你完全不必害怕我。我是一次次寻找你的人，给你写信的人，希望能够收到你亲切而不见外的回信的人。或许你现在比我富有，你有更多的希望以及更多怀揣这些希望的权利。你有目标，有前途，而这些是我从未梦想过的。我对你的了解已经不再全面充分，可分别数年后又怎么可能做到这一点呢。让我重新了解你，我请求你一定要写信给我。或许我还会目睹所有兄弟都生活幸福的场景；无论如何，我都很乐意了解你的近况。卡斯帕尔在做什么？你们还互相通信吗？他的艺术生涯怎样了？我也想知道一点关于他的消息。兄弟，再见。或许不久后我们就会继续通信。你的克劳斯。

八天后的傍晚，西蒙走进老板的办公室，发表了如下言论："您让我失望了，请您不要做出这样一副吃惊的样子，今天我会离开您的书店，这一点是不会改变的。我请求您付清我的工资。请您容我把话说完。我非常清楚自己要的是什么。这八天来，卖书这整件事让我厌恶至极。其主要内容是，从早到晚站在桌旁，因为桌子于我的身形而言太小，我只能弓着腰，像最勤恳的抄写员一样笔耕不断，从事着一份与我的精神并不相符的工作，而窗外却闪烁着冬日里最柔和的日光。与在这里做着别人剩下才留给我的工作相比，老板先生，我完全可以胜任其他工作。我本以为，我可以在您这里卖书，为举止优雅的人服务，鞠躬，在顾客准备离店的时候用法语说声

‘再见’。我还以为，我会有机会洞察售书业的神秘本质，了解商业的运作模式，看清楚这个世界的面貌。但是，我什么都没有体验到。难道您认为，我的青春糟糕到需要我在一家一无是处的书店里破坏并扼杀它吗？譬如，如果您认为一个年轻人的脊背是用来压弯的，那么您就错了。您为什么没有给我安排一张令人满意的、体面的、适合我的坐椅桌或者站桌？没有气派些的美式书桌吗？我认为，雇主要知道如何把雇员妥善安置。您似乎并不懂得这一点。天知道，年轻的新手被要求拥有一切可能的品质：努力、忠诚、守时、老练、沉着冷静、谦虚、有分寸、有明确的目标，谁知道还有些什么。但谁曾想过要求老板拥有任何一种美德品质呢。我应该把我的精力、我的兴趣、自娱自乐的乐趣以及做事能力突出的天分抛至一张陈旧而狭窄的书店书桌旁吗？不，在做这件事之前，我可能先会有参军的想法，完全出卖我的自由，仅仅为了彻底不再拥有自由。尊敬的先生，我不想成为某些只剩下一半事物的主人，我情愿成为一无所有之人，那样至少我的灵魂还属于我。您会认为，如此激动地讲话有些不合适，这里也不是适合谈话的场所：好吧，那么我闭嘴，您付我应得的工资，然后我将永远不再出现在您面前。”

听到这个安静腼腆的年轻人，这个曾经在这里勤勤恳恳工作了八天的年轻人，此刻正以这样的方式讲话，年事已高的书店老板十分吃惊。在相邻的办公室里，五个职员和精算师挤在一起，偷听着这一幕。老先生说：“西蒙先生，要是猜到您会这样，我会谨慎考虑是否给您提供一份店内的工作。看来您实在是反复无常。只是因为一张书桌不合您意，您就立马否定了一切。您究竟来自这个世界的什么地方？那里还有像您这样的年轻人吗？您看看自己，您是怎么站在我这位年长者面前的。您或许自己也不知道，您那不成熟的大脑究竟想要些什么。好吧，我不会阻止您离开这里，这是您的工资，但是坦白说，这令我很不快。”老板付了西蒙工资，西蒙拿着钱走了。

他回到家中，看见桌子上放着哥哥的来信。他读完信后，陷入了沉思：“他是一个好人，但我不会给他回信。我不知道如何描述我的现状，再说它也不值得付诸笔墨。我没有理由抱怨，也不至于为此欢呼雀跃，唯独只有保持缄默。他在信里说的都是事实，所以我也只是把它当作事实而已。他在信中说到他不幸福，这一问题只能靠他自己去解决，但是我根本不相信他有那么不幸福。只是在信里看起来这样而已。人在写信的时候会急于写出一些欠考虑的言语。灵魂总会在信中发声，通常也会出丑。所以我情愿不写信。”这件事情就这样了结了。西蒙有许多想法，美好的想法。只要他思考，就会不自觉地产生美好的想法。第二天早上，日头高照。西蒙跑去职业介绍所登记。坐着办公的男人站了起来。他已经很熟悉西蒙了，总是习惯以一种略带嘲笑又亲近的熟悉感和他打交道。“啊，西蒙先生！您又来了！哪阵风把您给吹来了？”

“我来找工作。”

“您已经不止一次来我们这里找工作了，不得不说：您找工作的频率也太高了。”这个男人笑了，但是很小声，因为他不能粗犷地放声大笑。“能冒昧地问一句，您上一次是在哪里高就吗？”

西蒙回答说：“我的上一份工作是护理员，事实证明，我具备照顾病人的一切能力。为什么我一开口您就这么惊讶？像我这个年龄的人尝试不同的职业，并尝试向不同的人证明自己是有用之人，这种情况很罕见吗？我觉得我这样很好，因为我是在做一件需要某些勇气的事情。我的自尊绝不会因此而受损，相反，我因自己能够解决种种生活问题，以及在那些令大多数人退缩的困难面前毫无畏惧而感到自豪。总有人需要我，单凭这点自信，我的自尊心足够得到满足。我要成为有用之人。”

“您究竟为什么不继续做一名护理员呢?”这个男人问道。

“我没有时间在一份相同的工作上停留，”西蒙回答说，“我从来都想不通，那么多人是如何像待在弹簧床上一般在同一个岗位上待那么久。不，哪怕我活到一千岁，我也做不到这一点。相比之下，我宁愿去参军。”

“请您注意，不要把话题扯得那么远。”

“当然还有其他出路。说到参军，这不过是我随口说说罢了，我已经习惯以此来结束我的谈话。像我这样的年轻人是不会没有出路的。夏天的时候，我可以在田间帮助农民，及时把农作物收割回家，他会热烈欢迎我，并赏识我的能力。他也会给我可口的食物，因为农村人做饭很好吃。当我离开他时，他会把一些现金塞到我手里。他年轻的女儿，神采奕奕、美丽如画的女儿，会微笑着向我道别，以一种我继续漂泊时也会长时间回味的方式。即便下雨甚至下雪，只要有健康的四肢，就会无所畏惧，继续流浪也无妨。身处压抑狭小空间里的您想象不到行走在乡村大道上是何等的美好。如果路上布满尘土，那它本来便是如此，没人会一直纠结于此。随后，人为自己在森林边缘找到一块清凉之地，躺在那里，眼睛能欣赏到最美的风景，感官会以一种自然的方式得以放松，思想也能根据自己的兴致而天马行空。您会反驳我说，其他人，比如说您自己，也能在假期的时候这么做。可是假期是什么！我只能对此置之一笑。我不想和假期有任何瓜葛。我简直讨厌假期。请您不要设法安排一个带假期的工作给我。于我而言，假期没有任何魅力。如果我有假期，我会死的。我要一直与生活作斗争，直到我自己累倒在地。我既不想品尝自由，也不想品尝舒适的滋味；我憎恨自由，我抛弃自由犹如向狗抛掷一块骨头。您有您自己的假期。倘若您觉得我是站在您面前，渴望得到假期的那种人，那么您就搞错了。遗憾的是，我有充分的理由猜测，您就是这样看我的。”

“这里有一份律师助手的工作，大概一个月。合您意吗?”

“当然了，我的先生。”

于是，西蒙就在律师那里做起了助手。在那里，他的收入可观，这令他十分高兴。他觉得这世上没有比在律师事务所工作时更加美好的时候了。他愉快地结交了些朋友，白天做些简单轻松的书写工作，核算账单，做口述记录，他能很好地理解口述的内容，他的行为举止出乎意料地讨人喜欢，因而他的上司都对他关怀备至。他总是在下午喝杯茶，在办公的时候，望着明亮空旷的窗外做着白日梦。做梦归做梦，但不会把责任抛之脑后，这一点他再清楚不过。“我赚这么多钱，”他想道，“我都可以养活一个年轻的女人了。”他工作的时候，月光常常洒向窗内，这令他十分欢喜。

西蒙向他的小女朋友罗莎表述了自己如下的看法：“我的律师上司有个大红鼻子，是个独断专行的人，但我和他相处得不错。我觉得他那快快不乐、独断专行的性格是一种幽默，我很惊讶我竟能承受住他所有的、很多时候不公平的命令。有时候命令严厉一些，我反而更喜欢这样。这很适合我，总是把我抬到一定的温暖的高度，然后激起我的工作兴趣。他有一个苗条美丽的妻子。如果我是画家的话，我会很想给她画幅肖像。您要相信，她眼睛非常大，手臂也很好看。她时常在我们办公室给自己找点事做，每当这些时候，她就必定要俯视一下我这个可怜的文职助手。我害怕看到这样的女人，但同时我又很高兴。您在笑吗？很遗憾，在您面前，我总是过于坦诚直率。我希望您乐意看到我身上这一点。”

罗莎确实喜欢别人对她坦诚。她是一个引人注目的姑娘。她的双眸总闪着令人着迷的光芒，她的双唇也极其漂亮。

西蒙继续说道：“如果我每天八点去上班，我就会觉得我与所有八点开工的上班族十分相似。现代生活，简直就是一个巨大的兵营！但是这种单调又是那么美好，那么引人深思。人一直渴望某种东西，某种应该会靠近他而且很可能会与他相遇的东西。人是这样一无所有，是个十足的可怜鬼，在一切教育性、规范性和精准性的世界里感到迷失自我。我爬了四层楼，走进办公室，向每位道早安，然后开始我的工作。仁慈的上帝啊，我并不需要做出多少成绩来，我也并未被要求掌握多少知识。似乎也鲜有人知道，我还有其他方面的能力。但我现在很满足于我的雇主对我不做过多要求。我可以在工作的时候思考，我很有希望成为一名思想家。我还常常想起您！”

罗莎笑着说：“您真是个淘气包！但您继续往下说吧，我对您说的内容很感兴趣。”

“世界本就是美好的，”西蒙继续说，“我能够坐在您身旁，没有人会阻止我与您花上数小时闲谈。我知道您喜欢听我讲话。您一定认为我讲话不失优雅，然而此刻我的内心忍不住纵情大笑，因为这些话是出自我之口。但我总是下意识地让自己的想法脱口而出，比如说有时也可能是一些自我吹嘘。我有时也会很轻易地责备自己，但是倘若我有这样的机会，我甚至会感到高兴。人不应该表达所有的想法吗？倘若慢慢思索回味，就会有许多东西离我们而去。我在讲话之前，不喜欢思索太久，无论得体与否，话总是要说出口的。如果我是一个爱慕虚荣的人，我的虚荣之心就必须公之于众；若我是一个吝啬之人，我的吝啬就会从我的言谈中流露出来；如果我是正直之人，毫无疑问我的嘴里会响起正义之声。若上帝把我变成一个循规蹈矩之人，那么我就会成为我常说的那种能干的人物。我在我们的相处中很放松，因为我了解自己，也了解我们二人。倘若我在我们的谈话中表现出担忧害怕，那么我会为此感到羞愧。比如说，倘若我用言语侮辱、中伤、伤害或激怒某人，难道我不可以在接下来的言语中改善我造成的糟糕印象吗？当我看见听者脸上出现不悦的褶皱时，我会反思我说的话，罗莎，就像现在您脸上的褶皱那样。”

“这不一样。”

“您累了吗?”

“您该回家了吧，西蒙。我现在的确累了。您侃侃而谈的时候很帅气英俊。我很喜欢您。”

罗莎向她年轻的朋友伸出纤细的小手，西蒙吻了她的手，道了晚安便离去了。西蒙离去后，娇小的罗莎独自默默哭了许久。她为她所爱的人哭泣，一个满头鬈发、步履优雅、唇形高贵的年轻人，但他却过着懒散的生活。“人总是爱着不值得爱的东西，”她自言自语道，“然而人们爱别人，难道是因为想估量有没有价值吗？这多可笑。有价值的东西和我又有什么关系，我只是想拥有一个心爱的人。”之后，她就上床睡觉了。

第二章

一天，大约中午时分，西蒙小心翼翼地按响了一幢宽敞漂亮、带有大花园的房子的门铃。他感觉自己像一个乞丐在按门铃。假如他现在作为房子的主人坐在里面，或许这时他正在吃午饭，他定会懒洋洋地转身问妻子：“这是谁在敲门？一定是个乞丐！”在等待开门时，他想：“在人们的想象里，富人在餐桌前、在马车里、在穿衣服时，总有仆人为他们服务；而穷人却在寒冷的室外把大衣领拉上，忐忑不安地在花园大门前等待，就像我现在这样。穷人通常有颗怦怦直跳、忐忑不安而容易激动的心，而富人的心往往是冰冷、空荡又狂热、迟钝而又愚笨的。啊，如果这时突然有人冲到我面前，我就能松一口气了。在富人门前的等待真令人感到压抑。尽管我已有一定的社会经验，但我软弱无力的双腿怎能一直站立于此呢。”——当一位年轻的姑娘跑过来为在门外等待的西蒙开门时，西蒙确实激动得浑身颤抖。每当有人为他开门并请他入内，西蒙总会以微笑示人。现在他同样报以这样的微笑，很多人脸上都有这种微笑，它就像是一种请求。

“我想租一个房间。”

西蒙在一位美丽的太太面前摘下帽子，太太仔细打量着来人。西蒙喜欢她这样做，他觉得她理应如此，同时他发现太太对他很友善。

“您想先看看房间吗？在那儿，楼梯上面。”

西蒙请求太太一起上楼。他有生以来第一次做了一个“请”的手势。太太打开门，请年轻人看房间。

“多么漂亮的房间啊，”西蒙大吃一惊，他忍不住喊道，“这对我来说太漂亮、太精致了，可惜啊。您得知道，我并不适合住这样精致的房间。其实我非常乐意住在里面，极其乐意。可您实际上不该给我看这个房间。如果您把我从您的房子里赶出去，可能会更好些。我方才是以一种怎样的目光打量这个美轮美奂，像是为神明而准备的房间啊。有钱人的住所真是漂亮。我从未拥有过什么东西，尽管我父母对我有所期望，我仍然一事无成，也将继续一事无成。窗外的景色真美，室内的家具光彩夺目，精致的窗帘使房间有一种少女般娇柔的风格。或许我在这里可以成为一个温柔和善的人。倘若果真如此，那么就正如人们所说——环境能够改变人。能允许我到处看看房间，再在这里逗留片刻吗?”

“当然可以了。”

“谢谢您。”

“您的父母是做什么的? 我可否问一下，您刚刚表述的‘一事无成’究竟是指什么?”

“我没有工作!”

“这在我看来完全无关紧要。这往往因人而异!”

“不，我这个人没有什么前途。倘若不想让自己说假话，我本不该说这些的。好吧，那么我还是这样说: 我这个人很有前途，从不曾放弃。——我的父亲是一个贫穷但热爱生活的人，他从来不会把现在贫苦的日子和过去辉煌的时光相比较。他活得像一位二十五岁的年轻人，从不对他的处境感到忧虑。我很钦佩他，并努力去效仿他。倘若他在耄耋之年还很健壮，那么他年轻的儿子也应该一再地、乃至上百次地高昂起头，目光敏锐地观察周围的人。而我的母亲教给我和我的兄弟们如何去看待这个世界——他们都比我强，我的母亲已经去世了。”

这位好心的太太还站在那儿，发出了一声叹息。

“她是一个善良而热诚的女人。我们作为她的孩子分散在广阔的世界各处，无论何时何地聚在一起，我们总会谈起她。这样很好，您知道吗，因为我们每个人都不能够一直理解和体谅对方。我们兄弟姐妹都不大好相处，当我们在一起时，这种特性尤为明显。所以我们不常聚在一起，我们每个人都知道我们为什么不想这么做，而我们又恰如其分地爱着对方。我的其中一个哥哥是一位小有名气的学者，另一个兄弟是证券交易所的专家。还有一个兄弟，他对我来说不只是我的兄弟，因为我对他的爱远远超越了兄弟之爱。每当我想起他时，我并不会想起他是我的兄弟，而会想到他身上其他的特点。对我来说，他就是他，而不是其他任何人。我想和这位兄弟一起在您这里住下。房间是足够大，但也许不适合我们。对了，租金是多少呢？”

“您的兄弟是做什么的？”

“风景画家！这个房间收多少租金？——这么贵？当然对这样的房间来说也不算贵，可对我们来说太贵了。再说了，当我恳切地看着您，我考虑到我们两人不适合在这样的房子里进进出出，那会显得我们在这里定居一样。我们很粗笨，会让您失望的。我们使用床品、家具、衣物洗涤、窗帘、门把手及楼梯平台时，也习惯于比较粗鲁用力，这可能会吓着您。您可能会生我们的气，但或许您也会原谅我们，尝试着对更粗鄙之事睁一只眼闭一只眼，我不想让您日后对我们生气。是的，是的！您肯定会的！我清楚地知道，总的来说，我们对一切精美细腻的东西都不太尊重。我们这样的人只适合站在富人家的花园栅栏前，这会给我们自由，以便可以嘲讽一下花园里的美景。我们就是这样，喜欢嘲讽别人。再见！”

美丽的太太眼波闪烁，她突然说道：“我乐意接受您和您的兄弟。关于价钱，我听您的。”

“不不，最好不要！”

西蒙已经向楼下走去。那位太太的声音紧随其后：“请您等一等。”她快步走上前去，试图说服西蒙留下来听她说完：“您这么着急离开，是想起什么事情了吗？您看，我打算，而且也真心想要您两位留在这里。您甚至可以不付房租！这有什么关系呢？没有任何问题！您过来吧，来吧。请您跟我来这个房间。玛丽！你在哪儿？快沏些咖啡来。”

在房间里，太太对西蒙说：“我希望能进一步了解您和您的兄弟。您怎能就这样离开呢。我常常独自一人住在这幢偏僻得令我害怕的房子里。我先生是一名学者，他总是出门远行，常常扬帆出海，而他可怜的妻子几乎感觉不到他的存在。我难道不是一个可怜的女人吗？您叫什么名字？您的兄弟叫什么名字呢？我叫克拉拉，您干脆叫我克拉拉太太吧，我喜欢听这个简单的名字。您现在是不是更信任我了呢？如果是的话，我会非常、非常高兴。您不觉得我们能够一起生活并和睦相处吗？一定没问题的。您的眼神很真诚，我觉得您是一个很和善的人，我并不害怕您住在我这里。您的兄弟比您年长吗？”

“是的，他年长于我，也是一个比我好得多的人。”

“您能这么说，说明您是一个很诚实的人。”

“我叫西蒙，我的兄弟叫卡斯帕尔。”

“我的丈夫名叫阿加帕亚。”

她说这些时，脸色变得苍白，但又很快恢复了常态，朝西蒙笑笑。

西蒙写信给他的哥哥卡斯帕尔：“我们其实是少见的怪人，我们俩都是。我们在这片土地上闲荡，仿佛这个世界上除了我们，没有其他人生活似的。我们两人之间建立了一种近乎疯狂的友谊，仿佛除此之外在男人们身上找不到其他有价值的东西了。其实我们不是兄弟，而是在这世上恰好相识的一对朋友。我其实不懂友谊，也不明白你身上究竟有什么优点让我不断地想起你。我有一种感觉，你的头脑似乎马上要与我的合而为一，因为你已深深地印在我的脑海里。或许我将会在一段时间里用你的手抓握，用你的腿行走，用你的嘴吃饭。我们的友谊还包含一些神秘的东西，如果从根本上来说，我们的心原本是彼此远离的，这也不是没有可能，只是它们在行动上不能够互相远离。到目前为止，我对你不能远离我而感到很高兴，从你给我写的信上就能看出这一点，眼下我也希望自己能够被这种神秘感所吸引。这对我们来说当然很好，但我怎能如此枯燥地讲述这些呢：老实说，我觉得这样非常美好。兄弟之间难道就不会互相磨合吗？我们彼此很契合，甚至在我们互相憎恶、几乎把对方殴打致死时，我们也是彼此契合的。你知道吗，人只需用一些健康阳光的笑容，来唤起你内心的一些景象，让你黏合、描绘及装订它们，这些画作成了珍贵的回忆，这比它们的价值更宝贵。我们曾经——我不知道是由什么原因所致——是死对头。噢，我们知道如何去憎恨对方。我们的相互憎恨由我们相互给对方带来的痛苦和羞辱所引起。我可以举一个这种令人悔恨的幼稚行为的例子：曾有一次，你在餐桌上直接把一个装酸菜的盘子向我砸过来，你无法克制自己这么做，还对我说了一句：‘喂，接住！’我必须要说，那时我气得发抖。这对你来说是一个深深伤害我的好时机，然而我对此不敢反抗。我也是够蠢的，那时我抓着盘子，忍受着被羞辱的痛苦，一言不发。你还记得吗，某一天中午，那是一个寂静的、死一般寂静的中午，那时是夏天，天很热，死寂的星期天的中午，在厨房里，我踌躇地向你走来，请求你以后对我好一点。我可以告诉你，那是一种无法想象的自我克制，克制羞耻和无奈的感觉，我走到你——那个对我充满否定和鄙视的敌人面前。我这么做了，我为此感激自己。而你后来是否也因此而感激我，这对我来说完全无所谓，这只能由我来评价。你这时恐怕又要打断我来插嘴了吧，停！这是不可能的，停，不要插话！——自那以后，我和你一起共度了多少珍贵的时光啊！我突然觉得你亲切和蔼，善解人意，欢乐和幸福洋溢在我们的双颊。你作为画家画画，我作为旁观者给你意见。我们漫无目的地在广袤山脉上的草地牧场闲逛，在草地的清香中，在潮湿凉爽的清晨、在炙热的中午、在湿润美丽的落日时分跋涉。树木望向我们，云彩聚成一团——这一定是它们为没有力量去破坏我们刚刚建立的友爱而感到懊恼。晚上，我们疲惫不堪、风尘仆仆，饿着肚子回到家里，这时你突然离开了我。天知道，其实是我帮助你离开我的，仿佛我已经为此得到了一笔预付款那样尽心尽力，仿佛我很急迫地想看到你离去似的。当然，看到你出行，这对我来说是一件快乐的事情，你喜欢在广阔的世界里四处游历。这辽阔的世界其实并不大，我的兄弟。

快点来我这里吧。我可以为你安排住宿，就像为一位习惯于躺在绸缎织物上并由仆人服侍的新娘那样安排。尽管我没有仆人，但房间就像是为一位尊贵的先生而特意准备的。我和你，我们二人都被邀请住在一个华丽的卧室里，它就在眼前。在这里你也可以作画，同你在枝繁叶茂的风景中作画一样——你是有想象力的。现在马上要到夏天了，我可以为你举办一次游园会，用中国的灯和鲜花来装饰布置，以便隆重地迎接你。你来吧，请尽快来，否则我会去找你，接你过来。我的女主人会和你握手。她一直坚信通过我对你的描述，她已经很了解你了。当她认识你以后，她将不愿再多认识世上的任何一个人。你有一套像样的行头吗？请不要让你的裤腿在膝盖上直晃荡了。还有，你头上戴的那玩意儿能被称作是帽子吗？不然，你就不要出现在我面前啦。当然，这些都是玩笑话，我开玩笑而已。请让你的小西蒙拥抱你。保重，我的兄弟！希望你马上会来。”

过了几周，春天来了，空气变得湿润而柔和，周遭散发着某种香气，发出一些声响。土地变得柔软，走在上面就像是走在厚而绵软的地毯上。人们听到鸟儿的歌唱声。“春天就要来了。”感觉敏锐的人们在大街上互相打着招呼，甚至连光秃秃的房子也散发出光彩，显得色彩更浓郁了。这一切变化不过是一种众所周知的普遍现象，但人们感知到的却是全新的，这会引发翻腾的思考。躯干、感官、头脑、思想，一切都活跃着，仿佛在重新生长似的。湖光泛着暖意，湖上的桥梁有着轮廓分明的弧线。旗帜在风中飘动，人们看到旗帜飘扬，感到非常喜悦。阳光明媚，人们成群结队地来到漂亮干净的白色街道上，站在那里，贪婪地享受着温暖的亲吻。许多人把大衣都脱掉了。可以看到男人们又开始自由地活动，女人们的眼里流露出内心的欢欣。夜晚，人们又听到了流浪者的吉他声，男人和女人身边围绕着欢快玩耍的孩童。灯光在静悄悄的房间里闪烁，像烛光一样。当人们在夜间的草地上行走，可以感觉到花朵在盛开。草将继续生长，树木很快又要将它的翠绿蔓延到低矮的屋顶，遮蔽从屋内的窗子望出去的视野。森林又会变得枝繁叶茂。噢，森林。——西蒙又在一所大型贸易行工作了。

这是一幢赫赫有名的银行大楼，外观像宫殿一样高大，里面的员工男女老少有成百上千人。这些人用他们勤劳的双手书写，用计算器计算，间或也会用脑凭记忆来计算。他们用头脑思考，他们的学识使他们成为有用之人。那里有相当一部分年轻优雅的文书人员，他们掌握四到七种语言。这些人深受外国文化的熏陶，看上去更为高雅，和其余的计算人员大相径庭。他们曾出海远行，熟知巴黎和纽约的剧院，去过日本横滨的茶馆，也知晓在埃及开罗如何娱乐。现在他们在这里负责通讯工作，期待工资上涨，同时讥讽在他们眼里小而落后的家乡。其余的计算人员大多比这些年轻人更年长一些，他们像抓一根平衡木一样，牢牢抓住自己的岗位。他们常年埋头于各种计算，身穿皱巴巴的衣服。但他们当中也有些聪慧的人，或许这部分人沉溺于他们所认为的不同寻常、隐秘而可贵的爱好中不能自拔，因此过着这种远离繁华的平静生活，自得其乐。许多年轻的职员并不懂得如何以更高雅的方式消遣时光，他们大多出身于乡下的地主、旅店老板、农民以及手工工人家庭。他们来到城市里，难以适应这里精致的生活文化，感到疲累，也无法摆脱他们固有的一些粗鲁秉性。另有一些性格文静、举止温和的小伙子，与那些粗野之人形成鲜明对比。银行的老板是一个年长的、话不多的人，人们基本看不到他。他的头脑里交织盘绕着整个贸易行的所有生意运作。正如画家思考色彩，音乐家思考声音，雕刻家思考岩石，面包师脑子里都是面粉，诗人思考词句，农民想着田地的耕作一样，这位先生脑子里考虑的都是金钱。他适时想出来的一个念头，或许在半小时内就可以为贸易行赚五十万！或许更多，或许少一些，或许也赚不到钱，但可以肯定的是，有时这位先生也会在不知不觉中遭受惨重损失，而他的员工们对此一无所知。当钟声敲响十二下，他们去吃饭，直到两点回来，工作四小时，回去睡觉，之后醒来，起床吃早饭，然后和昨天一样进入大楼开始工作。没有任何人知道老板的损失，因为他们都没有时间去了解这些秘密。而那位不苟言笑、愁眉苦脸的老板坐在办公室里冥思苦想。他对职员们的工作往往只会露出一个淡淡的微笑，流露出某种诗意，表明他需要创造、设计以及制定规则。西蒙常常尝试站在老板的立场上去思考问题，但他往往又忘了这回事，等他想起时，他头脑里的各种想法概念又都消失了："他的事业是可以令他为之自豪，自觉很了不起，但他也有些不可捉摸、不近人情。为什么所有这些人，写字的，算账的，甚至正值妙龄的姑娘们都从这同一幢楼的同一扇大门里进进出出，在里面写写涂涂、算进算出、拼命死记硬背、擤鼻涕、削铅笔、手里拿着纸走来走去。他们乐意做这些吗？他们是因为生活所迫而做这些吗？他们有意识地做这些，是为了做明智的、带来成果之事吗？他们来自四面八方，一些人甚至从偏远地区乘火车而来，他们都留心着是否还有履职前出去办私事的时间。他们如此耐心，像一群无辜的羔羊，天晚时作鸟兽散，清晨又如约而至。他们从步态、声音、开门的方式上相互辨认，却彼此鲜有联系。他们都相同，却又彼此陌生。当其中一人突然去世，或者贪污，他们会用一个上午的时间对此进行讨论，然后一切恢复如常。有时会有人在写字时中风，他在贸易行'工作'了五十年之久，他从中又得到了些什么呢？五十年来，他进进出出同一道门，在商业信函中成千上万次使用同样的用语，经常更换得体的西装，常常为自己没多消耗掉几双靴子而感到不可思议。那么现在呢？你能说，他真正生活过吗？难道不是成千上万的人都这么生活吗？或许他的孩子就是他生活的意义所在，他的妻子就是他生存的乐趣？是的，很有可能是这样。我最好还是不要自作聪明地谈论这种事情，这不适合我，毕竟我还年轻。现在是春天，我可以从窗户跳出去。由于我的四肢长时间不能活动，我感到很痛苦。在春天，一幢银行大楼真是一个愚蠢的存在。银行大楼怎能出现在一片葱绿茂盛的草地上呢？我手中的羽毛笔就像一朵刚刚破土而出的鲜嫩花朵。啊，不，我不喜欢嘲讽。也许一切都必须如此，一切都有它的因缘。我觉察不到事物之间的联系，因为我太看重它们的外表。那些外在景象会令人丧失斗志：窗前的这片蓝天，传来鸟儿清脆的歌声，白云在天空中飘浮，而我却不得不写写算算。为什么我会关注云彩呢？倘若我是一名鞋匠，至少我可以给孩子们、男人和女人做鞋子。这些人会在春日里穿着我做的鞋子在草地上散步。当我看到他人脚上穿着我做的鞋子，我会感受到春天来了。而在这里我无法感知到春天，这里的一切都在干扰着我。”

西蒙歪着头思索，不禁为自己的敏感多虑而懊恼。

一天傍晚，西蒙走在回家路上，当他走上一座亮了灯的桥，看到前面有人在昂首阔步地行走。此人穿着大衣，身材颀长，西蒙欣喜而惊讶地发现此人的步伐、腿上的裤子、所戴的奇特帽子和随风飘动的头发他都颇为熟悉。这名男子腋下还夹着一个很轻的画夹。西蒙激动得浑身颤抖，他加快了脚步，大喊了一声“哥哥”，扑到前面那名男子背上。卡斯帕尔扭过头来看到西蒙，于是拥抱了他的弟弟，他们大声聊着天，往家里走去。回家的路上，他们要走一条相当陡峭的山路，山路的斜坡绵延下去，便会看到城市的花园及别墅。

对面的山顶上坐落着一些破落倒塌的城郊小屋。落日的余晖照进窗口，使窗子像闪闪发光的眼睛一般凝望着远处。这座城市位于山脚下，像一块发亮的地毯在平原上铺展开来。晚上的钟声响起，听起来和早上的钟声完全不同。山脚下城市和诸多花园边缘的湖面朦胧，美得难以用言语形容。很多灯还没有亮起，已经点亮的灯光柔和而耀目。这时人们都陆陆续续走了下来，走到蜿蜒隐蔽的路上，人们看不到其他人走过的道路，但又大约知道它们的存在。“走在漂亮的班霍夫大街上一定非常舒适。”西蒙说。卡斯帕尔默不作声地走着，他是一个相当文雅的人。西蒙想：“他走路的姿势真是端庄优雅!”终于，他们走到了房门前。“原来你住在森林边上?”卡斯帕尔笑着说。两人走进了房屋。

克拉拉·阿加帕亚看着新来的人，她疲惫的大眼睛里闪着奇特的光芒。她闭上眼睛，歪着漂亮的脑袋，看上去并没有因为见到这名年轻男子而感到喜悦，而是恰恰相反。她努力使自己显得镇定自若，像欢迎某位来客那样微笑，但她似乎又做不到。“你们上楼去吧，”她说，“今天我很累，真奇怪，我不知道自己是怎么了。”于是西蒙兄弟走到他们的房间里，月光分外皎洁。“我们根本不用开灯，”西蒙说，“我们就这样上床睡觉吧。”——这时忽然有人在敲门，是克拉拉，她站在门外说：“你们的生活用品都够吗，还缺什么吗?”——“我们已经躺在床上了，东西都够，不缺什么。”——“晚安，朋友们。”她一边说，一边推开了一道门缝，又关上门走开了。“她是一位与众不同的女士。”卡斯帕尔说。之后，两人都睡着了。

第三章

第二天清早，画家从画夹里拿出风景画，先是一幅秋景，接着是冬天的。画中各种大自然的景象活灵活现。“这些画上的风景没有我看到的多。一位画家的眼睛可以迅速捕捉到很多内容，而他的双手是如此之慢，如此之懒惰。我还能做些什么呢！我老是觉得我会发疯的！”克拉拉、西蒙和画家三人站在这些画前。他们的话很少，只有特别高兴时才说上几句。西蒙突然跳起来，跑到他的帽子旁，恼怒而粗鲁地把放在地上的帽子戴在头上，冲出门去，一边喊道：“我迟到了！”

“一位年轻人竟然迟到了一小时，这样的事情就不该发生在年轻人身上！”贸易行里有人这样说他。

“发生了又能怎样呢？”被责骂的西蒙固执地问。

“怎么，您还对此感到不满？您想怎样就怎样吧！我无所谓！”

西蒙的这种行为态度被报告到老板那里，老板决定解雇这名年轻人，他把西蒙叫到跟前，用低沉而温和的声音通知西蒙这项决定。西蒙说：

“我很高兴结束这里的工作。也许有人以为这件事情会打击到我，使我丧失勇气，摧毁我，或者对我有诸如此类的影响。恰恰相反，这件事情提升了我，人们通过这件事迎合了我，这么久以后重新给予了我希望。我并不适合做一台书写或是计算的机器。我只乐意为有礼貌的人书写和计算，并与他们打交道。我只乐意在不会伤害到我感情的地方勤奋且顺从，并充满激情地工作。我原本想，倘若某个特定的规则很重要，我也可以服从于这一规则。但是目前对我来说没有什么是很重要的。我今早迟到的时候，只感到愤怒和生气，内心并未充满责任及担忧，也没有自我谴责。至多只是谴责自己一直以来是这么一个愚蠢和胆小的家伙——当早上八点的钟声响起，我就跳起来开始出发，像一只上了发条的钟，上发条后就开始转起来。我感谢您花一番精力来辞退我，并请求您认真思考一下您到底喜欢什么样的员工。您是一位值得尊敬的、事业有成的伟大人物。但是，您瞧，我也想成为这样的人，所以您把我打发走是件好事。我今天做了不被允许之事，这反而对我们有益。在您贸易行的各个办公室里有这样那样的规定，每个办公室里的每个人都乐此不疲地工作着。这对一名年轻男子来说根本谈不上有什么发展前景。我会为能够得到固定的月薪而吹口哨欢呼，这样的工作会使我堕落、愚昧无知、胆小并停滞不前。您听到我使用这些词汇可能会感到惊讶，但您也不得不承认我说的都是事实。在这里只有一个人是真正的男人：就是您！——您从来就没有想过，在您可怜的下属们之中，可能有些人也渴望成为男人，成为有影响力、有创造力、令人肃然起敬的男人吗？我无法想象自己在这世上只是为了做一个令人不甚满意、没有什么价值的人而处于一种边缘位置。恐惧如此之大，而摆脱这种痛苦恐惧的诱惑是如此之小。我今天说出了这些，说出了这些令人觉得不可思议的话，能够说出自己一直想要表达的，我觉得这样的自己很可贵。作为老板，您在这里为自己设立了一道防线。您永远让人看不透，人们不知道该遵从哪条指令，其实根本不是在遵从，只是麻木地按照他们固有的符合正确方针的习惯去行事。这对年轻人，对习惯于舒适和懒惰的年轻人来说又是一种什么样的境况呢？您这里不需要年轻人的朝气与能力，这里不需要使一个人优秀出色的任何特质。在这里，勇气和精神、忠诚与勤奋、创造的乐趣以及渴望努力这些优点对一个人的提升没有任何帮助：甚至可以说向人们展现能力和才干是会被嘲笑的。在这种缓慢、迟钝、枯燥、值得怜悯的劳动体系中，这种志向当然会被嘲讽。您保重，我要走了——为了能够健康地工作，可以是用铁锹铲泥土，或者肩上扛几袋煤炭的工作。我喜欢那样的工作，而不喜欢不需要竭尽全力的工作。”

“您需要我给您开具一份证明吗？尽管这本不是您应得的。”

“一份证明？不，您不要为我开具任何证明。如果我不应得到证明，那么我也根本不想拥有它。从现在起我自己可以为自己颁发证明。倘若有人问起，从现在起我只用自己来证明，这会给那些智慧、有远见的人留下好印象。我很高兴没有拿到证明就从您这里离开，在您这里开具的证明只会让我回忆起自己的胆小畏惧，想起那些懒散、对自己能力的放弃，想起那些毫无用处的日子、那些想尝试解放自我、内心愤怒的下午时光、那些怀揣美好渴望的傍晚时分，尽管那些渴望同样毫无用处。我非常感谢您以这样一种友好的方式解雇我。这告诉我，站在我对面的这位先生，或许多多少少理解了我说的那些话。”

“年轻人，您太容易激动了，”老板说道，“您这是在自毁前程！”

“我不想要前程，我只想要当下！当下对我来说更宝贵。无法拥有当下的人，才会想要未来。倘若你活在当下，你就不会只考虑前程。”

“请您保重。我担心您会经历一些糟糕的事情。我觉得您这个人真有趣，因此我仔细聆听了您说的这些。否则我不会在您这儿花费这么多时间的。您可能会荒废自己的职业生涯，但或许您也会有所成就。不管怎样，祝您一切顺利！”

西蒙点点头，于是他就这样被解雇了。他站在外面的大街上，在一家蛋糕店前，他看到一名男子来来回回地踱步，看上去在等某个人，或许在等一个女人，天知道。这名男子引起了西蒙的兴趣。乍一看，此人长得相当丑陋，他长着硕大的拱形脑袋，满脸的络腮胡，眼里露出疲惫的、类似动物的神色。他的步伐显得很不自然，但不失优雅，他的衣着也精致且有品位。此人手里拿着一根黄色的手杖，看起来像一名学者，一位还很年轻的学者。整个人，正如他的行为举止一样，看上去温和而令人喜爱，让人有勇气与他攀谈，西蒙于是上前搭话。

“很抱歉，先生，我这么冒昧地和您说话。我第一眼看到您，就对您很有好感，我想认识您。这一迫切的愿望难道不是一个足够的理由，让我在宽阔的街道上主动与像您这样的人攀谈吗？您看上去在寻找某个人，或者您在广场上揣测哪个是您要等的人。这里人群熙熙攘攘，您一人寻找肯定很困难。我想帮助您，如果您能信赖我的话。请给我描述一下这个人的特征吧，她是一位女士吗？”

“的确是一位女士。”这位先生微笑着说。

“她长什么样子呢？”

“她从头到脚都穿着黑色，身材颀长。眼睛很大，即便她不再望着您，这双眼睛也会长久地驻留在您心中。她的脖子上戴着一串很大的白色珍珠项链，耳朵上戴着长长的耳环。踝骨上套着一个金色的、样式简洁的环，我是说手腕处的踝骨。鹅蛋形的丰润的脸，您马上会看到的。她的嘴唇总是紧紧抿着，这显得她不苟言笑，令人难以揣测，人们有时会对这样的嘴唇产生一些错觉。此外，她还喜欢戴一顶宽宽的、镶着羽毛的帽子，这顶帽子使她的头和头发都显得非常轻盈。如果这些描述对您来说还不够，我再告诉您，她还用一条细细的、黑色的狗绳牵着一条灰猎犬，她出门总要牵着这条狗。我就待在这个位置等您。我非常感谢您乐意帮忙，您刚才打招呼的话也令我对您很感兴趣。人群越来越拥挤，看来这里在过节日。”

“是的，我想是这样的。我一般不太关注节日。”

“为什么呢?”

“人总要走自己的路！再见！”西蒙说着，就迅速拥入密集的人群中去。他被四面八方的人推攘拥挤，身体几乎被托起来了。与此同时，他也在推搡别人，慢慢地穿过这片躯体与面庞的汪洋，这让他觉得相当有趣。终于，他来到一块小小的空地上，这里就像一座岛，与人群隔离开来。他向四周望去，突然看到了克拉拉太太，她真的牵着一条狗。自从在她那里住下以后，西蒙很少近距离地关注克拉拉，当然也不知道她还有牵着狗外出的习惯。

“有一位先生找您。”当克拉拉注意到他时，西蒙说。

“很可能是我先生，”克拉拉回答说，“您跟我来，我们一起走吧。他突然从旅途中归来，之前未给我写过只言片语，他一向都是这样。您是怎么认识他的，他怎么会委托您来找我呢？您真是一位奇特的人，西蒙。什么？您把工作给弄丢了？那么，您接下来要做些什么呢？请您走这边，这里更容易穿过去！我待会儿向您介绍我先生。”

这天晚上，大家决定去剧院。卡斯帕尔也被邀请一同前往，他在约定的时间到了剧院门口。富丽堂皇的白色建筑位于湖畔。当帷幕升起后，人们只看到一片昏暗而空旷的场地。场地很快变得生动起来，一位裸露着手臂和腿的舞蹈演员在伴随着轻快的音乐跳舞。

她身上穿着一件闪闪发光、轻盈而飘逸的舞服，舞蹈的轨迹看上去就像在空中被临摹出来一般。人们可以感受到舞蹈的纯粹优美，没有人因为女孩部分裸露的身体而有什么不纯洁的念头或想法。她的舞蹈常常会化作一种跨步的动作，但还是在舞蹈。有时，在高潮部分，女孩像被自己的动作举到了高处。当她抬起一条腿，把漂亮的脚弯起时，显得是那样自然。在场的每个人都会想：我曾经在哪里见过这样的舞蹈吧，在哪里呢？或者我只是梦到过？这个姑娘的舞蹈非常自然，且难度很大。当然，她的这种舞蹈艺术或许受过严格的芭蕾舞训练，但不是过于严格，她的舞蹈技能也许远远在其他舞者的技能和成就之下。但她自身拥有这种艺术才能——以她少女般的羞涩与纯粹的美好而令人迷醉。她向下飞翔时是那么优美，当她向上飞到一个更高的弧度时，所有人的心灵都为这种狂野又纯粹的舞姿所倾倒。在翩然起舞时，她似乎也被自己的舞姿所感染，而这种情绪使她伴着音乐又创造出新的舞姿。她的双手就像两只翩然起舞的白鸽。女孩跳舞时面带微笑，此时她内心一定是喜悦的。她的不加修饰、无艺术技巧的舞蹈恰恰令人觉得这才是最高级别的艺术。她时不时地轻快跳跃，像一只被捕猎的小鹿。她的舞姿像是在岸边拍击和喷涌的波浪，时而又像一股水光潋滟、有力的、湖中央的波浪，时而又像在挥洒一些泡沫和小石块，总是不断变换，总是充满感情。所有的观众都带着兴味甚至痛苦投入其中。一些人的眼里含着泪水，纯粹的、共情的眼泪。女孩的舞蹈结束后，人们对她大加赞赏，上了年纪、充满崇拜之情的女士们蜂拥而至，用手帕挥舞示意，把花束掷向舞台，这是多么美好的瞬间啊。“请做我们的姐妹吧。”“如果你愿意，请你做我的女儿吧，这会令我非常高兴！”女人们欢欣鼓舞，七嘴八舌地说着。这位姑娘对所有人报以微笑。成百上千的观众在台下望着孤零零站在舞台上的小个子姑娘，忘却了充当界限的隔断墙的存在。许多人弯起手臂，仿佛想要在空中爱抚女孩。手臂挥舞着、晃动着，人们大声喊着一些亲切欢快的话语，这一切令冰冷的金色装饰雕像也显得栩栩如生。他们手中拿的桂冠也戴到了某人头上。西蒙从未见过这样热闹的剧院场景。克拉拉非常高兴，又有谁在这个夜晚不是欢欣喜悦的呢。只有阿加帕亚先生静静地坐在那里，沉默不语。卡斯帕尔说："我要把这个热烈喝彩的场景画下来，一定会是一幅很美妙的画。""但是很难画啊，"西蒙说，"这种欢快的气氛，这喜悦的光芒，寒冷与温暖交织，清晰的和轮廓模糊的内容，色彩及形状，金色与深红色消隐在所有这些色彩中，还有舞台，和那小小的核心内容——舞台上神圣的姑娘，女士们的服装，男士们的脸庞，包厢座以及其他等等，真的，卡斯帕尔，这真的太难画了。"

克拉拉说："我们现在可以想象一幅静止的风景画，画里有森林、山丘以及广阔的草地，而人们却坐在这金碧辉煌的剧院里，这是多么奇妙啊。或许一切本都属于大自然。不只是外界那些大的、静止的事物，人类所创造的小的、可活动的事物也囊括其中。一所剧院也属于大自然。我们所建造的东西，也可以被称为自然，我们可以称这些为大自然的变种。人类文化是如此优秀，它也可以属于大自然，因为它是时代变迁中缓慢的创造发明，也是与大自然有联系的有生命之物。如果您把这些画成一幅画，卡斯帕尔，它也会变成大自然，因为您是在用您的思想与手指作画，而这些也是您从大自然中获得的。不，我们非常热爱大自然，经常为它着想，向它祷告——请允许我这样说。人类总要在某个地方祷告，否则他们会有灾难。如果我们能够热爱我们身边的事物，那么这种热爱就是使我们数百年来能够不断前进、使我们运用智慧与地球同步运转的一个优点。它也令我们更迅速、更虔诚地感受到生活，我们必须要抓住及利用这一优点，千百次、在千百个瞬间，这些就是我所知道的！……”

克拉拉讲得越发慷慨激昂。“我讲得有道理吗？”她问卡斯帕尔。

卡斯帕尔并未作答。他们早已离开了剧院，正走在回家的路上。西蒙和阿加帕亚先生走在他们前面。

“您给我讲些什么吧。”克拉拉恳求她的同行者。

“我有一个同行，名叫埃尔文，”卡斯帕尔陪同她边走边说，“他不是很有天赋，也许早年间他曾经是很有天赋的。尽管绘画不能带给他成功，他还是着魔一样地热爱着这门艺术。他称他所有的画作都很糟糕——它们也的确不怎么样，但他还是年复一年地致力于此。他总是把画的内容刮掉，再接着重新画。他是那么地热爱大自然，这一定是种痛苦和耻辱。因为一个理性的人不会让自己长时间地被一种事物，哪怕是大自然本身，所愚弄及折磨。当然，并不是‘艺术’本身在折磨他，而是他对艺术及世界缺乏理解力导致的痛苦。这位埃尔文和我很要好，我们两人还都是初学者时，我曾与他一起作画。我们在草地上嬉闹玩耍，在繁花似锦的树下，我总会想起那一幕‘极美’的时光。‘极美’这个词，是埃尔文在对艺术过分盲目热情时常用的一个词汇。当他置身于秀丽的风景中，那些美丽的风景会提高他的理解力。‘卡斯帕尔，看这极美的风景！’大约有上百次他都这么对我说，具体次数我已经记不清了。尽管他那时凭天分可以完成十分漂亮的画作，但他却开始无情而刻薄地批判自我。他把自己那些成功的画儿都给销毁了，再挂上些不成功的，他觉得那些不成功的才有价值。就这样，他的天赋被这种持续不断的对自己的不信任破坏了，最终，他在这种糟糕的状态下变得才思枯竭，像一泓因日晒而干涸的泉水。我常常建议他低价出售已完成的画作，而他却因我的这种‘无理要求’差点放弃了和我的友谊。他对我能够轻松随意地作画越来越感到惊奇，但他承认并尊重我的作画天赋。他希望我能更严肃地从事这门艺术，我回答说，从事艺术并想要取得成就，只需要勤奋、热情及对自然的观察。我还提醒他，对一件事情过分的‘严肃’会给这件事情带来损害。他相信了我的话，但他很难从他固有的‘严肃’中脱离出来。后来我离开了，在旅途中收到他写的信，他在信中表达了对我的思念，他对我的离开感到难过。我应该算是一个还能让他多少保持朝气和活力的人。我想回去找他，倘若不能回去的话，他便会请求我允许他跟随我一起出行。他确实来找我了。他跟着我走在后面，就像我自己的影子一般，我甚至常常冷漠、居高临下地对待他，嘲讽他。他不愿意接触女性，是的，他憎恶她们，因为他担心她们会分散自己对内心神圣任务的注意力。我对此爆发出一阵大笑，可以说我并不尊重他。他在作画方面越来越力不从心，他渐渐地沉溺于学习研究之中。我建议他不要在理论上花太多工夫，而是要让双手熟悉画笔。他尝试着这么做，当他看到我每日都在漫不经心地创作时，他会泪流满面。后来，我们计划去我的家乡做一次旅行，这您是知道的！要越过高山，再向下穿过陡峭的深谷，然后再接着爬山。于我而言，伸展四肢是一种乐趣及享受，我可以更畅快地呼吸，这些活动是对双腿的充分利用，别无其他。埃尔文却举步维艰：真的，他的身体已经在他沉溺于艺术的狂热中被摧毁了。一天，大约傍晚时分，我们站在一座高山的草地上，我们透过冷杉树的枝丫，看到了我家乡的三座大湖。埃尔文在这样壮观的景象面前大叫了一声。眼前的一切美不胜收，山下传来火车的轰鸣声，这时又响起了钟声。我们还看不到我出生的城市，但我伸手指给埃尔文看它大致所在的位置。湖水波光闪闪，被线条优美的山峰包围着，像女侯爵们穿的节日盛装一般。湖岸的景色也很秀丽，看上去仿佛在远方，又似近在眼前。就在这个晚上，我们风尘仆仆、饥肠辘辘地走回家中。我的姐姐很高兴见到我带来的这位寡言的客人。那时距现在大约有三年之久，随着时间的推移，我的姐姐与他相识相知。我可以相信，她已悄悄地对埃尔文燃起了爱火。当她看到我是如何对待她想保护的那个人时，她相当痛苦。当我用玩笑的语气讲起埃尔文，她恳求我要友好对待他、尊重他。而那个可怜的家伙也不能长时间忍受这些，一天，他起身告辞。我姐姐要求他在日记本上写了一句箴言。这一切显得很突兀，然而又是那么情意深重。他给我姐姐在书上写这些话时，或许他也曾双手托腮地沉思，在想如何许诺我姐姐一个未来。艺术能给予他些什么呢？我当时担心我的姐姐可能会把场面闹得很夸张，但她在告别时只是深情而温柔地望着他。他不能看她，他不敢这样做。他会觉得自己很可耻吗？或许会吧。或者他根本不相信会有女孩爱他，并渴望他成为自己的丈夫，因为他有一块横穿整张脸的胎记。但在我看来，这块胎记使他变得更高贵，也因这一点我总是很喜欢看他。后来，我们一起旅行，一次，他突然问我是否可以给我姐姐写信。‘这和我有什么关系？’我喊道，‘你想写的话就写嘛！’他又回家去了，回到他的教授们那里，回到那种死气沉沉、阴郁的环境中去。我很同情他，但我又很漠然地与他分开，至少我刻意向他展现我的冷漠——我并不习惯对一个值得同情的人表达温情。他后来给我写了几封信，我没有回复。他现在还在给我写信，我仍然没有回复他。他依恋着我，又感到绝望。还有回信的必要吗？他已经迷失了自我，绝对不会再有进步了，他近期的画非常糟糕。当我想起我们一起置身于大自然中的那些日子，会发现这世上真的没有人像他一样和我有过如此紧密的联系！这世上的一切是多么短暂易逝啊。你必须要创作，创作，再创作，只有这样，而不是通过同情他人，你才会感到自己的存在。”

“可怜的人，”克拉拉说，“我很同情他。我真想让他来我这里，如果他生病了，我很乐意照顾他。一位不幸的艺术家就像一位不幸的国王，得知自己失去了天赋，他内心要遭受多大的痛苦啊，我完全能够想象出来。可怜的家伙，既然您没有时间同情他，我想成为他的朋友，我会有时间的。这世上竟然还有这么可怜的人！”

卡斯帕尔第一次握住她的手，轻声说：“您真是个好人！”

森林里黑漆漆的，一切都很昏暗，房屋构成了这片昏暗中更黑暗的一片地方。西蒙和阿加帕亚在房门前等待另外两人。

“他们还没有回来。我们先进去吧。”

“我想马上上床睡觉了。”西蒙说。

当他躺在床上打算闭眼时，西蒙突然听到一声枪响。他吓坏了，一跃而起，推开窗子向外看去。“发生什么事了？”他向下喊道，但是森林里只传来他自己的回音，森林里笼罩着死一般的寂静阴森。突然，他听到楼下有一个男人的声音在说：“没什么，您睡吧。原谅我吓着您了。我习惯于夜间在森林里射击，喜欢听到枪声和森林里的回声。有的人喜欢在周围静悄悄的时候吹吹口哨，吹首曲子来解闷，而我在这种时候喜欢射击。您多穿些衣服，注意开着窗户时不要着凉了，现在夜里还是有些凉。您马上又会听到枪声，那时您应该不会再害怕了。我还要等我的妻子。晚安，做个好梦。”

西蒙重新躺下，但再也无法入睡。阿加帕亚的声音回响在他耳边，他说话的声音很平静，但这正是奇怪之处：冷冷的，听起来很客气，又有不易察觉的冰冷。在这冰冷的声音背后一定隐藏着些什么，但或许这只是因为西蒙不了解这个人的习惯。“现在这个时代怪人真是太多了，”西蒙思忖道，“生活真是无聊，所以有怪癖的人越来越多。不知不觉中，有些人就成了有怪癖的人。这个阿加帕亚也许不会自觉这种奇怪的行为有何怪异之处。有人把射击称为一种运动，也许他能够以此打消一切疯狂的念头。不管怎样，我现在要试着睡觉了。”这时他的头脑里又涌现出各种与夜晚有关的想法：他想到不敢在黑暗的房间里行走、在黑暗中难以入睡的小孩。父母使孩子对黑暗产生恐惧，之后把不听话的孩子关在静悄悄的小黑屋里，以示惩戒。孩子在黑暗中，在无边的黑暗中伸出手来四处抓，却只能触摸到黑暗。这样的黑暗会使孩子产生恐惧感，而不是带有恐惧感的孩子适合待在这无边的黑暗中。孩子的天性容易害怕，这种害怕的感觉愈来愈强烈，令人窒息的恐惧感侵袭着孩子。孩子可能想喊出声来，但他不敢这么做，而不敢行动又进一步放大了恐惧感。当人在恐惧面前不能喊出声来，恐惧感便会一直存在。孩子感觉到有人在黑暗中偷听。描述这样一个可怜的孩子，这是多么令人忧伤的事情啊。可怜的小耳朵竖起来聆听：听一些极其细微的声音。当人置身于黑暗中侧耳倾听，却什么都听不到，这比听到一些声音更令人害怕。是这样的：侧耳倾听却几乎只能听到自己的声音，于是孩子继续努力去听。有时他尝试去听，有时他突然听到了什么声音，孩子知道在无名的黑暗中如何分辨这些。当有人说：听，那么的确会有什么东西被听到。但当有人说：去听听看有声音吗，那么人的侧耳倾听有可能是徒劳的。你想听到声音，然而却什么都听不到。仔细倾听是一个孩子必须要做的事，他因为不听话而受到惩罚，被关在黑屋子。

那么设想一下，现在有人很轻地走进来。不，最好不要这样假设，还是不要这么假设了，这样假设的人会和孩子一起“吓死”。孩子们的心灵是如此娇弱，而如此娇嫩的心灵却要承受这样的恐惧！父母们，父母们，如果你们已经让孩子们体验过黑暗中的恐惧，请你们永远不要再把你们不听话的小孩关在黑屋子里了。倘若不是那样，黑暗本是令人喜爱的——

现在，西蒙已经不再害怕了，这个夜晚一定还会发生些什么。他睡着了。第二天醒来，他看到他的哥哥安静地睡在旁边，他很想亲吻哥哥一下。怕吵醒熟睡的卡斯帕尔，他小心翼翼地穿上衣服，轻轻打开门，打算走下楼梯，他在楼梯间遇见了克拉拉，看样子她已经在那里等待许久。西蒙还未来得及道早安，克拉拉便上前激动地搂住他的脖子，充满爱意地亲吻西蒙。“我也想亲吻你，因为你是他的弟弟。”克拉拉用她那轻柔、压抑、满怀喜悦的嗓音说道。

“他还在睡觉。”西蒙说。他习惯于温和地拒绝不属于他的温柔。西蒙的平静令克拉拉感到意外，她不让他离开，而是把他拉到自己身边，双手抱着他的头，亲吻他的额头与脸颊。“我就像喜欢兄弟一样喜欢你。现在你就是我的兄弟。你看！我拥有的那么少，然而又是那么多。我一无所有，我把一切都给出去了。你要躲避我吗？不，不可能，不！你的心是属于我的，我知道这一点。能够拥有你的信任，我是多么幸福啊。你爱你的哥哥，用你的优点和意志来爱他，没有人像你一样爱着他。他向我说起了你，我觉得你真好，你和他完全不同，你这个人真的无法用言语来描述。他也说，你很难被人理解，但人们可以完全信任你。亲吻我一下吧，如果你内心愿意的话，我是属于你的，你的内心是你的最可贵之处。请什么都不要说，我能理解别人为什么不懂你，其实你什么都懂。请对我再好一点，请说‘是的’。不，不要说‘是的’，这没必要，完全没必要。你的眼睛已经说出了‘是的’。我早就知道，我早就知道有人就是如此，你不要强迫自己对我冷漠。他还在睡觉？噢，不，你不要走。我还得在你面前自责一下，我是一个愚蠢的，愚蠢的女人，不是吗？”

说着，她还要继续交谈，但是西蒙以一贯的温柔姿态拒绝了她，说自己想去散步。克拉拉目送着他离开，西蒙完全不理会她的目光。“若她要我为她服务，我当然会做她的仆人。这是肯定的！”他自言自语道，“为了她的健康安好，如果需要的话，我很有可能会献出我的生命，极有可能！是的，很肯定我会这么做，为了这样一个可人儿，她是那么与众不同。总而言之，她完全俘虏了我，还有什么好继续思考的，我得思考其他事情了。例如今天早上我很高兴，我感觉自己的四肢就像精细柔软的电线。只要能感觉到四肢的存在，我便无比幸福，那时我会忘记世界上任何人的存在，既不会想某个女性，也不会想到某个男性，什么都不想了。啊，这阳光明媚的早上，森林里真美啊，自由真好。或许现在有一个人心里在想着我，也许有，也许没有。不管怎样，我心里不再想任何事情。这样的清晨通常会唤起我内心的残忍，但这不会损害什么，相反，这令我可以忘我地享受大自然。草在阳光下闪闪发光，蓝天白云太美了，真是太美了，白色的天空就像在土地上燃烧，今天的一切都变得那么柔和。倘若我想念某人，往往想念会很强烈，但我现在所在的地方更美，让我无法顾及其他。美好的清晨，要我为你唱一首歌吗？是的，你本身就是一首歌。我真想像鬼怪精灵一样大喊和奔跑，或者像那个蠢家伙阿加帕亚一样去打枪。”

他让自己倒在草地上，开始做梦。

第四章

这天早上，卡斯帕尔和克拉拉登上一艘彩色的小船，泛舟湖面。湖面风平浪静，像一面闪闪发亮的镜子。他们的船偶尔与一艘小轮船交错而过，激起一股浅而宽的波浪，接着他们从波浪中穿行而过。克拉拉身着一条雪白的连衣裙，宽大的衣袖盖住美丽的胳膊和手腕。她摘下帽子，动作优雅而随意地让头发披散下来，仰起脸向面前的年轻男子微笑。她不知要说些什么，也不想说什么。“这里的水多美啊，像蓝天一样澄净。”她说。她的额头像湖泊、湖岸及万里无云的天空一样光洁明亮。朵朵白云好似散发着芳香，穿过蔚蓝的天空，云彩的白色使蓝天变得稍许模糊，也使这种蓝色更加细腻温和、更飘忽不定，令人着迷。部分阳光穿透云层，宛若梦中的阳光。这一切令人有些许不安。风吹拂着他们的发丝与脸颊，卡斯帕尔的表情很严肃，但看不出一丝忧虑。他时而把船划得很快，时而又放下船桨，让船身摇摇晃晃地继续向前航行。他回头望向渐渐远去的城市，看到城市的塔楼和屋顶在阳光中熠熠生辉，看到勤勤恳恳的人们在桥上走着。马车和汽车接踵而来，有轨电车轰隆而过。电线发出嗖嗖声，马鞭噼啪作响，还可以听到鸣笛声，以及不知从哪里传来的巨大回响。十一点的钟声忽然在远处响起。这一天，这个清晨，这些声音及色彩都让卡斯帕尔和克拉拉感到无以言表的喜悦。一切都归为一种席卷而来的领会、声音！这一切，对像他们这样相爱的人来说，都是同一种声音。克拉拉的膝上放着一束花。卡斯帕尔脱下上衣，继续向前划船。中午时分，所有的上班族像一群蚂蚁一样从四面八方涌来，白色的桥上挤满了不断移动的黑点。当人们想到，这里的每一个黑点都长着一张嘴，要去吃午饭，定会忍俊不禁。他们一起笑出声来，感到生活中这样的场景很奇妙。这时，他们打算打道回府，他们终究也是会感到饥饿的普通人。他们离湖岸越近，那些“蚂蚁”就变得越大。下船后，他们与其他人一样，同样也成了“黑点”。他们在葱绿的树下来回散步，内心感到十分幸福。许多人好奇地观察着这对男女：女人穿着拖曳飘逸的白色长裙，而她身旁的年轻男子却显然连一条干净整洁的裤子都没有，这与她形成了鲜明对比。人们会感到疑惑不解，似乎很难通过衣物辨识他人。这时，突然有人阔步向卡斯帕尔走来，原来是他多年未见的兄弟克劳斯——多年未见，克劳斯有理由以这样的方式问候卡斯帕尔。克劳斯身后是他们的姐妹及另一位先生，大家相互问好。那个陌生人名叫塞巴斯蒂安。

这时，西蒙坐在千步之遥的一个餐馆里，餐馆空间很小，挤满了吃饭的人。形形色色的人们可以在这里吃到既便宜又快捷的饭菜。西蒙很喜欢这个谈不上舒适又不怎么雅致的地方，因为他必须考虑花销问题。餐馆由几位女士筹建，她们合计成立一个以“公民福利与节俭”为宗旨的协会。事实上，来这里的人都不得不满足于简单而清淡的饭菜。大多数时候，只要摒除内心狭隘的、小小的不满，可以说所有人都是满意的。来这里的人似乎对这里的食物都很满意，尽管这些食物不过是一碟汤、一块面包、一份肉、同样分量的蔬菜和一份很少的饭后甜点。这里的上菜服务除了比较快，就没有其他可称赞之处了。对众多饥肠辘辘的食客来说，这里的服务已经足够快了。每个人都能很快领到他们的饭菜，但大家在早早下单后的等待中还是有些许不耐烦。餐馆里，不断有人在领取食物，领到后狼吞虎咽。已经把饭菜吃得精光的人又会希望自己还没有吃完，羡慕地望着那些仍在等待的人，吞咽食物可真是一件美好的事情。他们为什么吃得这么快，狼吞虎咽真是一个荒谬的坏习惯。服务员是一些来自城郊的可爱姑娘，这些姑娘最初笨手笨脚的，但她们学会了拒绝一些要求，这样就可以有足够时间来满足那些最迫切的愿望。当那么多愿望同时出现，人总要懂得加以分辨挑选。餐馆的慈善建立者会时不时轮流来看看普罗大众如何在这里就餐。一位女士举起长柄眼镜，仔细打量着饭菜和食用它们的人。

西蒙对这些女士很有好感，每当她们来到餐馆时，西蒙都很高兴。对他来说，这些好心的女士就像来到一个满是贫苦孩童的大厅里，她们想来看看孩子们如何享用一顿盛宴。“普罗大众不就像一个个头很高、被收留的家境贫寒的小孩吗？”他内心这样喊道，“被好心而高贵的女士收留，要比被专横跋扈的人收留好得多吧？”——在这家餐馆吃饭的人们组成了一个和睦的大家庭。来这里吃饭的首先是女大学生们。——她们怎会有时间及钱财去洲际酒店[1]吃饭呢？其次是那些身穿轻便蓝色工作服，脚上蹬着靴子，留着大把胡须、嘴唇棱角分明的服务人员。他们长着一张棱角分明的嘴又有什么用呢？皇家酒店的一些客人也有同样的特征，当然，他们的胡子会修剪得圆润些，但这又能怎样？没有固定工作的女仆也会来这家餐馆吃饭，还有贫穷的抄写员、被驱逐者、无收入者、无家可归者，以及一些

---

1. 洲际酒店集团（Inter Continental Hotels Group PLC，缩写为 IHG）是一个全球化的酒店集团，成立于 1777 年，在全球 100 多个国家和地区经营。

没有通信地址的人。这里出入的还有生活作风有问题的女人，以及发型奇特、面色发青的妇女，她们的双手粗糙，目光显得放肆而又羞怯。这里的所有人，尤其是那些虔诚的终日祷告者，通常都很拘谨而彬彬有礼。所有人在吃饭时都看着其他人，他们基本不相互交谈，至多偶尔可以听到几句小声的客套话。这是“公民福利与节俭”宗旨下显而易见的福祉。这群可怜的人，他们的行为举止中流露出滑稽幽默，他们单纯、心事重重，也有放松的情绪，这些特点就像蝴蝶身上的色彩一样缤纷。在这里，一部分人的行为举止比在一些豪华居所里的人更加高雅，又有谁会知道，他是谁，他在到达大众餐馆前做过什么工作。生活不就像有人用色子筒把人类的命运如掷色子一样散落到各处吗？西蒙坐在一个小小的角落里，这是餐馆里凸出来的一个位置，他把蜂蜜和黄油涂在一块面包上吃，再喝一杯咖啡：“在这样美好的一天，我不需要吃更多。初夏湛蓝的天空透过窗子倒映在金光闪闪的食物上，这食物真是不错。只需要看看蜂蜜：蜂蜜是浅黄色，金灿灿的。这团金色放在白色的小碟子上，多么可爱，当我用刀子挖下一点儿蜂蜜，我感觉自己就像一个发现宝藏的掘金者。白色的黄油躺在旁边，接着是可口的棕色面包，最漂亮的还是小巧而干净的杯子里的深褐色咖啡。世上还有比这更诱人、更美味的食物吗？它们足以安抚我的辘辘饥肠，我可以自豪地说：我已经吃过了，那我还有何求？这世上一定有人能够使食物成为一种文化、一门艺术。我能说我就是这样的人吗？当然可以！但是我创造的艺术更朴实，我创立的文化更敏锐，因为相比那些永不知足者，我如痴如狂地享受着微乎其微的物质生活。另外．我也不愿意花太长时间吃饭，否则我会很快失去胃口。对我而言．能够一再感觉到吃饭的乐趣，这才最重要，所以我总是吃得少而精。同时，我还不断地和陌生人聊天。”

还未等西蒙结束这些喃喃自语的想法，他就看到一位白发苍苍的老者走过来，坐在他身旁的空座上。老人的脸瘦削而苍白，流着鼻涕，或者确切地说，是他鼻子上淌着一大滴鼻涕，却没有滴下来。人们会觉得这滴鼻涕迟早会滴下来，但它却纹丝不动。老人只点了一碟煮土豆，用刀仔细地、不厌其烦地把盐撒在土豆上。在此之前，他双手合十，向上帝祷告。西蒙开了一个小小的玩笑：他悄悄地向女服务员点了一块肉排，当肉排被端到这位老人面前时，看着老人诧异的神情，西蒙忍不住笑了。

“您为什么要饭前祷告呢?”西蒙很直接地问。

“因为我需要祷告。”老人回答说。

“我很高兴看到您祷告。我只是好奇，您祷告时是什么感觉?”

“年轻人，我祷告时产生很多种情感！像您这样的人是不会祷告的。现在的年轻人没有时间，也没有什么动机去祷告，这我能理解。我祷告时，只是按照我的习惯进行，这已经成了我的习惯，祷告给予我安慰。”

“您一直以来都是一个穷人吗?”

“对，一直都是。”

老人话音未落，这时，克拉拉漂亮的身影出现在这潮湿发霉、简陋而又整洁的餐馆里。拿着刀叉、勺子和杯柄的一双双手都停了下来，人们的目光追随着克拉拉的身影。所有人都张大了嘴巴，所有人的眼睛都盯着这一不适合出现在此场合的身影。她是一位完美的女子，在这一刻更是如此。在西蒙眼里，克拉拉宛若从天翩翩而降的天使，在寻找一个昏暗的简陋小屋，用她那美丽的目光给人们带来福泽。西蒙一直幻想有一个女善人，她来到贫苦人群中，而这些人除了像时刻被鞭笞一样的痛苦及担忧以外一无所有。克拉拉出现在这个“民众之家”里，就像从天外突然飞来一个遥不可及、更高等的生物一样。她吸引着这里众多腼腆的人睁大眼睛，他们呼吸加重，一只手紧握着另一只手，以便刀叉不会因为浑身颤抖而滑落。克拉拉的美让人们突然陷入了痛苦的思索，他们突然意识到，这世上除了粗鄙的工作及每日生计的烦恼之外，应该还有些其他什么是值得追求的。他们所有人在平日里几乎对克拉拉式的微笑和活力所产生的魅力不再有想象力，他们的日常生活灰暗而混沌，充满了卑微和忧虑。而他们现在被唤起了这一切——也许有些人还没有完全明白过来是怎么一回事，但他们都感到异常痛苦。这种痛苦是，人们看到一位美人，迷醉于她身上的芳香，并有了也向她微笑的想法，这简直会毁掉一个人。因此，他们不由自主地做出鬼脸，歪着脸抬头望向比他们高出许多的克拉拉——这是因为众人都坐在间隔狭窄的、被固定的矮椅子上，而克拉拉却站得笔直，她看起来在找人。西蒙静静地坐在他的角落里，目不转睛地向四处张望的克拉拉微笑。尽管餐馆很小，但克拉拉仍然没有注意到他。她的眼睛一定很难适应这里昏暗杂乱的场景，也很难注意到那个熟悉的身影。她已经有些不情愿地想要离开了，这时，她突然瞥到了西蒙，并认出他来。“您坐在这里啊，在这逼仄的小角落里。”她说着，很高兴地在西蒙身旁坐下，坐在她年轻的朋友和那位鼻子上一直挂着亮闪闪的鼻涕的老人中间。老人睡着了。这样的餐馆里是不允许睡觉的，但每天都有老人在饭后疲惫不堪，不由自主地睡着了。这位老人很可能之前在城市的街道上长时间漫无目的地徒步漫游，或许他四处打听能够让他稍微满足自己想法的工作。尽管越来越疲倦，他还是想尝试在这一天有所收获，他竭尽全力地爬上一座山，因为城市就在山上。

然而在山上与在山下一样，老人都被拒绝了，他又朝山下往回走，内心像一潭死水，精疲力竭地来到这家餐馆。这位老者是否真的像推测的那样还在找工作，是否真的还怀有工作的梦想，不管怎样，这种想法都很可悲且会令人感到诧异，可人们很容易产生这样的想法。这位白发苍苍的老人除了这家餐馆别无去处，他在这里待上个把小时，然后餐馆就会关门。他祷告，目的可能是希望他的处境不要那么糟糕，所以他说："我需要祷告。"并不是因为虔诚，而是出于可悲的自我需求，他想感受到一只安抚自己的手，感受到孩子的——比如女儿的手，轻轻地、充满安慰地在他布满皱纹的前额掠过。或许老人也有女儿——但他现在为什么孤身一人？当一个人坐在老人旁边，看着老人手托着腮，头纹丝不动地在熟睡，很容易会产生类似这样的想法。克拉拉说："西蒙，您的兄弟来了，穿着军装，还有您的姐姐和一位名叫塞巴斯蒂安的先生。"西蒙把未付的钱结清，两人一起离开餐馆。他们离开后，一名女服务员注意到了睡着的老人，姑娘推推他，用生硬而严厉的语气说："别睡了！说您呢！您听不见吗？这里不允许睡觉！"于是老人醒了。

这天的夜晚十分美好。人们在美丽的湖岸，在枝繁叶茂的树下散步。当人漫步在穿戴整洁、轻声闲聊的人群中，会感到自己仿佛置身于童话世界。整座城市仿佛在落日的光芒中燃烧，之后在落日的红霞和余晖中渐渐变为灰色，再渐渐变黑。夏日的太阳真是奇妙而迷人。湖水在昏暗中波光流动，平静的水面下方也有许多微光在闪烁。湖上的桥看起来美极了，人们走在桥上，可以看到一些深色的小船在水面划过，穿着浅色衣裙的姑娘们坐在船上。时常从一艘平稳缓慢行驶的大船上传来夜间特有的柔和声音，是有人在弹竖琴。琴声在黑暗中渐渐消失，时而又重新响起，清脆而柔和，凝重而扣人心弦，船上的琴声飘得多么远啊！也许是哪个船工在弹奏。悠扬的琴声使夜晚变得更加宽广深邃。湖岸的远处是乡村的民居，房屋里闪着星星点点的灯光，看上去像女王厚重的深色长袍上闪光的红宝石。这片土地像一位熟睡的姑娘那样安静，散发出芬芳。人们的目光穿过漆黑的夜空、穿越山和灯光，投向无边无际的远方。此时，湖也显得宽广无边，然而又被天空笼罩着。人们聚在一起，年轻人成群结队，长凳上坐满了安静的人们。这里不缺少卖弄风情的轻浮女人，当然也不缺乏目光一直追随这些女人的男士，他们走在女人身后，总是有些踌躇犹豫，然而最终又鼓足勇气，想好措辞，冲上前去和他们心仪的女士搭讪。有人在这天晚上还刻意梳洗打扮一番。

西蒙和克劳斯并肩走着，他中肯而简洁地回答着哥哥的问题，使不断询问自己的哥哥相信他并非是一个没有希望的人。他在成熟的哥哥面前用一种既骄傲又谦恭的语气讲话，哥哥在询问某些事情时仿佛是一个还未上学的小孩，但对他又充满了关爱与担忧。他们谈话时使用华丽而繁冗的词句，像脱口而出一样，克劳斯很高兴他的弟弟能恰如其分地谈论一些新的观念，而他本以为西蒙只会嘲笑它们的："我很久都未觉得你像现在这样认真严肃了！"西蒙回答说："我不习惯于表现出崇拜许多事物，我习惯于崇拜自己。因为我想，倘若命运决定，我是说，或者命运选择你去扮演一个小丑的角色，那么摆出一副严肃的表情又有什么用呢？这世上有多种多样的命运，我会向命运低头，除此之外别无他法。此外，还会有人对我提出无理要求，让我愕然而不知所措、垂头丧气地耷拉着脑袋。我已经告诉过很多人，在这种情况下我的内心感受。"——西蒙讲这些话时，语句流畅、重点突出，语气却很平缓友好，因此，克劳斯没有把西蒙的这番话当作愤世嫉俗的表现，而是他年轻的弟弟内心在探究自我与世界的关系。他坚信西蒙有才能，可也担心这些才能只是肤浅表面、儿戏一般。克劳斯希望弟弟的才能深深地根植于他体内。西蒙乖巧顺从，也拥有才干，和哥哥久别重逢之际，他激动地高谈阔论。克劳斯见到弟弟很高兴，喜悦之情溢于言表，对弟弟说了很多动听的安慰之辞。克拉拉和卡斯帕尔紧挨在一起，远远地走在他们身后。画家卡斯帕尔为美丽的克拉拉及夜晚的音乐声所沉醉，他在音乐声中幻想疾驰穿过夜晚花园的骏马，骏马背上驮着苗条而美丽的女骑手，女子的裙裾触及地上的马蹄。卡斯帕尔忍不住对这一切爆发出一阵放肆的大笑，他笑这里的人，笑这里的风景，笑他眼前看到的一切。克拉拉并没有尝试让他平静下来，相反，她喜欢这个俊朗男人的自由不羁，她是那么热爱卡斯帕尔这种狂野甚至自负的男孩天性，因为这种秉性进而会成长为男人的特征。他擅于侃侃而谈，那些话如果出自他人之口，克拉拉很可能只会感到愚蠢可笑。他的任何姿态，每一个手势、每一个举止行为、每一句言语以及他的沉默寡言，都令克拉拉感觉是如此美好。在她眼里，卡斯帕尔远胜于其他任何人，其他任何一名男子——甚至都不像凡人了。他的步伐，她应该怎样形容呢，在她看来有些好笑，然而又很庄重。这位年轻人没有丝毫的狂躁、拘谨、愚蠢或是孩子气，而是如此的沉着和热情！克拉拉看到他的浅金色鬈发在夜晚越发光泽动人，他的步伐和走路的姿势使他显得既谦逊又骄傲。想象一下，倘若这位年轻人想念着某一人，他是会怎样地朝思暮想呢。卡斯帕尔沉默下来，克拉拉一直盯着他看。在这样人潮涌动的夜晚，能仔细打量着他，这是多么美好啊。对她而言，打量着他，比亲吻他更加美妙。她伤感地看着他微张的嘴唇，他似乎没有再继续思考什么了，不，根本没有，卡斯帕尔的嘴唇抿成一种形状，就是这种形状让她感到有些忧伤。他的双眼冷静地望向远方，仿佛那里有更值得看的东西。他的眼睛仿佛在说：“我们，我们正在看一些美景，其他人的眼睛，永远不会看到我们所看到的，但你们不要因此而难过!”他的眉毛迷人地微微皱起，像在担心什么，像天使在为它的孩子们担忧。他的眼睛望向这个世界，就像随时会被伤害一样。克拉拉充满同情地说：“当然，每个人的眼睛都很容易受伤，但当我观察他的眼睛时，我突然感到那么痛苦，就像看到他的眼睛已经受伤破裂。他大大的眼睛望向远方，仿佛对一切都毫不在意，就是那么漫不经心地大睁着，它们显得那么容易受伤害!”她并不知道卡斯帕尔是否爱她，但这有什么关系呢，她是爱他的，这就足够了。是的，就是这样，她几乎要哭了。这时，西蒙和克劳斯返回来寻找其他人。克拉拉尽力控制住自己的情绪，挽着西蒙的手臂，同他一起向前走去。“让我看看你的眼睛，你的眼睛真漂亮，西蒙。看到你的目光，就像周围一切都静悄悄的，像人们在祈祷时，躺在床上一样舒适。”她对西蒙说。

克劳斯和卡斯帕尔默不作声地走着。自从几年前他们之间发生了小小的口舌之争后，他们彼此就不再说话了。自那以后，他们再没有见过面，也没有通信。克劳斯把这件事铭记于心，而卡斯帕尔只把它当作一件必然发生之事。他对自己说，有时不被自己的兄弟理解，这也在常理之中。既然它们都过去了，他便不想再回顾他认为没有意义的往事。他的行事风格是往前看，他认为再回顾过去的关系毫无裨益。克劳斯无法忍受他与卡斯帕尔之间的沉默，他开始谈论卡斯帕尔从事的艺术，鼓励他去一次意大利，在那里获得属于艺术家的成功。

卡斯帕尔喊道：“相比之下，我还是宁愿马上被魔鬼带走！去意大利！为什么要去意大利？难道我病了，需要在种有橘树和意大利五针松[1]的乡下恢复健康吗？我可以待在这儿，我觉得待在这里就很不错，为什么还要去意大利？我在意大利可以做比绘画更好的事情吗？难道我在这里不能画吗？你的意思是，因为意大利很美，我就必须要去趟意大利？难道这里不够美，那里难道会比我居住及创作的地方更美吗？在这里，我会看到无尽的美景，待我腐朽后，它们还会继续存留于世。如果我想创作，去意大利合适吗？意大利的风景比这里的更美吗？或许它们只是对画家的要求更高，所以我最好还是不要看到它们。如果我六十年后还可以画波浪，或者云彩，一棵树，或是一片田野，我们就会看到没有去意大利是不是明智的选择。我难道非得去看意大利庙宇的柱子、千篇一律的市政厅、那些喷泉、拱门、五针松和月桂树，以及意大利的民族服饰和宏伟建筑？难道每个人都要把一切尽收眼底吗？每当有人苛求我，让我去意大利，以便成为更好的艺术家，我都会情绪失控。如果我们够愚蠢的话，意大利，是一个可能会让我们落入其中的陷阱。意大利人想画画或者作诗时，他们会来我们这里吗？倘若我沉醉于曾经的意大利艺术，这对我来说有什么益处吗？仔细想来，它们难道可以丰富我的精神？不，恰恰相反。一种过时的、没落的文化难道还会很有价值？或许它的优点和辉煌胜过我们的文化，因此我已经很久没有像一只鼹鼠那样只是用鼻子去嗅一嗅，而是在触及这种文化，或者我对它感兴趣时，认真地从我唾手可得的书本中去审视它。已逝去的文化远远没那么有价值；而在人们普遍认为很糟糕的现代，我环顾周遭，往往会发现众多吸引我的画作，美景在我的眼中泛滥。在讲到意大利时，我会暴怒，气得要命，这对我们来说简直令人羞愧。

1. 五针松，意大利特有的一种松树。

当然，也有可能是我判断错误。但就算二十个凶恶的魔鬼来污染我周边的空气，向我挥动它们可憎的长柄叉，我也不会去意大利。”

克劳斯对卡斯帕尔看待事物的过激态度感到吃惊而难过。卡斯帕尔一直是这样，他的这种个性让人很难猜测怎样接近他才更合适。克劳斯握住卡斯帕尔的手，不再说话，他们来到克劳斯的房子前。

走进单调乏味的房间里，克劳斯自言自语道：“现在，出于好心，我忍不住提出了一些意见，于是我又一次失去了他。其实也有些欠考虑，因为我对他知之甚少，或许我永远不会了解他，我们的生活经历真的大相径庭。但或许未来会引导我们再聚在一起，有谁能预知未来呢。人必须等待和忍受，直到成为一个更成熟、更好的人。”克劳斯感到如此孤独，他决定再次动身，回到他工作之处。

第五章

塞巴斯蒂安是一位年轻诗人，他曾在一个小小的舞台上，在公众面前朗诵他的诗。人们都笑他朗诵时的激情与狂热。早在少年时期，他偷偷离开父母，十六岁起居住在巴黎，二十岁又返回家乡。塞巴斯蒂安的父亲是小城的音乐总指挥，赫特维西——西蒙三兄弟的姐妹也居住在这座小城。塞巴斯蒂安在那里过着无所事事的生活，他整日坐在或者躺在一个落满尘土的阁楼小房间里，在狭窄的小床上慵懒地伸开四肢。夜间，他也在这张小床上睡觉，从不肯花一点时间整理小床，以便让自己睡觉时感到舒适些。父母对他已经不抱任何希望，也不再干涉他想做的事情。他们在经济上不给予儿子任何资助，认为那样是在纵容他继续过放荡不羁的生活。塞巴斯蒂安不愿在正规的大学里读书，他常常腋下夹着一本书，或者把书放在口袋里去爬山，或是在森林里踱步，通常好些天待在外面不回家。只要天气不是太糟，他就在无人居住的破败小茅屋里过夜，而这样的小茅屋连粗野的牧人都不屑一顾。有时他也会坐在草地上，广袤的草地离天空是那么近，比任何其他的人类文明都离天空更近。他总是穿着一件浅黄色布料的破旧西装，任由胡子肆意生长，但在其他方面又很注重仪表的整洁。他注重修饰指甲，却放任自己的理性与理解力停滞不前。他外形俊朗，因为会写诗而声名鹊起，人们有时觉得他很滑稽，然而他身上又散发出一种忧郁的魅力。城里的很多高雅人士都由衷地同情他，只要有机会，他们就会热情地招待塞巴斯蒂安。因为他擅长社交，人们经常邀请他参加晚宴，以此来些许弥补他无法满足证明自我价值的迫切愿望。塞巴斯蒂安的这种愿望非常强烈，然而他的努力却不是通常意义下有效而实用的努力。或许他努力的方式太随意了。如今，他已经认识到他的努力毫无用处，于是他不想再继续追求什么。他用琉特[1]演奏自己创作的歌，用舒缓动听的嗓音伴唱。人们对他所做的唯一一件，也是很大的不公平之事在于，在他少年时代，人们已经把他宠溺坏了，使他自负地以为自己是一位天才少年，这种骄傲和自负感深深地烙在他年少易受外界影响的内心深处！成年女性很乐意与这位早熟、知晓一切的少年相处，他对她们来说有着无与伦比的吸引力，但与之相应的代价却是他自我成长发展的缺失。塞巴斯蒂安经常说："我的辉煌时期早已过去。"人们听到一位年轻人说这样的话，感到不可思议。事实上，他做任何事情，无论在哪个阶段，都是带着漫不经心和懈怠的态度去完成，不过是在自欺欺人，因此他最终一事无成。赫特维西曾有一次对他说："塞巴斯蒂安，我感觉您总是自怨自艾，为自己哀叹流泪。"塞巴斯蒂安点点头，承认这一点。赫特维西很同情他，有时会塞给他一些钱或者其他物品，以使他生活过得体面些。这一次，她也带上塞巴斯蒂安，一起出发去找她的兄弟们。在这个克拉拉感到幸福、克劳斯孤独伤心、西蒙开心、卡斯帕尔被激怒并忘乎所以的夜晚，赫特维西和她的诗人同样也沿着湖岸慢慢散步，两人默默不语，他们不知道说些什么，就这样沉默着。这时卡斯帕尔向他们走来：

"我听说，您在创作一首关于您自己生活的诗。您自己还没有怎

1. 一种形似琵琶的拨弦乐器。

么经历生活，怎会想到要描写人生呢。请您看看您自己：您是那么年轻健壮，倘若您写诗，这些优点会隐藏在写字桌后，让您只能在诗行中歌颂生命。请您到五十岁时再做这样的事情吧。另外，我觉得年轻人写诗是令人蒙羞的，这不是一份工作，而是懒汉的避难所。若您已经有过一些重大的、有意义的经历，这些经历让人有资格反省自身，总结自己的错误、美德和曾经的迷失，那么我不会有任何异议。但是您似乎从来还没有机会犯错，似乎也从未做任何有益之事。等您成为罪人或者天使，站在人们面前时，您再创作吧。您现在最好还是不要写诗。”

卡斯帕尔对塞巴斯蒂安没有什么好感，因此这样嘲讽他。他对悲剧性的人缺少理解，或者更确切地说，卡斯帕尔太懂他们，因此反而不尊重他们，另外，也是由于他今晚的心情异常烦躁不安。

赫特维西为这个被羞辱却无法反驳的可怜人辩解道：“卡斯帕尔，你这样说就不对了。”她急于为他辩护，因而激动地冲卡斯帕尔喊道：“而且你这样说也不明智。我知道，伤害一个人会给你带来快乐，但此人的不幸本应让人们去保护他、尊重他。你尽管笑吧，你会为自己说的话而后悔的。如果我不是这么了解你，我一定会把你当作一个粗鲁的家伙，一个喜欢折磨别人的人。如果一个人能这样折磨可怜而无助的人，那他也会折磨一只可怜的动物。无助的可怜之人很容易激发强者的施虐欲，强者以此为乐。倘若你感觉自己很强大，那你应该高兴，同时也请不要打扰弱者。如果你滥用你的强大来烦扰弱势的人，这会令你的优点蒙羞。为什么你不能满足于自己的独立，你真的有必要把你的脚放在那些踉踉跄跄、寻寻觅觅的人脖颈上，让他们更加困惑，并在自我怀疑的漩涡中蹒跚而行吗？难道自信、勇气、强壮和意志坚定这些优点一定要成为一种罪恶，强者一定要粗鲁、无情、不知趣地对待其他人，对待其他那些根本与其无碍，渴望名声、尊重和成功的人吗？如此伤害一个有着迫切渴望的灵魂，难道这是高尚的行为？诗人是很容易受伤的，噢，永远不要伤害诗人。另外，我现在说这些并不是针对你，亲爱的卡斯帕尔。难道你在这个世上已经很了不起了吗？也许你自己也还未有什么成就呢，那么你也就没有理由去讥讽同样未有成就的人。你和命运斗争时，请让其他人也一起和命运斗争吧。你们都是努力奋斗的人，却要互相伤害吗？这是愚蠢不明智的行为。你们俩经历了各种各样的痛苦、迷茫及失败，在你们的艺术生涯中经受了足够多的痛苦，你们难道要忽视这些，还要为自己增添更多的痛苦吗？事实上，如果我是一名画家，我会鼓励我的兄弟做一名诗人。永远不要过早地轻视一名犯了错，或是看似懒散无为的人。这样的人也有可能很快从绵长的梦里醒来，散发出他的光芒，让他的创作一举成名！那么现在：那些鲁莽的轻蔑者为何还站在那里？塞巴斯蒂安真诚地奋斗和生活，这一点就足以使他获得尊重及爱护，人们怎能去嘲笑他那柔弱的心灵呢？为你自己感到羞愧吧，卡斯帕尔，如果你对你的姐姐还有一点点爱，请不要再让我这样对你生气，我不想这样。我很看重塞巴斯蒂安，因为我知道，他有勇气承认他的许多错误。还有，这些不过是喋喋不休的闲话，如果你不喜欢和我们一起走，你完全可以离开。你为什么做出这种表情，卡斯帕尔！因为一个比你年长，可以做你姐姐的姑娘对你说了这一番话，你就要生气吗？不，请不要这样。当然你也可以嘲笑一名诗人，为什么不呢。刚刚我把这一切说得太严肃了，原谅我吧。”

黑暗中，塞巴斯蒂安露出一个害羞而温和的微笑。赫特维西接着又说了些让弟弟开心的话，直到卡斯帕尔心情慢慢好转。这时，卡斯帕尔滑稽地模仿了一下姐姐方才热情洋溢的话，三人爆发出一阵大笑，塞巴斯蒂安更是笑弯了腰。树下渐渐变得空旷而寂静，人们回到家中，灯光影影绰绰。很多灯已经熄灭了，远方不再闪耀。在乡下，人们似乎都会早早熄灯。远处的山峰在这时看来就像黑色的尸体。还有零星的一些人没有回家，似乎打算整夜在外面聊天。

西蒙和克拉拉坐在长椅上，长久地沉浸在对话中。他们之间有很多话题，仿佛可以永无止境地聊下去。克拉拉总是谈到卡斯帕尔，而西蒙总是想谈及坐在他身边的这位女子。他常以一种随意而特别的方式谈论他的同伴，那些或坐或站在他身边听他讲话的人。这是自发的行为，他总是觉得这些人令他更有谈论的兴致，因此总是在谈论他们，不会提到不在身边的人。而克拉拉谈话时想到的却都是不在场的人，她问西蒙："我们只谈论他，你感到难过吗？""不，"西蒙回答，"他爱的人就是我爱的。我总是问自己，我和他之中没有人会爱上别人吗？我一直把我们两人都不擅长的这件事看作是极其美妙的事情。我曾阅读过许多关于爱情的书籍，我喜欢那些恋爱中的人。还在学校读书时，我就数小时地埋头于这些书本当中，为书中那些恋爱的人祈祷、感到战栗和恐惧。书中的主角几乎千篇一律都是骄傲的女士和一名性格坚毅的男子，比如穿着衬衫的工人，或是一名普通士兵。书中的女主角总是一位高贵的夫人，我那时在书中还从未看到过平凡的爱侣。我的思想开始随着这些书成长，当我把这些书合上时，我的思想还深陷其中。后来，我开始走向生活，忘了这一切。我坚持自由的想法，但也梦想可以经历一场爱情。若身边的爱情不属于我，我为什么要生气呢？那太孩子气了。我甚至为这样的爱情不属于我，而属于另外一个人感到高兴，我首先想要看到别人的爱情，之后再自己经历爱情。我还从来没有恋爱过呢。我想，生活一定为我做了其他安排，它让我热爱我看到的一切事物。我是可以爱你的，克拉拉，或许以另一种更为愚蠢的方式。我清楚地知道，如果你愿意的话，我可以为你去死，这还不够愚蠢吗？难道我不会为你去死吗？我觉得这是理所应当的事情。我并不看重自己的生命，而只看重他人的生命。尽管如此，我也热爱生命，我热爱它，是因为我希望它给我机会，让我体面地丢弃它。这种话听起来很愚蠢，不是吗？让我吻你的双手吧，这样你会感觉到我是属于你的。当然，我怎么会真的属于你呢，你永远不需要向我索求什么，你能想起向我索取什么呢？但是我爱你这样的女性，当人爱上一个女人时，就想要送她礼物，那么我就把自己送给你，我找不到更好的礼物了。或许我对你也有些用处，我可以用我的双腿为你跑跳；如果你希望有人为你保持沉默，我便会三缄其口；如果你需要一个不知羞耻的说谎者，我会为你而说谎。当然，也有高尚美好的事情可以为你而做：当你摔倒时，我可以用手臂搀扶你；我可以在有水洼的地方把你举起，这样你的双脚就不会弄脏。看看我的双臂吧，你能想象它们将你举起，搀扶你吗？假如我将你举起，你会怎样对我报以微笑呢？那时我也会向你微笑，因为一个温柔的微笑也会感染对方回以微笑。我给你的这份礼物，是可以移动且永恒的。即便是最最平凡的人，也是永恒的。当你早已消失，甚至连一粒微尘都不算，我也仍然属于你。这份礼物永远比受馈赠的人更经久，这样一来，它在失去它的主人时，就会感到悲伤。我生来就是要成为礼物的，我总是属于某个人。有朝一日，如果我四处奔走，而找不到可以为之效劳的人，我定会烦恼不已。那么现在我属于你了，尽管我知道你并不想从我这里得到些什么，你是被迫得到我的效劳。有时人们会轻视礼物，例如我，我内心是很轻视礼物的，我憎恶形式上的馈赠。因此，没有人爱我，这是我的宿命，命运就是这样洞悉一切。我也一定无法承受爱情，我只能承受被他人无情对待。人们不能爱上一个想拥有爱情的人，否则只会扰乱他的虔诚。我不希望你爱上我，啊，你爱上了别人，这真令我高兴。那么，现在请你理解我，允许我自由地爱你吧。我爱那些扭过头不看我，而去看其他事物的脸庞。例如一位女画家内心就往往喜欢这种诱惑——想象中的嘴唇露出的微笑比看到的更美，而这样的你也会令我更喜爱。难道你不觉得有必要让我喜欢你吗？不，现在我突然想起：你不需要让我喜欢你，你真的不必这样，因为我在你面前根本没有评判的能力，最多是向你提出请求。噢，我简直不知道我说了些什么。”

克拉拉被他的这番话感动得流泪，她把西蒙拉到身边，用她美丽的、被夜风吹得冰凉的双手抚摸西蒙滚烫的面颊。“方才这些话，其实你根本不必说出来，我是知道的，我知道，我——知——道——的。”——她的嗓音温柔得就像人们不小心伤到了小动物，然后想给它爱与安抚。她很开心，由于兴奋，她讲话的音调都变了，变得悠长。在她讲话时，她的整个身体仿佛也在一同说话：“我需要爱情，你能这样爱我，这让我很高兴。我也可以快乐地再爱一次。当然，我也许会在爱情中遭遇不幸，但爱情中的不幸也是一种极大的幸福。我们女人一生中只有一次会为不幸感到快乐，我们也懂得如何去承受这种不幸，但我怎能向你讲述这些痛苦呢。瞧，在你面前只讲这些话，这已经让我生气了。我怎敢让你在我身边，却不相信我是幸福的呢？你让一个人相信，你让这种相信成为可能。你是那么的可爱，请永远做我的朋友吧。你是我可爱的小男孩。你的头发在我的手中滑过，你的小脑袋瓜埋在我膝间，它充满了那么多不可思议的好想法。你让我感觉到了自己的美好，请你一定要亲我一下，亲吻我的嘴唇吧。我想比较一下你们两人的吻，卡斯帕尔的和你的。当你在亲吻我时，我会想，这是卡斯帕尔在亲吻我，这样的吻真是太美好了。你在吻我时，亲吻我的是一个灵魂，而不是一张嘴。卡斯帕尔有没有对你说过，我怎样亲吻过他，并怎样请求他也吻我？他应该改变亲吻的方式，他应该学习像你那样亲吻，噢，不，为什么他要像你那样亲吻呢？他的吻会让我马上想要回吻他，而你的吻会让人想要再次被你亲吻，对，就是这样，像你现在这样。请你永远都对我这么好，再吻我一次吧，让我像你刚刚说的那样，感觉到你是属于我的，一个吻会让这一切变得理所当然。我们女人乐意被这样对待，你非常懂得女人的心思，西蒙，但是别人可能不会发现这一点。来，我们现在要走了！”

他们站起身来，走了一段路，遇到了另外三人。赫特维西向她的兄弟们和克拉拉道别，塞巴斯蒂安陪着赫特维西一起离开。当两人愈走愈远，克拉拉轻声问卡斯帕尔：“你放心你的姐姐由这位先生陪伴照料吗?”卡斯帕尔回答：“如果我不放心，我会让他这么做吗?”

他们回到家时，森林里传来了枪响声。“他又在练枪了。”克拉拉轻声说。“他射击的目的是什么呢?”卡斯帕尔问。西蒙笑着快速回答说：“他练枪，这样人们会觉得他很古怪。他这一行为的背后还有一个想法，他想让人们好奇他何时结束。”这时，大家又听到一声枪响。克拉拉皱起眉头，叹了口气，用笑声把她的一些预感扼杀在萌芽里。然而她的笑声很刺耳，西蒙和卡斯帕尔兄弟俩不禁战栗了一下。

当他们三人正要踏入家门时，阿加帕亚突然出现在门口，对妻子说：“你的行为真是奇怪。”克拉拉沉默着，像是什么也没有听到。

之后，所有人都去睡觉了。

这天夜里，克拉拉失眠了，她给赫特维西写了封信：

亲爱的姑娘，我的卡斯帕尔的姐姐，我必须给您写封信。我无法入睡，无法平静下来。我脱了一些衣服，坐在这里，坐在我的写字桌前，无法自控地思来想去。似乎我可以给所有人，给每一个不熟悉的人，给每一颗心灵写信，因为在我看来，所有人的心都在温暖地搏动着。今天，当您和我握手时，您看了我许久，眼神里有一些询问，还有一丝严肃，仿佛您已经得知我现在处于一种什么样的境况，仿佛您已经发现我的境况很糟糕。您会认为我是一个糟糕的人吗？不，我不觉得您知道这一切时，您会谴责我。您是这样一位姑娘，在您面前我不想保留秘密，而是想对您无话不谈。我想告诉您所有的一切，让您知晓一切，这样您有可能会喜欢我。当您了解我，您就会喜欢我，我非常渴望您能喜欢我。我梦想所有漂亮聪慧的姑娘可以聚集在我身边，做我的朋友、咨询顾问以及我的学生。听卡斯帕尔说，您想做教师，想献身于孩子们的教育事业。我也想成为教师，因为女性天生就适合做教育家。您想有所成就：这很适合您，这与我对您的印象非常相符，这也很适合我们生活的这个时代，适合这个时代的孩子——我们所处的世界。这真的太好了，如果我有一个孩子，我会把他送到您的学校里，完全托付给您，让他习惯把您当作母亲一样去爱与尊敬。孩子们会抬头看您，观察您的眼神是严厉还是柔和。当他们看到您脸上的忧愁时，他们幼小而稚嫩的心灵会悲叹，因为孩子们理解您。您不会长时间地接触淘气的孩子，因为我想，哪怕他们之中最不听话、最娇宠的孩子也很快就会在您面前为他们的淘气感到羞愧，并懊悔给您带来了痛苦。赫特维西，能听您的话，这是多么甜蜜的事情啊。我也想听您的话，想做一个孩子，从而感到顺从您的快乐。我知道您想搬到一个安静的小村庄去！这样更好，这样您就可以给村里的孩子们上课，这里的孩子会比城市的孩子更好教育。当然，在城市里您也能获得同样的成功。您渴望去乡村，渴望低矮的房屋、房屋前的小花园、那里人们的面孔，渴望湍流而过的河流、静谧秀丽的河岸，渴望人们在安静的森林里找到的植物、乡下的动物，总之，渴望整个乡村世界。您会找到这一切的，因为您特别适合这里。人适合他所向往的地方。人怎样才能获得幸福？总有一天，您一定会找到这个问题的答案。您现在已经很幸福了，我想拥有您这样的朝气，这让我也感到幸福。当人们见到您时，就会感觉早已认识您，人们也会知道您的母亲长什么样子。人们看到其他姑娘时会觉得她们漂亮，这不错，但是，当人们仔细打量您时，人们想要被您了解及喜爱。在您年轻、光洁的脸上有着老祖母般仁慈的吸引力，也许这是您身上特有的乡村质朴气息。您的母亲是农妇吗？她一定是一位非常美丽可爱的农妇。卡斯帕尔曾对我说过，她在城市里受够了，这我相信。我仿佛看到了她，您的母亲。她在城里的行为举止一定是骄傲的，为此她承受了许多苦恼与麻烦。那是自然，在城市里是不能像在乡村里那么骄傲自矜的，在那里，一个女人很容易被当成是无所事事的主妇。我想通过谈论您的母亲来博得您的好感，她曾在您摔断了手臂以及生病时悉心照料您。我看过您母亲的一帧照片，如果您允许的话，我也想尊敬并爱她——有了您的允许，我会更热诚地这样去做。如果我能够看到她，跪在她脚下，举起她的手，把我的唇印上去，那该多好啊，那样会让我感到多么的幸福。这就像暂时、部分地偿还一些债务，我就是她的负债人，也是您的，赫特维西。您的弟弟卡斯帕尔对您总是冷酷无情而且粗暴。年轻男子总是对爱着他们的人很冷酷，以便可以在自由的世界为自己开辟一片天地。我能够理解艺术家通常把爱当作一种障碍而想要摆脱。您在他很小的时候就陪伴他，在他还是中小学生时，因为他的顽劣，您批评他，和他争吵过，也曾同情和嫉妒他，保护并警告过他，责骂也表扬过他，曾一起经历他的第一次青春的觉醒，并告诉他，拥有感情是美好的。当您发觉，他的想法和您的想法很不一致时，您开始远离他，放任他去做一些事情，并希望他能茁壮成长，不会堕落。当他离您远去时，您开始想念他；当他某一天重新回到您身边，您飞奔过去，搂住他的脖子，再次将他纳入您的羽翼之下庇护，他就是这样一个需要庇护的人，似乎永远都需要。我感谢您，对您的感激之情无以言表。其实我并不知道您是否允许我感谢您，也许您根本不想对我有所了解。我是一个有罪的人，但或许有罪之人有资格被允许学习如何行事，以便显得谦恭顺从。我很谦恭，但并不垂头丧气、并不感到挫败，而是内心充满火热、恳切的谦逊。我在爱情方面犯下的错误，我会用谦恭顺从来弥补。如果您希望有一个姐妹，她因为做您的姐妹而高兴自豪，那么我愿意这样顺从您。您知道您的弟弟西蒙赠予我什么了吗？他把他自己送给了我，他爱上了我，而我也想爱您。但是，赫特维西，其实人不能够对您有太多的爱，也就是说：不能给予您太多。自从我拥抱了卡斯帕尔后，我得到的太多。我开始自鸣得意，开始自豪地讲话，我不愿再这样下去了。我现在想尝试着入睡。森林也入睡了，为什么人不能睡觉呢。是的，我知道，我现在可以睡觉了！

——克拉拉写信的时候，西蒙和卡斯帕尔同样没有睡意，他们点了一盏灯，坐在灯下聊天。卡斯帕尔说："这些天我都没摸过画笔，如果继续这样下去，我就只能把我的艺术束之高阁，做一个农夫了。为什么不呢？我非要搞艺术吗？难道就不能选择另外一种生活？人们总是觉得无论如何都要从事艺术工作，或许这只是一种不好的习惯。或许我十年后再重新开始作画吧！到那时，人对一切的看法都会不同，会更简单，少一些不切实际的幻想，这没坏处。人必须拥有勇气与信任。当你猜疑和不信任时，生命会很短暂。但当你信任时，生命会延长。人在生命中会错过些什么？我感觉自己日渐懒惰。难道我必须要振作起来，像一个在校学生一样逼迫自己完成任务吗？在艺术方面，我必须要完成某个任务吗？这是可以随意变换的，只要自己舒适，就可以灵活变通。绘画这种行为目前在我看来是那么愚蠢，这对我来说完全无关紧要，人必须要让自己迈开步伐！画一百幅风景画，还是画两幅，这难道不是完全无关紧要的事情吗？有的人一直在作画，但他永远是一个愚笨之人，他从不会想到给他的画注入一丝一缕的生活经验，因为他没有总结出任何经验。等我有了人生阅历后，我会更沉着、更有活力地拿起我的画笔，这对我来说不再无所谓，数量并不重要。但某种感觉又告诉我，就算只有一天不去练习，也是不好的。都是因为懒惰，该死的懒惰啊！"

他没有继续说下去，因为这时传来了一阵长长的、骇人的喊声。

西蒙拿起灯，两人从楼梯飞奔下去，跑到克拉拉的房间，他们知道她在房间里睡觉。喊声是克拉拉发出的。阿加帕亚也急忙赶来，他们发现克拉拉四肢摊开躺在地上，看样子她本想脱衣上床睡觉，但突发旧疾摔倒了。她的头发披散下来，美丽的手臂在地板上抽搐，胸脯剧烈地起伏着，而张开的嘴却挂着一丝令人感到迷惑不解的微笑。三个男人弯腰抓紧她的手臂，直到抽搐渐渐停止。或许她在摔倒时并未感到疼痛，本来这是免不了的。几个人把仍旧昏迷的半裸女人抬起来，放到整洁的床上。当大伙儿帮她脱下紧身衣后，她慢慢平静下来，开始均匀地呼吸，像是已经睡着了。她的微笑越来越甜美，嘴里发出嗫嚅不清的声音，像是远处响起的钟声传来，尖锐而又模糊。大家仔细倾听着，有人建议是否要从城里请来一位医生诊治。"您先别去，"阿加帕亚冷静地对正要动身的西蒙说，"很快会好的，这不是第一次了。"于是，他们继续坐在那里，仔细听着，意味深长地相互望着对方。克拉拉嘴里发出的声音大多都是含混不清的，只有几个简短而不连贯的、像吟唱又说话的句子："在水里，不，快看呀，好深，好深。这需要很久，很久，很久。你不要哭。如果你知道的话。我周围黑暗而泥泞。可你看，一株紫罗兰长到我的嘴边。它在歌唱，你听见了吗？你听到它了吗？也许你以为我淹死了。太美了，太美了。有没有关于它的一首小曲？那个克拉拉！现在她在哪儿？去找她，去找她呀。但你要到水里去。呵，你害怕了，不是吗？根本不用怕我。只是一株紫罗兰。我看见鱼在游泳。我很安静，不再做什么了。你要乖乖的，你看起来生气了。克拉拉躺在那儿，在那里。你看到了，你看到了吗？我本想和你再说些什么，我很高兴。我想对你说什么来着？我已经记不清了。你听见我发出的声音了吗？是我的紫罗兰，它发出的声音。是钟声，这我知道。不必再说了，我什么也听不到了。求求你，求求你。”

“您去睡觉吧。如果情况不好，我会叫醒您。”阿加帕亚对西蒙说。

情况并没有变得更糟，第二天早上，克拉拉精神饱满，并不知道昨晚发生了什么，只是有些头痛，仅此而已。

克拉拉的心情不错，她身穿一件深蓝色的晨袍坐在阳台上，衣服上精致的花样褶皱在她身上披散开来。从阳台上可以看到冷杉树，早上的微风吹来，树顶微微弯曲。森林真美，她想，于是俯下身去，倚靠着做工精美的护栏，这样可以离森林更近一点，更近地嗅到森林的芬芳。“森林如此静谧，像在夜间睡着了。白天，在太阳光下，人们走进森林，仿佛傍晚来临，各种声音更清晰低沉，空气更潮湿柔和，人们可以在这样的环境中休息和祈祷。在森林里，人们不由自主地想要祈祷，这里是世上唯一离上帝最近的地方。上帝创造了森林，让人们能够像在神圣的庙宇里祈祷。有人这样祈祷，有人那样祈祷，所有人都在做这件事情。当人们躺在冷杉树下看书时，人们也在祈祷，这样的祈祷就像思想上的迷失。上帝永远会在他想停留的地方，人们在森林里感知他，用喜悦的心给予他一些信仰。上帝仁慈而伟大，因此他并不愿意人们如此信仰他，他想要人们忘记他，甚至想要人们谩骂他。上帝是宇宙中最谦恭的存在，他不固执于任何事，也无任何索求。我们人类充满各种欲求，但这在上帝看来没有任何意义，上帝不需要任何东西。当人们朝拜他时，他也会感到高兴。噢，上帝感到喜悦，当我现在走到他面前，向他表达感激之情，尽管只是肤浅的感激，他也会幸福得无法自持。上帝如此值得我们感激，我想知道，还有谁会比他更值得感激吗。随性的、仁慈的上帝给予了我们一切，当他创造的人类想起他时，他由衷感到高兴。我们的上帝就是这样，我们喜爱他，把他尊为神明，这时他才想成为上帝，这是他最独特的地方。谁会比他教给我们更多谦虚和质朴呢？谁比他更有预知能力、更沉静呢？或许上帝也只对我们有预感，就像我们对他一样。例如，我在这里说出我对他的预感，他也会预知我现在坐在阳台上，感到他创造的森林美得无与伦比吗？他知道他的森林有多美吗？不，我想，上帝忘记了他所创造的万物，但并不是由于恼怒悲伤，他怎会恼怒悲伤呢？不，他只是忘记了，或者至少看上去他把我们给忘了。人们在上帝身上可以感知一切，因为他允许一切思想存在。但当人们想起他时，人们也很容易失去他，因此人们不断向他祈祷。伟大的上帝，请不要让我受到诱惑——我在孩童时就躺在小床上这样祈祷。每当我祈祷时，我都对自己很满意。而今天，我是多么幸福啊，我对周围一切都报以微笑，一个幸福的微笑。我的整个心灵都在微笑，空气是如此清新，我想，今天是星期天吧，城里的人会来这里，在森林里散步，我会四处张望，找寻一个恳求父母和他玩一小会儿的孩子。我坐在这里，就可以拥有如此多的喜悦及快乐，只是坐在这里，凭栏而坐！我觉得自己是那么的美好。我几乎可以忘了卡斯帕尔，忘记一切。我现在真是无法理解过去怎会因为一些事情而流泪，无法理解过去有些事情怎能让我那样震惊。森林是多么不可动摇，又是多么柔和温暖、充满活力啊。冷杉树沙沙作响，多么动听！树木的沙沙声使一切音乐都显得多余。真的，我只有在夜晚才想听音乐，从不在清晨，因为清晨太神圣庄严了。我感觉神清气爽，真是奇怪。躺在床上睡觉，不，先是累了，之后上床睡觉，然后醒来，便会感到自己宛若新生，这多奇妙啊。每一天对我们来说都是生日。人们从夜的面纱中转移到蓝天的热浪之下，正如跨入热气蒸腾的浴室。炎热的中午很快会来临，直到夕阳西下。从傍晚到早晨，从中午到傍晚，从夜晚到清晨，这是怎样的渴望，怎样的奇迹啊。当人看到这一切，会觉得一切都是那么奇妙，若有一样事物奇妙，别的事物必然同样如此。我想我昨天应该是生病了，只是他们不告诉我。我的双手看起来还是那么美丽纯洁，如果我的双手有眼睛，我会在它们面前放一面镜子，这样它们会看到自己是多么的美。我用双手抚摸谁，此人一定会感到很幸福。我的想法可真是奇怪。如果卡斯帕尔突然来了，让他看到我现在这个样子，我会哭的。他会感觉到我方才并未想起他，他会突然意识到我忽略了他，这令我很难过。可难道我是他的奴隶吗？他原本和我又有什么关系呢？”

克拉拉哭了。这时，卡斯帕尔走过来说：“克拉拉，你怎么了？”

“没什么！我有什么不开心的呢？我有你在，我很想念你。我是快乐的，但我不能忍受没有你在我身边而独自快乐，所以我哭了。来吧，过来。”说着，她紧紧地拥抱卡斯帕尔。

第六章

享受了一段安逸、四处闲逛的自由生活之后，西蒙渐感烦躁不已。他觉得自己得再去做些什么，得天天工作才行：“像大多数人那样去生活，其实是值得的。这样与众不同的懒散悠闲的生活真的让我受够了。我渐渐食不甘味，连散步也让我疲累，这样的生活有何积极可言，在热浪滚滚的乡村街道上被牛虻和苍蝇蜇伤，步行穿过一个个村落，从陡峭的墙上跳下去，懒洋洋地蹲坐在奇形怪状的石头上，用手托着脑袋，开始看书，然而没有读完，又在一座很漂亮、但很偏僻的湖里洗澡，接着穿上衣服，走在回家的途中。随后在家里看到了卡斯帕尔，这个家伙同样因为懒惰，已经不知道他应该用哪条腿立足于世，不知道应该用哪个鼻子思考，或者把哪根手指放在自己的哪个鼻子上。在一生中，人会有很多鼻子，他整天都想把自己的十根手指放在他的十个鼻子上并且思考。这时，鼻子会嘲笑自己，并做个鬼脸。当你看到十个鼻子中的一个，或者更多鼻子在做鬼脸，生活还有什么美好可言呢？我只是打个比方来举例说明一个事实：那种闲逛的生活会令人变得愚蠢。我开始考虑不能继续闲逛下去，必须要做些什么了，就像良心发现一样。在大白天闲逛，这样下去必定碌碌无为，只有傻瓜才去看书，光看书的人就是傻瓜。走到人群中去创造些什么，这才是唯一有意义的事情。那我现在做些什么呢，写诗吗？如果我想在炎炎夏日中作诗，首先我得起名叫塞巴斯蒂安，才有可能这么干。我坚信塞巴斯蒂安会这么做的。他这个人先去郊游，仔细研究湖泊、森林、山脉、小溪、水洼以及日光，还有可能做做笔记，然后回家写一些相关的文章，这些文章之后会由报纸印刷出版，流传后世。这对我来说是一番作为吗？也许吧，如果我擅长这些的话，可我在这方面是个门外汉。那么走回去，重新开始写写算算，耗费笔墨吧。是的，我想，我必须去做这些，尽管从头开始做我过去丢弃的事情，确实不怎么体面，可我必须这么做。在这种情况下，人们考虑的不是名声，而是必要性和不容置疑。我今年二十岁，我怎么就已经二十岁了呢？对其他人来说，二十岁的时候站在刚刚离开学校的起点上，从头开始，这定是件令人沮丧的事情。但既然必须这样，我会尽可能让自己觉得这很有趣。我根本不想让生活永远向前，我只是想生活，以某种方式生活，别无其他。我只是想简单生活，直到冬天又一次来临，下雪的时候，我就会考虑自己怎么能够更好地生活下去。我喜欢把生活划分成简单、容易解决的各个部分，让它们顺其自然地发展，这样不会让人头疼。另外，我在冬天往往比在夏天更聪明和有干劲。在炎热的夏季，四处鸟语花香，这让人什么也不想做，而寒冷和冰霜会推动人继续向前。那么，可以在冬天来临前攒些钱，在美丽的冬季就把钱花在值得花的地方。在冬天，长达数日坐在没有暖气的房间里学习语言，直到双手冻僵，这对我来说没有任何意义。夏季是为那些有假期的人准备的，他们可以在避暑时做些惬意之事，光着脚，赤裸着身体在热气蒸腾的草地上来回跑跑跳跳，最多在腰间围一条皮围裙，就像据说吃过蝗虫的那个施洗者约翰一样[1]。我现在打算躺在‘每日

1.《圣经》中的人物。施洗者约翰是撒迦利亚和以利沙伯的儿子，穿骆驼毛衣服，腰束皮带，靠吃蝗虫和野蜜为生。伊斯兰教译“叶哈雅”。因他宣讲悔改的洗礼，而且在约旦河为众人施洗，也为耶稣施洗，故得此别名。

工作’这张温床上睡觉，当大地上飘来飞雪，山峰变得雪白，北风呼啸，人们的耳朵上挂着冰霜，冻得僵硬之时再醒来。寒冷于我反而是炽热的，这真的难以解释，无法表述！然而就是这样，否则我可能就不叫西蒙了。克拉拉会在冬天身裹厚厚的、柔软的皮毛大衣，我会陪她穿过大街，这时，雪花飘落在我们身上，那么轻柔、那么温暖。噢，下雪天走在漆黑的街上去购物，商店都亮着灯。克拉拉的皮毛大衣和脸庞散发着迷人的香气，我和克拉拉一起走进一家商店，或者在她身后说：这位女士想买这个，想买那个。之后我们又一起走到大街上，这是多么美妙的画面啊。冬天的时候，她或许会像我一样在一家精品店工作，每天晚上我都会接她下班，除非她吩咐不让我去接。阿加帕亚也许会继续追逐他的太太，于是她被迫不得不去应聘某个工作，对她来说很轻松，因为她是那么高贵。我不想再继续幻想下去了，继续这样下去，想到的可能是电子照明灯公司的施皮尔哈根先生，但我不是他，我不会受雇于此，不会让自己肩负那么多的责任重担。我不会强迫自己继续这样幻想下去了。啊，冬天！冬天快点来吧。”

第二天，西蒙就开始在一家大型机械工厂工作，为了盘点库存，这家工厂需要雇佣大批年轻人。傍晚时分，他在窗边阅读，或是走在从工厂到克拉拉家的途中，他喜欢在山上走些弯路，穿过墨绿色的山林峡谷，这些峡谷横断宽阔的山峰。他总会经过一处泉水，每次都会在这里喝些泉水解渴，之后躺在一块偏僻安静的林间草地上，直到夜晚时分，他才终于想起要回家了。他喜欢夏天傍晚到夜间的过渡时光，喜欢森林的色彩慢慢由红色变为夜晚的昏暗。他习惯于这时不再讲话，不再思考，不再自我批评，只是静静地做个美梦，任由这种惬意的困倦席卷全身。他经常感到周围传来声音，在深色的灌木丛中，一颗火红的大球挂到了沉睡的地面上方，再仔细望去，原来是月亮影影绰绰地浮荡在天边，这个漂亮天体那亮白而轻盈的身影让西蒙挪不开眼。眼前的景色如此奇妙，仿佛远处的世界都隐匿在灌木丛后，触手可及。一切都那么远，而又那么近，“远方”这个概念到底是指什么呢？他觉得一切无边无际的突然近在咫尺。当他穿越夜晚浓郁如歌的绿色及芬芳，回到家中，如往常一样，克拉拉出来迎接他，这一切都令他觉得是那么神秘而心旷神怡。当她款款走来，或是在等待他时，她的一双美眸看上去总是像刚刚哭过一样。之后，他们一起坐在被改造成夏日小屋的小小阳台上，直至深夜。他们用很小的纸牌玩游戏，克拉拉有时哼唱某支曲子，或是让西蒙给她讲些什么。当她最后一次向他道晚安时，他很快沉沉睡去，仿佛克拉拉的“晚安”是一句咒语，仿佛她用魔法让他进入甜蜜而深沉的梦乡。第二天早晨，草地上、树叶上闪耀着晶莹的露珠，西蒙向机械工厂飞奔而去，继续去书写及盘点。有一次，在某个星期天，他散步回来，发现克拉拉在他房间的长沙发上睡着了。从山上一排排郊区贫民小屋的某一间传来了竖琴声，那里的住户都是穷苦的工人。小屋的百叶窗被拉上了，房间里透出绿色的炽光。西蒙挨着克拉拉的脚边坐下，她的脚时不时轻触到他，这让西蒙感到很惬意，他目不转睛地望着微睡的克拉拉：她睡着的时候多美啊。她的面部没有表情，属于五官静止时最美的那类女性。克拉拉呼吸均匀，她半裸的胸脯轻轻地起伏着，一本书从她垂着的手中滑落到地上。西蒙的脑子里突然冒出这样一个念头，他想跪下来轻吻这双美丽的手，但他没有这样去做。如果她醒着躺在那里，西蒙可能会这样做，但在她睡着时？不！隐秘的、偷偷摸摸的温情不是我的风格，他想。她的唇在微笑，仿佛她知道自己在睡觉，这种微笑会让一切放肆的想法无地自容，却令人忍不住望向这张唇、这张脸，望着她的头发和微长的脸颊。睡梦中，克拉拉的脚突然用力蹬了西蒙一下，于是她醒了，用困惑的眼神环顾四周，然后目不转睛地盯着西蒙的眼睛，仿佛在对什么事情感到迷惑不解。然后克拉拉说："西蒙，我有话对你说。"

"什么事?"

"我们不会在这幢房子里住太久了。阿加帕亚赌输了，输光了一切，他被人骗了。这幢房子已经被变卖，卖给了女性国民福利协会。协会的那几位太太会在这儿为工薪阶层建一座森林疗养院。阿加帕亚加入了一个亚洲研究协会，他很快就会启程，去印度的某个地方发掘没落的希腊城邦。他已经完全不会想到我了，多奇怪啊，这根本不会令我伤心，我的丈夫根本没有能力伤害到我。够了！我打算在城市脚下找一个普通的住处，你和卡斯帕尔到时可以来看我。我会找一份工作，像你一样，随便找一份。我们秋天就会搬出去，然后这幢房子马上就要被翻修改建。你对此有什么看法吗?"

"我觉得这很不错啊。我早就想到要'改变'自我，现在机会来了。我很期待去你未来的家看望你。"

两人一边想象着未来，一边开心地笑着。

卡斯帕尔来到了一个极小的城市，他在那里接到一份活计，他要装饰一个舞厅，要为舞厅的墙壁自上而下绘图。已然是秋天了，一天，那是某个礼拜六，西蒙下班后走在他和卡斯帕尔道别时的路上，以便打发夜晚时光。他为何不能整夜徒步行走呢？他拿起一张地图，用圆规在上面精准地测量了一下去卡斯帕尔所在小城需要的时长，发现只要自己充分利用时间，花一夜的时间便可到达那里。

从路线上来看，他首先要经过老朋友罗莎居住的城郊，他没有忘记路过时短暂拜访一下老友。罗莎对这次久别重逢感到极其喜悦，她称他是一个没有信义的坏家伙，竟然能够这么久以来对她置之不理，她说这话时的语气，像一个小孩子在绷着脸赌气．而不是真正地生气。她热情地递给他一杯红酒，说这会使他夜间行路时精力更加充沛。接着，她又在燃气灶上很快给他煎了一根香肠，她一边煎香肠，一边“揶揄”着西蒙，但并没用责备的语气，而是用妥帖的话语说他一定很懂得与女人相处，并笑着提醒他，她原本不想给他煎香肠的，现在他吃到了她的香肠，以后他就要更勤快地来看她。西蒙一边吃着，一边答应了。之后，带着对即将来临的长途跋涉的些许恐惧担忧，他很快继续踏上了徒步的行程。现在要怯懦地走回去，乘坐火车吗，他可不愿这样。他继续向前走去，不断地向人问路，以便确认没有走错。遇到路牌时，他点燃一根火柴，把它举到合适的高度，看看接下来怎么走。他健步如飞，仿佛害怕道路会在他的脚后消失一般。罗莎的红酒令他精神振奋，现在他只希望能够快点看到山，这些山对他来说不在话下，并不难跨越。他来到路上的第一个村庄，费力地辨认着纵横交错、蜿蜒曲折的乡间小路。他看到一个还在打铁的铁匠，于是向铁匠喊话问路，从铁匠口中得知他走的路是正确的。这时，西蒙周围出现一片模糊不清的景象，周围都是茂密的灌木丛，西蒙继续向山上走去，随后是一处高原景象，看上去有些令人毛骨悚然。夜色黑漆漆的，天上一颗星星都没有，时不时地透出一点月光，但很快又被云遮住了。这时，西蒙穿越一片阴森森的冷杉树林，他气喘吁吁，开始留意自己的脚下，因为他总是撞到路上的石头，这让他感觉心烦气躁。出了冷杉树林，西蒙松了口气。毕竟独自一人走在黑黢黢的森林里，有时还是会有危险的。

这时，一处大的农舍突然出现在他眼前，仿佛刚刚拔地而起，限制了他的视野。一条大狗跳了出来，猛扑到徒步者身上，但并没有咬他。西蒙只是镇定自若地站着，瞪着眼睛看那条狗，于是狗也不敢咬他。要继续前行了！走在木桥上，桥在西蒙飞快的脚步下咚咚作响，这些古老的木桥在入口和出口处有桥顶和圣像。西蒙故意摇摇晃晃地前行，他觉得这样很有趣。突然，在空旷而黑黢黢的田地上，一名强壮的男子站在他面前，盯着他，朝他大声喊着什么，眼神让人害怕。“您想干什么？”西蒙喊道，但他突然掉转方向，继续向前跑去，他并不想听那个男人说想干什么。西蒙的心脏狂跳不止，并不是因为那个男人吓到他了，而是由于这一突发的举动——他跑得太快了。接着，他又来到一个仿佛在沉睡的、一眼望不到尽头的村庄，对面是一座白色的修道院，接着修道院消失不见，前面又出现了山路。西蒙不再想任何事情，上山越来越费力，渐渐增加的疲劳感让他无法思考。树林间闪现静静的泉水，云朵在森林里飘荡，以及溪水边的石头，这一切似乎都与他同行，又在他身后消失不见。夜晚潮湿、漆黑而冰冷，可西蒙的双颊滚烫，头发被汗水浸湿。突然，他发觉自己脚边有什么闪闪发光的东西向前延伸：原来是一片湖。西蒙停了下来，他从那里向下走，走上一条极为崎岖的路。他第一次感觉双脚生疼，但是他毫不在意，继续向前走去。他听到苹果掉在草地上的声音，草地真美啊：光线昏暗，一眼望不到边际。接下来，他见到村子里有一排排气派的房屋，房屋引起了西蒙的注意，但他不知道怎么继续前行，这使他很恼火。于是，没有多加思考，他就选择走到主街上[1]。行进了大约一小时，一种很清晰的感觉告诉

1. 德国城市或村庄最大的街道称为主街，德语为 Hauptstraße。

他，他选错了方向。西蒙恼火得几乎要哭了，他又重新折返，他的脚重重地踏在地上，仿佛它应该为此承担责任。待西蒙重新回到之前的村庄时，两个小时就这样过去了，真是太糟糕了！这时，他终于可以看得更清楚了，很快找到了正确的路，继续向前行走。这是一条狭窄的小岔路，树叶纷纷落下，盖住了路，走上去簌簌作响。他又走到一片森林里，森林位于山势陡峻的山中。西蒙眼前看不到任何路，于是他笔直向前走，越爬越高，在茂密的枝杈间为自己开辟出一条道路来，他的脸被树枝划破了，手也受伤了，但至少他一直在前行。终于，西蒙奋力走出了这片让他抱怨及诅咒的森林，一片宽广的田地呈现在他眼前。他小憩片刻，自言自语道："上帝啊，要是我迟到了，那该多丢脸！"继续吧！他不再行走了，而是毫无顾忌地在柔软的田地上飞奔跳跃。一缕白色的晨光映入他眼中，他跃过低矮的灌木丛，那些灌木丛仿佛在嘲笑他。他已经不在乎走什么样的路了，一条笔直宽阔的道路已经成为他内心渴望的珍贵之物。紧接着，西蒙看到下山的路，他走在狭窄的小山谷中，一座座房屋像玩具一样粘在山坡上。他走在胡桃树下，嗅了嗅树的气味。山谷下方好像是一座城市，但这种预感也许只是自己的奢望。终于，西蒙找到了一条路，他的双腿仿佛也在为这一发现而欢呼雀跃。他的步伐渐趋平稳，走着走着，他看到一口井，于是疯了似的冲过去。走到山下，西蒙来到一座小城，路过一座熠熠生辉的白色宫殿，外观像是一座教堂，仔细望去，这座宫殿已破败不堪，这令西蒙深受触动，他继续向广袤的土地走去。这时，天已破晓，夜晚渐渐离去。整个静谧的长夜中，西蒙都在赶路。现在走在路边，走在这样平坦的道路上，西蒙是多么地舒心惬意啊！这条路先是向上蜿蜒，接着又延伸下去。雾气沉没在草地里，一些白日里特有的声响回荡在耳际。夜晚是那么的长，在这样的夜里，当西蒙快步穿越那些土地时，也许有一位学者，或许就是他的哥哥克劳斯，同样清醒着，恼火而疲乏地坐在书桌灯下。静坐的学者同样会感到刚刚苏醒的一天是如此奇妙，正如在乡村道路上奔走的西蒙此刻的体会。有些小房屋里已经在清晨点燃了灯，西蒙眼前又出现了第二座、也是更大一些的城市，先是前屋，接着是小巷，然后是一些大门及一条宽阔的主街，街上有一处带有砂岩雕像的漂亮建筑吸引了西蒙的注意，这是一座城市古堡，现在被用作邮政大楼。已然有人在街道上行走了，他可以向这些人打听问路，就像之前傍晚时那样。前方又出现平坦广阔的土地，雾散了，各种颜色，各种喜人的色彩纷纷显露出来，这令人欣喜的色彩，属于清晨的色彩！这是一个星期天，看上去将会是一个天空蔚蓝的明媚秋日。这时，西蒙身边有一些人走过，大多是些太太，穿着星期天特有的着装，她们可能从远处而来，为了到城里的教堂做礼拜。白天的色彩越来越鲜明，人们现在可以看到路边有鲜艳的红色果实躺在草地上，树上也不断有成熟的果实掉落下来，这里是一处果园。西蒙从这里继续向前走，又遇到一些工匠小伙，他们走路不像西蒙这样专心致志。在清晨的阳光下，小伙子们舒展四肢躺在草地边缘，真是一幅惬意的画面！有人牵着一头牛走在前方，女士们互道“早安”。西蒙边走边吃着苹果，他也与其他人一样施施然穿过陌生而漂亮的街道。街道边的房屋非常引人注目，但更为精致漂亮的是藏在树下、果园深处、绿荫中的那些房子。小山丘延绵向上，仿佛在高处诱惑着人们走上来。天空湛蓝，一群人坐在汽车里，从蓝天下飞驰而过。西蒙终于在路上看到一座小房子，他的哥哥正把头探出窗外，房子后面便是一座城市。他来得还算及时，比约定的时间差不多晚了一刻钟。于是，他兴高采烈地走进房子里。

在房间里，西蒙站在哥哥身旁，睁大眼睛观察着屋里的一切，尽管里面并没有多少东西。角落里有一张床，这是一张与众不同的床，因为卡斯帕尔睡在上面。窗户也不错，尽管只是由普通的木材做成的，上面挂着简易窗帘，卡斯帕尔刚刚就是趴在这扇窗的窗户上向外看。地上、桌上、被子上、椅子上，四处都散落着画纸。每一张纸都在西蒙的指尖下轻轻滑过，一切都是那么完美、那么出色。西蒙几乎无法理解画家是一个怎样的职业，他眼前的画如此之多，令他目接不暇。“你的画和大自然的风景一样，太真实了!”他忍不住喊道，“每当我看到你最新的画作，我都有些难过。每幅都是那么尽善尽美，打动人心，它们恰如其分地表现了自然的美。你总是想要更好的作品，不断地画出新作，也销毁了不少在你眼里不那么完美的作品。说真的，我在你那些画里根本找不出任何瑕疵，每一幅都令我动容，触动我的灵魂。你的一抹笔触，或者画上的任何一抹色彩都令我确信你天赋非凡。当我看到你用笔刷画的风景画，我就仿佛看到了你，我能感同身受你的每一丝痛苦，它告诉我，艺术是永无止境的。我理解艺术，也理解人由于艺术而产生的渴望，以及人对获得大自然的爱及恩赐的追求。我们热爱它，那么我们想要得到什么呢？去看一幅临摹的风景画吗？这仅仅是一种享受吗？不，我们想要用艺术来澄清一些什么，一些永远无法解释清楚的东西。当我们躺在窗边，梦幻般地望着窗外的落日，这一幕深深地打动着我们内心。这样的场景并不等同于雨天对面马路上一些女人优雅地挽起裙裾的场景；不是花园或晨雾下的湖泊；也不是冬天里的一棵普通的冷杉树、晚上乘游艇的场面，或者一些高山景观。雾霭和雪像太阳和色彩一样使我们欢欣，因为雾美化了色彩，而在早春的天空下，雪又是一种多么神奇而令人无法理解的存在啊。我知道你在画画，画得是那么美，这真好，卡斯帕尔。我真想成为大自然的一部分，让你来爱我，就像你所爱的大自然的每一部分。画家们一定热烈而深沉地爱着大自然，甚至比诗人更热烈而诚挚，例如那位塞巴斯蒂安，我听说他自己在草地上建了一栋小屋居住，这样他可以像一位日本的隐士那样，不受干扰地去朝拜自然。诗人们一定不会像你们画家对大自然那样虔诚，因为他们通常会带着混乱的头脑走进大自然。当然，也许我理解得不对，我宁愿自己理解错了。你是那么虔诚地在工作，卡斯帕尔。你真的没必要批评自己，如果我是你，我是不会这么做的。除非有必要，我才真的那样去做。我不会那么做，因为自我批评会令一个人内心焦灼，这是一种糟糕的、让人有失身份的状态。”

“你说得对。”卡斯帕尔说。

随后，两人走在小城里四处观望，他们很快又恢复了往日的亲近。走在路上，他们遇到了一位送信人，此人递给卡斯帕尔一封克拉拉寄来的信，并向他扮了个鬼脸。小城的教堂令人叹为观止，还有庄严雄伟的城市塔楼、坚固但也多次被损坏的城墙、山上的葡萄园和亭榭楼台，过去曾经有多少生命于此消逝啊。冷杉树俯瞰着这座古老的小城，天空明媚，坚实宽厚的房屋显得冷峻。草地在阳光下闪烁，长满金色山毛榉林的丘陵在远处诱惑着人前往。下午时分，两位年轻人走进森林，他们不再多说什么。卡斯帕尔沉默不语，他的弟弟能够猜到他在想些什么，因而不去打扰他，西蒙觉得思考比聊天更为重要。他们坐在一张长椅上，卡斯帕尔开口说道：“她不想离开我，离开我她会感到很不幸福。”西蒙没有回应，但他为哥哥感到高兴，为克拉拉因为哥哥的缘故而不幸福感到高兴。他想：“克拉拉不幸福，我觉得这也不错。”克拉拉对哥哥的爱同样也让西蒙感到喜悦。很快地，西蒙和卡斯帕尔开始相互道别，西蒙这次必须要乘火车回去了。

第七章

冬天到了。生性自由不羁的西蒙坐在一个小房间里，穿着一件大衣坐在桌边写字。他不知道如何打发时间，从前的职业让他养成了书写的习惯，他现在漫无目的地在用剪刀剪成的小纸条上写写画画。天气又湿又冷，裹在西蒙身上的大衣在这时充当了火炉的角色。窗外狂风呼啸，很快要下雪了，西蒙很满足于坐在小屋里，满足于这样静静地坐着，做些什么事情，并听任自己的想象力驰骋，做一个被遗忘的人。他回忆起他的童年，他的童年距现在并不十分遥远，然而又像一个遥远的梦，他写道：

“我想回忆童年，在我看来这是我目前的一项重要任务。那时，我还是一个喜欢把后背靠着温暖壁炉的小男孩。每当这时，我都觉得自己很重要，却也很忧郁，我会做出一副既满足同时也忧伤的表情。只要有机会，我就会穿上柔软的居家毡鞋。换鞋子，把湿了的鞋子换成温暖干燥的鞋子，这是我当时的一大乐趣。一个温暖的房间对我来说是那么有吸引力。我从未生过病，却非常羡慕那些生病的人，这样他们就有机会被照顾，听到些安慰的动听话。因此我经常幻想自己生病，幻想听到父母对我柔声细语，这能让我感动不已。我渴望被温柔相待，可惜这样的事情从未发生。我很怕我的母亲，她极少温柔地讲话。那时，我的名声不怎么好，我被人们当成小无赖。对我来说这其实没有什么不公平，但每当我想起这一点，都会感觉很受伤。我曾经很渴望被娇惯，但当我认识到没有人关注我，我就放任自己成为一个野蛮的家伙，尝试着激怒那些听话的孩子。那些听话的孩子享有各种优待，他们是我的姐姐赫特维西和哥哥克劳斯。没有什么比从他们那里得到一记耳光更让我快意的了，因为这让我知道我有办法激怒他们。我对学校生活已经没有太多记忆了，但我知道，学校对我而言是在父母那里受到冷落的一种补偿：我在学校里表现很出色。把好成绩带回家，这对我而言真是一种安慰及补偿。我对学校有一种敬畏之情，所以我在学校里很乖。在学校里，我一直都很胆小拘谨。老师们的缺点在我眼里一目了然，我觉得他们很可笑，但是更可怖。其中有一位老师是一个笨拙而粗胖的家伙，长着一张酒鬼似的脸。尽管如此，我从来没有想到他可能真的是一个酒鬼。相反，在学校里倒是有着关于另一个人的神秘传闻，据说此人因为酗酒而毁了自己。我永远不会忘记他那张痛苦的脸。我一直认为犹太人比基督教徒高贵，因为我在小巷里常常会碰到许多异常美丽的犹太女人，她们的美令我震撼。那时，我常常受父亲指派去一幢很气派的犹太人居住的房子，这幢房子里总是飘着牛奶的香味，每次给我开门的那位女士穿着宽大的白色连衣裙，身上总是有一股暖暖的香气。起初，我对此很反感，但之后我竟然慢慢地爱上了这股气味。我记得，当时还是小男孩的我没有漂亮衣服可穿，我嫉妒又诧异地盯着其他男孩穿的漂亮的高帮鞋、光滑的袜子以及合身的套装。其中一个男孩的脸庞和双手是那么娇嫩，他的举止和他的嗓音也很温和，这给我留下了很深的印象。他就像一个女孩子，总是穿着材质柔软的衣物，他很受老师们器重，这些都令我感到费解。我几乎病态地渴望自己能够得到他的赞美。有一天，在一家文具店的橱窗前，他突然向我搭讪，这令我特别兴奋。他夸我的字写得好看，并说希望他自己也能像我写得那么好。能够在这一小小的方面胜过这位出尘脱俗的男孩，这简直让我欣喜若狂。我红着脸，谦虚地回应了他的恭维话。他的微笑，直到如今我还记得他当时的微笑！长久以来，他的母亲都是我心目中理想的母亲形象。我对他母亲有如此之高的评价，这对我母亲是不公平的，多么的不公平！我们班级里有一些爱嘲讽人的家伙曾攻击过这个男孩，他们凑在一起说他其实是一个女孩，只是装扮成男孩的模样。这当然是在胡扯，但这些话在我听来就像一道惊雷般令人震惊，以至于我很久以来都有一个想法，我应该把他看作是一个乔装成男孩的女孩子来崇拜。他那过于纤弱的身型使我产生了浪漫的想象。当然，那时我很拘谨，也很骄傲，不会向他表达我对他的喜爱之情，因此他把我当成他的敌人之一。他很优雅自若地把自己与众人隔绝起来。我现在竟会突然回忆起这些，这真奇怪！——在宗教课上，老师尤为欣赏我，因为我能找到一个极为贴切的词来形容一种情感，这令我永生难忘。我许多课业的成绩都非常优秀，但每当我被当作榜样站在那里，我都会感到很羞愧。甚至有时候，我会努力得到一个差的成绩。直觉告诉我，那些成绩在我之下的人很可能会恨我。我害怕被同学憎恨，我觉得这是一种不幸。当时在我们班级里流行着这样一种风气，人们蔑视努力上进的学生，因此，出于谨慎考虑，聪慧的学生往往故意表现得愚钝。这种故作愚钝的行为渐渐为人熟知，被大家认为是一种榜样。事实上，这在当时类似于一种英雄主义，然而是被歪曲的英雄主义。被老师表扬，就有被同学蔑视的危险。学校是一个多么奇怪的世界啊！在我刚入学时，其中一个班级里有一个小男孩，他尖瘦的脸上长满了雀斑，他的父亲是一个为众人所熟知的经常酗酒的编篓工人。因为他父亲酗酒，班里就有同学嘲弄他，让他在全班同学面前说出‘Schnaps’这个词，但由于舌头的天生缺陷，他不能正确发音，他总是说‘Snaps’[1]，这时全班便爆发出一阵哄堂大笑。我现在回想起来，才感觉这是多么的残忍。还有一个名叫比尔的很滑稽的小伙子，他上学总是迟到，因为他父母住在一个离城市很远的偏僻山区。这个经常迟到的家伙每次都得把手伸出来，让老师用一根管子狠狠地打他手心，小男孩每次都痛得流泪，这种惩罚令我们其他人也十分紧张害怕。我要强调的是，我并不像人们很容易以为的那样，想要在此谴责某个人，比如刚刚提到的那位老师，我只是想要讲述我记忆中那个时代发生的事情。我以为，在那时，有比今天更多的各种各样的失业者、粗鄙而堕落的人，他们在山上、森林里、城市里聚到一起，在灌木丛中直接拿着酒瓶喝烧酒、打牌，或者和女人们调情，这些女人的脸上流露出贫困愁苦的神色，而这种贫困从她们褴褛的衣衫上也可见一斑。人们称这群人为流浪者。一个星期天的傍晚，我、赫特维西、卡斯帕尔及一个名叫安娜、和我们家人都很熟悉的女孩走在一条很窄的山路上，当我们走进一块满是石头的林中空地时，我们看到一名男子用手抓起一块地上的石头，向他对面人的脸上掷去，看来他们之间发生了激烈争执。被打中的人应声倒地，鲜血四溅。由于害怕，我们很快逃离了现场，没有看到这场争斗是怎样结束的。这场冲突似乎是因一名女子而起，直到今天，她高大而昏暗的身影还仿若在我眼前，历历在目。当时，她沉着地站在那里，对那场争斗冷眼旁观。而两个男人的争斗是极其原始野蛮的。在当时，我心情沉重、战战兢兢地回到家中，目睹的一切甚至令我食不甘味，以至于很长一段时间，我再也不敢去森

1. Schnaps 一词在德语中是烧酒、白酒的意思。这里指因为小男孩的父亲酗酒，班级同学让他说“烧酒”这个词来捉弄他。Schnaps 这个词的发音是要卷舌的，这里指小男孩由于舌头的缺陷，只能发出不卷舌的音，因而就读成 Snaps。

林的那个地方。

“卡斯帕尔和我有一个共同的朋友，他父亲是一位州议会议员兼极有名望的商人。他对我和卡斯帕尔所有的行事计划都很支持，也总是喜欢恭维我们，因此我们都很喜欢他。我们总是去他家里，他母亲是一位娇小苗条的太太，每次都很热情地接待我们。我们用这位朋友的积木和铅制的士兵玩具玩耍，在一起畅所欲言，流连忘返。卡斯帕尔非常擅长搭建城堡和宫殿，以及设计战争的游戏。我们的这位朋友非常依赖我们，我感觉他对卡斯帕尔的依赖更多些。他也经常去我们家里，当然我们的家没有他家那么精致华丽。赫特维西也很喜欢他。他的母亲和我们的母亲完全不同，他家里的各个房间也比我们家的更加富丽堂皇。小男孩家里的氛围也与我们不同，我是说他们讲话的风格，而在我们家里一切都更生动活泼。当时我们的城市里还住着一位有钱的阔太太，她独自一人住在一座漂亮的大花园里，当然花园里还有一栋大房子，但这栋房子隐藏在常春藤、葱葱郁郁的树木和喷水池后面，人们根本看不到。这位太太有三个女儿，是三位苍白而美丽的姑娘。她们每两周就要换一条新裙子，她们不会把换下的裙子再放回衣橱，而是请一些帮手拿到城里贩卖。赫特维西曾有一次买了其中一个女孩穿过的一条绸缎裙子和一双鞋，当我看到并接触到这些被穿过的衣物时，一种厌恶感油然而生，然而这种感觉又混杂着窥探的好奇心，后来我经常为此捧腹大笑。那位太太常常坐在她的房子里，或者最多有时去一趟剧院，在深红色的包厢座里，她的脸色白得骇人。三个女孩当中，排行第二的是最漂亮的。当我看到她时，我总会想起一匹马，她长着这样一张脸，会让人想象她骑在飞驰的马背上，向下方惊恐得目瞪口呆的众人回眸一望，于是众人眼中的惊恐就会消散。这三位姑娘现在应该早已结婚了。——有一次，我们经历了一场火灾，火灾不是发生在我们自己的城市，而是在隔壁的一个村子里。那是一个寒冷的冬夜，整个天空被火焰吞噬成了红色。母亲要我们出门看看究竟是哪里失火，于是，我和卡斯帕尔及其他人都走在吱吱作响的冰冷雪地里。我们走到火焰跟前，长久地盯着燃烧的房屋，整个人都冻僵了；我们感到极其无聊，于是很快又走回家去，母亲胆战心惊地迎接我们回来。母亲那时已经生病了。那时卡斯帕尔在学校里成绩不那么好了，他要比预计得晚些毕业。我还有一年才毕业，当时的我总是莫名地伤感，带着愤懑的情绪看待学校的一切。我看到一些事情即将结束，又看到一些新的事物即将来临。关于怎样安排未来，我脑子里有着各种各样愚蠢的想法。我常常能看到我的哥哥卡斯帕尔装运包裹，为他的生计奔波。我那时想，他怎么会这样意志消沉、垂头丧气呢？他的脸总是几乎要埋进地里了。如果在工作时不能抬头挺胸，那么这样一个新的开始对哥哥而言定是不如意的。不过，卡斯帕尔开始思索自己今后的职业生涯，慢慢地，他变得从容镇定起来，这令父亲感到非常欣慰。这时，我们家已经搬到城郊一处更小的房子里，房子的外观让人觉得寒碜。母亲很不适应这样的居住环境，她那时得了一种很奇怪的疾病，她为我们不尽如人意的处境感到很痛苦，她想要的是四周都是花园的华丽房屋。我一直都知道，她是一个很不快乐的女人。当一家人坐在一起吃饭时，我们通常都很沉默寡言，我们早已习惯于这样，而她会突然抓起一把叉子或一把餐刀，从餐桌上扔出去，以至于其他人都得把头偏向一边来躲避。大家想要安慰她，使她恢复平静，然而这又令她感到很受伤。当我们批评她时，她更加感到委屈。我们的父亲也由于母亲生病而感到生活异常艰辛。我们这些孩子总是忧伤地回忆起曾经的日子，那时她还是一个对身边一切都充满敬意的极其温柔的人，曾经，她用清脆的嗓音喊我们，我们就会非常开心地跑到她身边。城里的所有女人都向她表达恭维和奉承，而她懂得优雅而谦虚地回应那些恭维话。在我看来，这些已逝去的美好时光就像是一个神奇的童话，回忆中都是美好的画面。我很早就经常沉醉于美好的回忆之中。我又看到了那栋很高的房子，我的父母在里面开了一家很受欢迎的时尚服饰商店，许多人都来我们这里购物，店里还有一个专供我们小孩玩耍的宽敞明亮的儿童房，里面的阳光总是很充足。紧挨着我们这栋房子的是一座小小的、屋身已倾斜的老旧住宅，有一个尖尖的人字形屋顶，里面住着一位寡妇，她是我母亲的好朋友。她经营着一家帽子店，她有一个儿子，一个亲戚，如果我没记错的话，还有一条狗。当人们走进她的店里，她非常友好热情地打招呼，这让人们觉得即便什么都不做，仅仅站在她面前，就是一种很舒适的享受。问候客人之后，她会把各式各样的帽子戴在客人头上，把客人带到镜子前，然后她微笑着站在旁边，笑容可掬。她店里的所有帽子都有一种很好闻的气味，每位客人在照镜子时就像被迷住了一样，站在镜子前一动不动。紧挨着帽子店的是一间外观雪白的甜品店，诱惑着人们前往。甜品店的女店主在我们看来是一位天使，而不是一个普通女人。她长着一张所有人理想中最温柔甜美的鹅蛋脸，人们从这张脸上可以读出圣洁与美好。她的一个微笑可以使人变成虔诚的孩子，当这张迷人的笑脸面向他人时，脸上甜蜜的表情会变得更加甜美迷人。倘若人不想破坏一些甜品的美味，就只能用纤纤细指去触碰它们，而她正适合做这些，仿佛是上帝刻意安排她去卖甜品的。她也是我母亲的一位朋友，我母亲有很多女性朋友。”

西蒙搁下手中的笔，走到母亲的一张照片前，照片挂在房间里一堵满是污渍的墙上，他踮起脚尖，在母亲的照片上印下了一个吻。之后，他把刚刚所写的内容全部撕毁，并非出于气恼，也没有其他原因，仅是因为那些对他而言已经不再重要了。之后，西蒙去城郊找罗莎，并对她说："我可能很快会在一个小城市找一份工作，这就是我目前力所能及之事了。小城市还是很不错的，人能在那里拥有一个舒适的小房间，这不需要花多少钱就可以获得。从商店到住所的距离也很短，走几步便可到达。所有人都会在小巷里和我打招呼，他们会思忖，这位年轻的先生究竟是谁呢？而那些有女儿的女士，已经开始考虑把她其中一个女儿嫁给这名年轻人。这位姑娘是其中一位女士最小的女儿，长着卷曲的头发，小小的耳朵上戴着又大又重的耳环。在商店里，我会渐渐让自己变得不可或缺，老板也为能有我这样的伙计而感到庆幸。傍晚回家，我可以坐在有暖气的房间里，看看墙上的画，其中有一幅或许是美丽的王后欧根妮的肖像[1]，另外一幅画的可能是某次革命。房东的女儿这时可能会进来，给我带来一些花儿。怎么不会呢？在一个人们相互温和致意的小城里，难道不是一切都有可能发生吗？某天，在阳光灿烂的暖洋洋的中午，我正在午休，这时这位姑娘害羞地敲响了我的门，顺便说一下，这是一扇洛可可[2]时期的门，她打开这扇门，来到房间里，走到我面前，歪着她那漂亮的小脑瓜说：'您为什么总是这么安静呢，西蒙。您总是这么谦逊，也不对我们提出任何要求。您从来不说：我需要这个，或我缺那个。您让一切都顺其自然发生。让我总是担心您或许会对什么不满意。'这时我会笑笑来安慰她。之后，她内心仿佛突然

1. 奥地利帝国皇帝弗兰茨·约瑟夫一世的妻子，即茜茜公主。
2. 洛可可，指洛可可艺术（Rococo），是18世纪产生于法国、遍及欧洲的一种艺术形式或艺术风格，该艺术形式具有轻快、精致、细腻、繁复等特点。

产生了一种奇特的感觉，这种感觉让她忍不住说道：‘桌上的那些花多美、多安静啊。它们看上去就像长着眼睛，像是在对我微笑。’我听了后，会惊讶于这些话竟出自一个小城女孩之口。这时，我会突然而又很自然地慢慢向站在那里踌躇的姑娘走过去，把我的手臂放在她身上，去亲吻她。她任由我这么做，但她不会让人再产生其他非分之想。她会垂下眼帘，我能听到她心脏的跳动声，能看到她那漂亮丰满的胸脯在起伏。我请求她让我看看她的眼睛，她把眼睛睁开，于是我就朝她那睁开的、满是疑惑的眼里望去，长时间地凝望。她恳求的眼神诱惑我也以这样的眼神来回应她，接着，我忍不住笑了。尽管发生了这些，她还是继续无条件地信任我。这样的情景多美啊，在一座小城里，人的眼神可以表达多种内涵，这样的情景是有可能发生的。我继续亲吻她弯起的嘴唇，对她说许多甜言蜜语，并试图让她相信这些，那么这些话就不仅仅是甜蜜的恭维话了。我对她说，我想让她做我的妻子，她优雅地歪着头，同意了。当我像对待一个孩子那样让她双唇紧闭，送上我的吻，也不去压制她那骄傲的微笑及胜利的喜悦，她怎会拒绝呢？当然，事实上她是胜利者，我是她的俘虏，这一点很快便会得到证实，我很快就会成为她的丈夫，把我的整个生命、我的自由都奉献给她，并牺牲自己想要了解这个世界的渴望。这时，我不断地打量着她，越看越觉得她是那么美。在我们结婚前，我会像一个无赖一样缠着她，她周身散发的魅力令我着迷。在晚上，她跪在房间的地板上为火炉扇火，我也会盯着她看。我甚至会像个傻瓜一样不停地笑，这样就不用一直使用那些温柔的言语来反复讲情话了。或许我也会经常粗鲁地对待她，来试图捕捉到她脸上的痛苦表情。在这之后，在她看不到我的时候，我偷偷地跪在她的床前，用一颗炽热的心为不在场的她祈祷，这样一来，之前那些粗鲁行为在我看来也就不那么糟糕了。或许我甚至敢于把她的涂着鞋油的鞋子压在自己唇上亲吻，这是她那白皙小巧的脚经常伸进去的物件，我刚好可以用它来做祷告——是的，做一次祷告并不需要很多东西。我会经常爬上附近的高山，漫不经心地爬到一棵小小的树干上，下面是深谷，我躺在黄色草地的一块大岩石上，思索我究竟身处何处，我即将与一位尽管爱我，但对一切都有很高要求的女子一起生活，我询问自己是否会对这样的生活感到满意。思索着这些问题，我摇摇头，然后继续天马行空地幻想着在这座小城的生活。或许我也会哭上半个小时，以此消除我内心的渴念，之后我的内心可以恢复平静。我惬意地躺在那里，直到夕阳西下，于是我走下来，去找我的姑娘，去拉她的手。一切都已成定局，我身后广阔世界的大门已经关闭，但我的内心却对这种稳定而庄重的隐居生活感到喜悦。随后我会举行婚礼，把自己交付给另一种新的生活。过去的生活就像一轮美丽的落日，我不会再去眷顾留恋它一眼，我认为那样很危险，也是一种软弱的表现。时光飞逝，我想临摹出我们温情而美好的生活，这时，我们不会再弯下腰去嗅花朵的芬芳，而是弯下身逗弄我们的孩子，对孩子们的欢笑和种种提问感到欣慰。我们双方对孩子的爱以及为生活的操劳付出，令我们之间的爱变得更温情、更伟大，也更平实。我不会想到自问是否还喜欢我的妻子，我也不会想到提醒自己在过着一种小市民的寒酸简朴的生活。我那时一定已经经历过生活中可能出现的种种考验，也心甘情愿放弃我错过的各种冒险。‘还有什么是被错过的呢?’我会静静地思考，询问自己。我成为一个生活安稳之人，生活的所有内容就是这些，直至我妻子离世，或许上天注定她要早于我去世。我不想再继续设想下去了，这些离不确定的美好未来太过遥远。您对此有什么看法吗？我现在总是有很多幻想，但至少您得承认，我这个人很坦诚，我幻想这些，是希望自己能够成为一个比现在更好的人。”

罗莎对西蒙微微一笑，她沉默了一会儿，仔细地打量着西蒙，然后问他：“您的画家哥哥现在怎么样了？”

“他接下来想去法国。”

罗莎的脸色变得苍白，她闭上了眼睛，呼吸沉重。西蒙想：看来她也爱上了卡斯帕尔。

“您爱上了他。”西蒙轻声说。

第二天早上，西蒙穿着一件深蓝色的短大衣，手里拿着一根精致小巧、又没有什么特别用途的小棍子走出房门。周围浓重的雾包围着他，天色还黑漆漆的。一小时后，他站在一座山丘上，回头望向脚下的城市，这时已是晨曦微露。天很冷，但火红的太阳从被雪覆盖的灌木丛和田野上缓缓升起，预示着晴朗的好天气。西蒙入迷地看着这颗升得越来越高的红色球体，自言自语道，冬天的太阳比夏天时真要美得多。很快地，雪在太阳鲜艳温暖的色彩的照耀下仿佛燃烧起来，温暖的景象与现实中的寒冷激励着徒步行走的西蒙，他没有再多做停留，而是加快了步伐。西蒙走在之前那个秋夜里走过的同一条路上，他现在几乎闭着眼就能找到这条路，他走了整整一天。中午时分，阳光洒在地面上，十分温暖，雪慢慢开始融化，有些地方冒出了湿润的绿色植物，潺潺流淌的泉水更加印证了天气的温暖。大约到了傍晚，天空变为深蓝色，红色的太阳光芒也在山脊上消失不见，天又变得异常寒冷。西蒙开始攀登在之前的夜晚匆忙爬上的那座山，雪在他的脚下嘎吱作响。冷杉树上积着厚厚的雪，压得粗壮的树枝也向地面弯曲下来。大约爬到半山腰时，西蒙突然看到一个年轻人躺在路中间的雪地上，森林里还有最后一丝光线使西蒙能够看到他。此人为何会在寒冷的冬天躺在冷杉树林中一处这么偏僻的地方？年轻男子的宽帽子斜盖在脸上，在炎热的夏天人们经常会看到类似的场景，有人躺在地上休息，会以这种方式来保护自己不受阳光照射，从而酣然入睡。而在这个季节，在冬天躺在雪地里，把脸这样盖上是谈不上舒适惬意的，这令人感到有些不对劲。年轻男子躺在地上一动不动，这时，树林里的光线越来越昏暗了。西蒙仔细查看男子的腿、鞋子和衣服。他身穿一件已经磨损露线的极薄的浅黄色夏季西装。西蒙拿开男子脸上的帽子，发现这张脸已经冻僵了，看上去非常可怕，西蒙突然认出这张脸来，这是塞巴斯蒂安，毫无疑问，这是塞巴斯蒂安的面容，他的嘴，他的胡须，他的宽而扁的鼻子，他的眼睛、额头，还有他的头发。他在这里冻死了，毫无疑问，他一定已经躺在这里多时，就在这条路上。雪地上看不到足迹，因此可以推断他已在这里躺了很久，脸和手早已僵硬，衣物粘在冻僵的躯体上。塞巴斯蒂安很可能是由于身体无法承受长期的疲劳，不堪重负，突然摔倒在这里的。他向来都不是那么强壮有力，总是弓着腰走路，仿佛他根本无法站直身子行走，仿佛连他的头和脊背都使他走路异常吃力。看到他时，人们会感觉他无法胜任生活对他的种种无情的要求。西蒙从冷杉树上折下一些树枝，把它们盖在塞巴斯蒂安的身体上。逝者的上衣口袋里露出了一个薄薄的笔记本，西蒙把它拿了出来。笔记本里的内容应该是一些诗歌，但是西蒙已经无法分辨那些字体。这时，天彻底黑了，星星在冷杉树的缝隙间闪烁，椭圆而小巧的月亮也悬在天边望着这一切。“我没时间了，”西蒙冷静地对自己说，“我必须得抓紧时间赶到另一座城市，如果不是这么急迫的话，我本可以在这个死去的可怜人身边多待一会儿。这位狂热的诗人躺在被雪覆盖的美丽的冷杉树之间，为自己寻到了一块多么圣洁高尚的墓地！我不会向任何人说起这件事情。大自然俯瞰在它身边逝去的人，星星们在上空为他轻唱。夜莺也发出咯咯声，对一个听不到，也没有任何感觉的人来说，这是最好的音乐。亲爱的塞巴斯蒂安，我会把你的诗歌带到编辑部，在那里或许会有人阅读它们，并付梓印刷，这样至少能让你那闪耀、悦耳而又可怜的名字流传于世，让大家记住你。躺在冷杉树的树枝下，在雪地里变得僵硬，这是一种高贵的静谧，这是你能做的最好的安排。世人总是喜欢给像你这样与众不同的人带来痛苦，并对你们的痛苦嗤之以鼻。请问候那些可爱而安静的地下死者，请不要在虚无世界的火焰中继续燃烧自己了。现在你已经在另一个世界，你一定身处一个很美的地方，你现在定是一个富有而高贵的人，把这样一个人的诗交付出去是值得的。安息吧，倘若我现在有一些花，我会把它们撒落在你身上，人总是喜欢把花献给诗人。你拥有得太少了，你曾期待获得一些东西，但你没有听到它们在你的脖颈上嗡嗡作响，它们也没有如你所梦想的那样落在你身上。你看，我也有很多梦想，许多人都在做梦，尽管人们不相信他们的梦想能够实现。你相信梦想，而我们其他人只是在愁苦潦倒的时候去做做梦，并为能够停止继续梦想而庆幸。你轻视了你身边的人，塞巴斯蒂安！亲爱的塞巴斯蒂安，强大的人才能够有梦想，而你太过孱弱。我本不想发现你的圣洁墓地，继而去责备你，我又怎知道你经历和承受过什么。你的生命在漫天的星光下逝去，这真的太美了，我不会忘记这些。我会向赫特维西描述你在这棵高贵的冷杉树下的坟墓，她听了之后定会哭泣。如果有些人还不曾知道你，至少他们会阅读你写的诗。”——西蒙从逝者身边走过，向那堆冷杉树枝瞥去最后一眼，是的，诗人现在就睡在树枝下面。然后他迅速转过头，以最快的速度穿过雪地爬上山去。他不得不第二次在夜晚爬这座山，但是这次，对生与死的思考令他全身颤抖，他甚至想在这个寒冷的星夜里高声呼喊。旺盛的生命之火令他的思绪突然远离了逝者那柔和而苍白的面容。他已经感觉不到自己的腿在行走，只觉得自己血脉偾张，充满渴望，这些都激励他向前不断赶路。走到宽阔的高山草地上，他才可以真正欣赏这夜晚的庄严景象，西蒙放声大笑，像一个还从未见过死者的小男孩。死者是一种什么样的存在呢？唉，是对生命的一次警告吧，也是一次美好的回忆，推动着人们走向美好的未来，别无其他。西蒙有一种预感，他看到死者时能够这样内心平静，那么他的未来定在很辽远的地方等待着自己。能够再次看到这个可怜而不幸的人，以这样的方式遇到他，这样静悄悄地、思绪万千地、在黑暗和静谧中完成这一切，这又令西蒙深感欣慰。诗人已逝，现在没什么让人们再嘲笑和对他嗤之以鼻的事情了，谢天谢地。之后，西蒙睡在一家旅店的床上，这里令他感到很舒适，他的哥哥曾为这家旅店的舞厅绘过图。第二天，西蒙在白雪皑皑的街道上艰难地行走，他仰望头顶的蓝天，打量着街道两边的房屋，房屋高大而漂亮，可以看出这里的人们生活非常富足。山丘上耸立着杂乱的黑色树木，蓝天上白云朵朵。西蒙继续观察从他身边走过的人，以及和他同方向行走、被他超越的人们。他大步流星地走着，而其他人都在悠闲踱步。到了晚上，他穿过一个被森林环绕的狭窄山谷，山谷很安静，到处都是蜿蜒的小路。山谷高处坐落着一些村庄，那里依稀可见灯光影影绰绰，还有一些零星的人在走动。西蒙感到累了，于是回到附近的旅店。旅店里的饭厅坐满了人，女店主更像是一位尊贵的夫人，而不是招待客人的店主。西蒙拘谨地点了一些他想要的食物，美丽的女店主好奇地打量着他。西蒙精疲力竭，因此他很高兴店员立刻带他进了房间，一进房间，他就欢快地跳到冰冷的床上，马上睡着了。第三天，西蒙来到一座漂亮的大城市，他在这里只有一件事情要办：找到一位编辑，把塞巴斯蒂安的诗歌交给他。来到他打听到的房门前，他突然想到，一人单独前往，把一个刚刚被发现的死者的诗交给对方，这并不是什么明智之举。于是他在装有蓝色本子的信封上写了标题："一位在冷杉树林被发现冻死的年轻人的诗，如有可能，请发表这些诗歌"，之后，他把本子投进大而笨重的信箱里，本子在信箱里咣当作响。做完这些后，西蒙重新上路。天气变得暖和些了，西蒙脚下挤压出大块潮湿的雪团，这些雪团在街道上回旋。城市里陌生的人们睁大眼睛看着他，这让西蒙几乎产生了他们认识他这个异乡人的错觉。他很快走出这座城市，走到坐落着华丽别墅的市郊，又继续穿过市郊，来到一个森林里，一片田野上，再走到另一片田野，又一个小森林里，接着进入一个村庄，又到第二个、第三个村庄，直至夜晚降临。

第八章

清晨，小村庄里下起了雪。去上学的路上，孩子们的鞋子、裤子、上衣以及头上、帽子上都沾满了雪花，衣帽鞋袜也都湿了。孩子们把雪的冷气带到了学校的教室里，道路上满是污渍泥泞，路上的鹅卵石上也覆盖着雪。教室里有一组孩子因为下雪而兴奋异常，他们不再集中精神听讲，这令女教师有些不悦。她刚刚开始打算讲授宗教课，这时，她发现窗户上有一道细长的、在移动行走着的深色光影，这道光影在一排排窗子前挪动着，是那么的纤巧灵活，这绝不可能是当地农民的身影。突然，孩子们发现他们的老师仿佛忘记了一切，快步向教室外跑去。赫特维西走出教室，看到原来是弟弟站在门口，她飞扑进弟弟怀里，流着泪吻西蒙的脸颊，把他带到一间教师休息室里。“你来得真突然，不过你能来，这真是太好了，”她说，“把你的东西放在这里吧。我还要上课，但是我打算今天让孩子们提早一个小时放学，这不会有什么问题。他们今天注意力特别不集中，这让我有理由生气并早点打发他们回去。”——她整理了一下在迎接拥抱西蒙时弄得异常凌乱的头发，向弟弟道别，随后又回到她的工作中去。

西蒙开始为在乡村的生活做准备。他的箱子邮寄到了，里面有他的所有身家物件。他的很多东西都已经不在了，只剩一些他不想变卖或转让的旧书、衣服、一套黑色西装、一个用于捆扎的细绳线团、几块绸布，还有领带、鞋带、烛台、纽扣以及一些线绳。有人帮他向隔壁学校的一位女教师借了一张旧铁床，还有一张草垫子，这足够在乡下睡觉用了。夜里，铁床的床架被人用一个宽大的雪橇从邻村运送过来。那位女教师的儿子——一个刚刚服完兵役的壮实小伙子，把雪橇从山上驶到学校宿舍所在的洼地，赫特维西和西蒙也坐在这个特殊的运输工具上，大家一路上谈笑风生。床被放置在第二个房间，并配备好必需的床上用品，这些准备工作对于一个对床没有过分要求的人来说已经足够，而西蒙正是这样的人。起先，赫特维西思忖："他来这里找我，是因为他在这个广阔的世界里没有其他容身之处了。因此我这里对他而言是一个很好的选择。如果他知道有其他吃饭睡觉的地方，是绝对不会想起他姐姐的。"但她马上打消了这个无奈的念头，她之所以会这样想，也是由于西蒙突然造访，并非由赫特维西主动邀请而来。西蒙对自己以这种方式让姐姐不得不好意收留也有些惭愧，但这种羞愧不会持续太久，渐渐地便消失了，因为他已经习惯如此！他已囊中羞涩，但在刚刚到达的头几天他就给周围所有的公证人写信，请求公证人给他这个写得一手漂亮好字的人分派一份工作。可是，在乡下，人们需要钱来做些什么呢，起码并不需要很多钱。互相倾吐不快、分享喜悦及欢乐，仿佛他们这样同住由来已久，住在学校宿舍的姐弟二人之间的内心隔阂随着时间渐渐消除了。

早春时分，人们已经可以小心翼翼地稍稍开一点窗子，火炉也不需要烧得那么旺了。孩子们把一束束雪莲花带到学校送给赫特维西，赫特维西为没有足够多的容器放置这些花而感到遗憾。在村里弥漫着春天的气息，人们已经开始在太阳下散步。周围的人都已认识西蒙，他在不知不觉中已被人熟知，人们并未多去打听他是谁，也就是说，他是女教师的兄弟，这足够令这里的人尊重并重视他。人们都认为西蒙看望姐姐后会在这里住上一阵子。西蒙总是身穿破旧的衣服四处闲逛，但他身上的衣服非常合身而雅致，这又巧妙地弥补了衣物布料的质地缺陷。他脚上穿破的鞋子也不太引人注目，西蒙觉得在乡下穿着破损的鞋子走路非常惬意，在他看来，这是乡村生活的优点之一。等他手头有钱了，他应该也会想到要改善一下自己穿的鞋子，要换上轻便而舒适的鞋子！或许他需要十四天的时间在这件事情上犹豫不决，在乡下，十四天的时间难道很宝贵吗？在城里，人们做任何事情都必须要尽快完成，而在这里，人们有理由把所有事情拖延至第二天。是的，一切都自然而然地往后拖延，每一天都悄然而至，人们还未来得及思考，傍晚又已来临，接着便是温柔的夜，人们在夜晚的熟睡中又小心翼翼、温柔地唤醒新的一天。西蒙很喜欢大多数时候都是泥泞的乡村道路，小路上铺满了鹅卵石，在大的道路上，倘若人们不小心，便会陷入污泥中。人们是有机会提前注意一下的，人们可以事先提醒城里人，后者往往习惯于小心谨慎、带着对污泥装腔作势的害怕走过一条街道。现实就是如此！年长些的村妇会想，这真是一位谨慎小心、爱干净的年轻人；而姑娘们可能会嘲笑西蒙竟然要跳起来跨越那些水坑洼地。天空常常乌云密布，云层很厚，狂风怒吼，风吹过森林，使得树木都在晃动，风继续吹过青苔，有人在那里挖土劳作，马匹耐心地站在一旁等待。很多时候，天空也是晴朗的，仿佛在向人们微笑，看到天空的人也会随之一起微笑。赫特维西脸上露出欢欣的表情，住在楼上的一位男教师好奇地把他戴着眼镜的脑袋伸出窗外，享受着晴朗美好的天空。西蒙在一家小店铺买了一个便宜的烟斗以及一些烟草，在乡下吸烟斗，这对他而言应该是种很得体的行为，因为他吸烟之后就要填塞烟斗，而填塞烟斗是一种适合在空旷的田地及森林里进行的活动，西蒙几乎可以在这些地方待上一整天。在温暖的中午，西蒙躺在河岸边浅黄色的草地上，天空万里无云，在这里不仅可以，而且必须要幻想些什么。但他不再对那些遥不可及的美妙事物产生幻想，他只对身边的环境进行思考及想象，他想不到还有什么比这更美妙的事情了。譬如身边的赫特维西便是他幻想的对象。他所吸的烟斗引领他来到村庄里，来到学校宿舍，来到赫特维西身边，让他忘记了余下的世界。他想象着："赫特维西被一名男子带走，他们同乘一艘小船离去。湖面小得像公园里的一个池塘。男子一动不动地坐在小船上，她一直望着男子幽黑深邃的大眼睛，心想：'他的眼睛一直盯着水面，他不看我，但这宽阔的水面却在用自己的眼睛望着我！'此人留着乱蓬蓬的小胡子，是强盗们喜欢留的那种胡须。他一定对女士们都彬彬有礼，无人能及。他能在他有生之年一直对女士彬彬有礼，连眼睛都不需要眨一下，当然也不需要扪心自问，亦不会对他的所作所为自鸣得意。是的，这个男人永远都不会自鸣得意。他的嗓音温和而富有磁性，但他从不使用这样的嗓音去说一些恭维话。他骄傲的双唇从来说不出甜言蜜语，他有意让他原本磁性的嗓音听起来生硬又冷酷。但是这位姑娘知道，他有一颗极为善良的心，她不敢用任何请求来伤害他的心灵。这时，水上传来悠扬的琴声，赫特维西想，这动听的音乐真的可以令人死而无憾。水面上方的天空和水的颜色一样轻柔，天空在上面飘荡着，和漂浮着的湖面相互照映。画面中公园里的树与这个地区枝叶摇曳的高大树木也很相称，这些树有着公园里树木独有的特征，非常华丽。画面中所有的事物都被放到一起，相当紧凑。现在我要出去散步，不再去关心我和这个地区之间的关系了。这时，男人抓住船桨，突然撞了一下小船，赫特维西感觉到他在以这种方式克制他身上的温情及爱意。当他感知到自己内心的爱和温柔时，他会觉得屈辱，因而他毫不留情地惩罚自己，把自己柔软的情感隐藏在心里。他内心是如此骄傲，他不算是一个男人，而是一个男孩与伟大人物的结合体。一个男人不会因为自己被情感控制而感到屈辱受伤，但一个男孩不只想成为正直而有情感的男人，他还想要更多，他想成为一个强悍的伟人，不允许自己有片刻软弱。男孩往往具有骑士精神，这种精神总是把只有男人才具备的成熟理性的思维抛之脑后，把它们看作是无用的爱情殉葬品。男孩更勇敢，因为他们还不够成熟，而成熟往往容易令人变得卑鄙下流、自私自利。人们只需观察一下男孩那倔强而冷酷的嘴唇，以及突然冒出一句话时那种显而易见的固执。男孩往往遵守承诺，而男人觉得不遵守诺言会更好。男孩能体会到严格信守承诺的美好（如在中世纪一样）[1]，而男人认为把曾经做出承诺的誓言用一个新的誓言来代替会更佳。男人认为自己是做出承诺之人，对方才是承诺话语的执行者。年轻人额前飘着卷由的头发，弯弯的嘴角令他显得极其倔强，他的目光像匕首一样凌厉，赫特维西看到这些不禁发抖。公园里树木的色彩暗淡而柔和，似乎渐渐消失在浅蓝色的天空中。尽管坐在树下的这个让她轻视的男人未对赫特维西做出任何承诺，可她必须爱着此刻在她身边的冷酷无情之人。男人从未做过任何承诺，未曾在她的耳边轻声讲出一句温柔甜蜜之语，却胆敢引诱她一同出行。轻声耳语，那是别人的做法，而此人完全不懂这些。倘若他懂得这些，他也永远不会这样去做，或者在其他人不会对此说三道四之时，他才会这么做。在这种情形下，她却把

1. 中世纪的骑士精神强调信守诺言，乐于助人等。

自己交给了对方，甚至连她自己也不知道为什么。在这件事上她未获得任何回报，她无法像其他女人那样抱有希望，她要做好不被男人怜惜的心理准备，准备面对男人粗野的脾气——正如一名统治者习惯于对他的所有物所持的态度。倘若他用粗鲁而漫不经心的语气与她讲话，仿佛她已经是他的人了，她反而会感到幸福。她的确已然如是，男人知道这一点，他往往不再重视已拥有的事物。她把美丽的头发散开，像瀑布一般披散在红扑扑的小脸上。‘把头发绑起来。’他命令道，于是她立刻服从他的命令。她很乐意服从他，他当然知道这一点——尽管他闭着眼睛，但他会从她嘴里发出的声音来判断这一点，就像他遇到一些幸运的事情时那样，或是像那些匆忙做着一项工作的人，这项工作可能会使他们的双手疲乏，却令他们的内心欢欣满足。他们下了小船，走到岸上，土地很柔软，被人踩踏后很容易下陷，就像一块地毯，或者说像多块叠放在一起的地毯。地上的草黄黄的，还是去年的枯草，和我在吸烟斗的地方看到的一样。这时，突然出现了一个姑娘，一个看起来娇小而苍白忧郁的姑娘。她看上去像一位公主，她的衣着非常华丽，胸前鼓起一块圆弧的形状，姑娘的胸像一朵引人注目的蓓蕾呼之欲出。她的衣服是深红色的，是血液干涸后的那种颜色。她的脸色极其苍白，像冬天傍晚山上天空的色彩。‘你知道我是谁！’姑娘说着，扭头看着那个吃惊的男人，男人呆滞地站着一动不动。‘你还敢这样看着我？走开，我命令你现在就去死吧！’她对男人喊道。男人做出一副顺从的表情。这是一种什么样的表情呢？是一种当人做了无法挽回的事情时的表情，往往是一副怪相，脸在抽搐，像是要把脸咬破，然后再用尽力气将它恢复原状。这种怪相就像要把脸部的五官互相扯开，鼻子会掉下一块来，或者类似的情况。接下来我不想再幻想这个家伙怎么用表情来杀死我，因为杀人必须得用一把长长的刀，而我现在只有一个烟斗，没有刀。我幻想的开端部分很不错，但现在我发觉它开始往偏离的轨道发展，这与赫特维西不相衬。赫特维西很温柔，当她承受痛苦时，也是以一种更美好、更温和的方式来承受。倘若我设想的那个留着乱蓬蓬胡须的男人如此野蛮地对待她，赫特维西定会忍不住笑他的滑稽相。我在幻想时描绘的风景也很美，但那是由于幻想的素材是这个地区的自然美景。人在幻想时千万不要忘记大自然的土地，在幻想各种人物时也一样，不然便很容易让幻想中的某一人说：‘你去死吧。’之后，想象中的另一个人就得做出各种表情，而这种鬼脸扮相非常可笑，会破坏一次美好的幻想！”

西蒙走回家去，他养成了每天傍晚时分在一个特定的时间里步行回家的习惯。他急于回家烧茶水，因此在路上，他的目光往往都盯着深棕色的土地。在烧茶水的过程中，西蒙掌握了一种技巧，他能够掌握好一定的分量，每次既不太少也不太多地使用这种闻起来很香的植物——茶叶，相当仔细认真地令茶具一直保持干净，并把它们雅致地摆放在桌上，水不能在用酒精点燃的火焰上煮过头，还要以一定的配比把水与茶混合在一起，这些都相当关键。对于赫特维西来说，这不过是件很轻松的小事，因为她往往只是匆匆地从教室走出来，去拿一杯茶，之后再去工作。早上起床后，西蒙把床铺整理好，之后去厨房做一杯可可，他按照赫特维西的喜好来做，味道十分可口。他在这件事情上也努力探索最正确的手法，他习惯于把每一项事务都做得完美，即便是一件微不足道的小事。他不用前期准备，也不费任何力气地点燃火炉，把火烧旺，熟练地使用一把长长的扫帚打扫赫特维西的房间。他打开窗户，这样可以给房间带来一些新鲜空气，在适当的时候，他又把窗户关上，这样房间就变得温暖而芳香四溢了。房间里的花朵都在小小的花盆里盛开着，仿佛外面的大自然被搬进了室内，香气扑鼻。窗户上挂着款式简洁漂亮的窗帘，使得房间更加明亮温馨。地板上铺着暖和的地毯，这是赫特维西请可怜的囚犯用积攒下的零碎布头制成的，那些囚犯很擅长做这些工作。角落里有一张床，另一个角落放着一架钢琴，中间是一张铺着小碎花沙发套的旧沙发，沙发前有一张足够大的桌子，旁边摆着几把椅子。除此之外，房间里还有一个盥洗台，一张小小的写字桌，上面放着一些资料，以及摆满了书的书架，地上摆着一个放倒的箱子，箱子上面盖着柔软的布料，可以坐在上面阅读。在阅读时，他们偶尔想要离地板更近一些，就像东方人那样。另外还有小缝纫桌及缝纫篮，里面装着许多精致的小物件，都是些女孩子家里不可或缺的东西：一块盖有邮戳、贴有邮票的圆石头，一只鸟，一沓信件及明信片，墙边还有一个可以吹奏的圆号，一只酒杯，一根有着很大拐角的拐杖，一只挂着军用水壶的双肩背包以及一根鹰尾的羽毛。墙上还挂着卡斯帕尔的画，其中有森林的晚景、一个透过一扇窗子望见的屋檐、一座雾霭弥漫的灰色城市（赫特维西认为这座城市特别漂亮）、夜晚浓郁色彩下的河流、夏天的田野、一位名叫堂吉诃德[1]的骑士、一座紧紧挤在山丘上的房子，看到这座房子，人们可能会对一位诗人说："这后面有一幢房子。"钢琴的琴盖用一块绸布罩着，上面放着青铜色的贝多芬半身像，还有几张照片和小而精致的空首饰盒，这是母亲的遗物。一块像舞台帷幕的垂帘把两个房间和睡觉时的两人分隔开来。傍晚点灯时分，百叶窗拉上了，

1.《堂吉诃德》（又译作《唐·吉诃德》《堂·吉诃德》等），是西班牙作家塞万提斯于1605年和1615年分两部分出版的长篇反骑士小说。

女教师的房间在这时看来分外舒适安逸。早上，阳光把酣睡的赫特维西唤醒，她并不想起床，然而却不得不挣扎着起来。

公证处人员似乎忘了西蒙，没有任何关于工作的消息传来。因此，西蒙觉得自己非常迫切地要寻找其他方式来赚钱了，这样才能向他的姐姐赫特维西表明他想一起补贴家用的愿望。他拿起一张纸，在上面写道：

乡村生活

我是在一个雪天来到这里，走进这栋房子的，尽管我不是房子的主人，也没有成为其主人的愿望。我设想自己是房子的主人，那样或许比拥有一套公有住房更让我感到幸福。我现在居住的房间并不属于我，它属于一位温柔可爱的女教师，她收留我，在我饥肠辘辘之时为我提供食物。我乐意做一个依赖别人好心恩赐的家伙。我天性喜欢依赖他人，这样一来，我会喜欢对方，并对他们仔细留心——看他们是否对我还有善意及好心。对于这种不能自主的生活方式，人要有自己的态度，对好心施恩者既不能野蛮以待，但也不能过于温柔小心地献殷勤，在这方面我很在行。首先，人永远都不能让主人觉得自己对他心存感激，否则便会显得拘谨胆怯，而这有可能会令施与者感觉受到侮辱。人们有时在心里为好心施恩者祈祷，屋里的主人可能会说些什么话，但他很少谈及情感。如果人们冒失地向他表示感谢，他根本不愿接受，因为他觉得自己并未给与对方什么。他不是希望别人向他乞讨，才给与别人一些东西的。在某些情况下，感谢不过是乞讨，别无其他。另外还有一点：在乡下，人们表达感谢时往往沉默不语，而非喋喋不休。想要表达感谢的人有着他自己的方式，因为他知道自己要感谢的对象也有其接受方式。高素质的施与者几乎比接受者更为拘谨，他们会对接受者大方坦然的接受感到高兴，这样施与者的行为就可以体面而直截了当。顺便一提，我说的这位女教师是我的姐姐，但这种关系并未妨碍她发自内心地想阻止我做一个无所事事的懒汉。她正直而勇敢，她对我有一种既爱又不信赖的复杂情感，当然了，她肯定会想，这个捣蛋鬼弟弟步履蹒跚地来找已在这里定居的姐姐，不过是因为他在这个广阔的世界里找不到栖身之处了！这对她而言一定是有些伤害感情、令她不快的，因为如无必要，我会数月甚至几年也不给她写一封信。她肯定会想，我来找她，不过是为了在自己受苦受累之后可以在这里悠闲地休养身体，而不是带着关切去看望自己的姐姐。然而这些问题随着时间的推移慢慢淡化了，我们之间的猜疑和隔阂消失不见，我们现在不像血亲，而像志同道合的好友那样一起生活，和睦相处。啊，在乡村里，两个人和睦相处不是什么难事。总有办法让我们很快摈弃一切秘密及疑虑，比在摩肩接踵、有着许多烦恼的大城市里更容易相互爱着对方。在乡村里，即便最穷的人也比城里不那么穷的人少些忧愁。在城里，人们的一切话语及行为都会被估量及比较，而在这里，人的忧虑担心会无声息地延续下去，人的痛苦也会自然而然地消失不见。在城里，人们一切的出发点是要变得富有，因此有许多人觉得自己贫穷而不幸；在乡下，至少大部分的穷人不会由于不断地比较财富而感到痛苦。穷人可以尽情与他的贫穷一起继续呼吸，他在这里拥有一片能够让他舒一口气来自由呼吸的天空。而城里的天空又是怎样的！——我自己身上只剩下一块小小的银币，这一定够洗衣服用了。而我的姐姐，她从未有什么对我不能讲的秘密，也向我承认她的钱花光了，然而我们现在内心相当平静。只要我们想要，就可以得到多汁美味的面包、新鲜的鸡蛋及香喷喷的蛋糕。孩子们给我们送来所有这些东西，都是家长让他们带给老师的。在乡下，人们习惯给与，受尊重的人会接受人们的馈赠。而在城里，人们害怕馈赠，因为这会侮辱和破坏接受者的形象，我真的不知道这是为什么，或许因为在城里，人们面对好心的馈赠者会渐渐变得厚颜无耻。人们努力避免对忍饥挨饿的穷人直接表露出高贵的同情心，他们只偷偷地暗中给与，或者通过不怎么高调的宣传。富人在穷人面前感到害怕，因此富人独自一人消耗他的财富，而不是向一位乞丐伸出援手，把像一个国王所拥有的光辉赐予穷人，这是一个多么令人不齿的缺点啊。我认为在城市里做穷人是很不幸的，因为人们不能去请求别人帮助，人们觉得好心的给与是非正常行为。至少有一点确定无疑：城里人宁愿不去给与、完全没有同情心，也不要为了克服自己的缺点而勉强为之。在乡下，当你把自己拥有的给予别人，你并不懦弱，你仅仅是想要给与，而这恰好使自己获得了做这件好事的荣耀。谁害怕赠予，那么当他被命运打击，想要求助于人，且尴尬而落魄地求助时，他必定会像乞丐一样被人对待。那些蒙福有好运却忽视穷人的人是多么令人憎恶啊！最好去折磨这些人，让他们去服劳役，感受到压力及打击，这样他们就会和穷人们产生一种联系。他们会恼火、感到心悸，这些也是与穷人的一种关联。但是，有些人窝在华丽的房屋里，躲在花园金色的围栏后，害怕感受到温暖的烟火气，担心没有什么可以花销的东西，害怕被那些充满怨恨的受压迫者发现，因而感到烦恼。他们没有勇气坦承自己是一个剥削压迫者，更害怕那些被他剥削压迫的人对他的财富感到不满，他们同时还阻止他人过得舒心。这些人使用一些非正当的手段赚得盆满钵溢，他们只是获得了财富，而并未拥有庄严与尊贵：这就是当今城市里的众生相，在我看来这很糟糕，是急需改善的一种局面。而在乡下，目前还不是这种境况。这里的穷人很清楚地知道自己处于一种什么境地，穷人们可以以一种健康的羡慕心态去仰视那些富人及小康之家，他们被允许这样做，因为这会赋予被这样注目的人更多的尊严与显赫。在乡下，想拥有自己的房子是理所当然的，甚至上帝都有这样的愿望。在这里广袤的天空下，拥有一处宽敞舒适的房子真是一件极大的快事。而在城里不是这样。在城里，暴发户可以和来自古老大家族的伯爵做邻居。是的，只要愿意，钱可以帮人夺取住宅及神圣的旧式建筑。又有谁会愿意在城市里成为一栋房子的主人呢？房子在那里不过是交易，而非骄傲及愉悦。房子的每一层，包括最高一层里，都住着些循规蹈矩之人，所有人相互擦肩而过，却不认识对方，也不去表达他们想要结识对方的愿望。那么这还是一幢房子吗？在城里，长长的街道上遍布着这样的房子，人们给这些房子起奇奇怪怪的新名字，以便予以区分。总体而言，乡下发生的新鲜事也比城里多，因为在城里，人们往往漠然地阅读一些新闻事件，对读报纸这件事情感到极其无聊。而在这里，在乡下，人们气喘吁吁、热火朝天地把一些事件口口相传。在乡下，每年都会发生一些事情，这对所有人是一种共同的经历。在乡村，包括在每个隐蔽的角落，总是比城里人通常以为的更热闹，人们也更有智慧。例如一些老太太，她们慈祥的面容让人觉得她们很像自己的祖母，这些老太太并不会静静地坐在一扇窗户的白色窗帘后，而会讲述一些扣人心弦的故事，村里的孩子在性情及修养方面也远远高于人们的预期。经常会有这样的情况出现，当村里的某个小孩被送到城里的学校时，他的新同学都为他深邃的思想感到惊叹。我并非要贬损城市，也不想过分地夸赞乡村。只是这里的日子真的太美了，令人很容易忘记城市。乡村生活激发人们对远方静静地渴望，而人们却不想继续远行了。乡村生活既是一种远行，也是一个终点。当白天即将向人们挥手作别时，它把美妙的夜晚赐予人类，人们可以在这样的夜晚散步，在仿佛特意为夜晚铺设的道路上散步。一间间房屋显露出来，窗口闪烁着灯光。即便是在下雨天，乡村也是非常美的，人们觉得下雨是一件愉快的事情。我刚刚到达这里的时候正值春季来临，后来春意渐浓，门窗都可以敞开着，我们开始翻新花园的土地。其他人早就开始进行这项工作了，我们是最晚动手的，这于我们而言也正合适。人们帮我们从车上卸下一大堆湿润而珍贵的黑色泥土，这些泥土要和花园里已有的泥土混合在一起——这是我梦寐以求的一项活计，虽然听起来似乎令人难以置信。我并非天生的懒人，真的不是，我只是无事可做，只是因为形形色色的办公室及公证处不肯聘请我，他们不了解我对他们能有什么用处。我在每个星期六把地毯拍打干净，这也是一项工作；我勤奋地学习厨艺，这亦是一种追求。饭后，我晾干餐具，之后和我的女教师姐姐聊天，我很喜欢和她聊天，我们之间总是有许多话要说、有许多事情要讨论。早上，我把房间打扫干净，把包裹送到邮局，回到家中，我开始思索接下来该做些什么。通常是无事可做的，于是我走下山，走到森林里，一直坐在山毛榉树下，直到该回家了，或者说直到我觉得自己该回家了。当我看到人们在劳作，我会不由自主地为自己无所事事而感到羞愧，我认为自己思考的比做的更多。于我而言，每个日子就像一位仁慈的神馈赠于我，是的，这位神灵乐意赠予一个无用之人一些东西。而这些赠予比想获得一份工作及抓住一份工作机会更重要。倘若我面前有一份工作，我不会要求自己一定去接受它，因为我知道像现在这样我也可以过得很好，我非常适合在乡下生活。我在这里不需要做太多事情，否则我就忽视了整个世界的美好，失去作为旁观者的体面，而世界也需要我这样的旁观者存在。我唯一的痛苦来自我的姐姐，我不能分期付清我们的债务，我在做白日梦时，却看到她要辛劳地工作。倘若年轻时无所事事，过着这种闲逛的生活，时间或早或晚会对我加以惩罚，可是我觉得，我生来便是如此，上帝喜爱快乐的人，而厌恶悲伤的人。我的姐姐从不会长时间地悲伤，因为我会让自己显得很滑稽，逗她发笑，让她开心起来，在这方面我有天赋。但我也只在自己姐姐面前这样做，让她笑我，在其他人面前我会保持自己的尊严，当然也不会过于死板拘谨。在外面和人打交道时，我在行为举止方面有必要保持严肃认真，这样才能够证明自己，不会被认为是流氓无赖。村里人对年轻人的举止行为非常敏感，他们希望看到年轻人沉着稳重、谦逊且彬彬有礼。我打算就此搁笔，并希望能够用这篇文章赚些钱，如若不能也没有关系，至少我有兴趣写这篇文章，在写作时，几小时从我指尖飞逝。几小时？是的！因为人们在乡下写东西写得很慢，经常会被打断，手指也变得不那么灵活，还会用乡村的思维方式来思考问题。再见，城里人！

第九章

西蒙把信送到了邮局。接下来的星期天，西蒙的哥哥克劳斯来访。天空飘着雨，湿冷的雨点敲打着刚刚盛开的花骨朵，令人看了不禁打冷战。当克劳斯在赫特维西家里看到西蒙时，脸上露出非常讶异的神情，他原以为西蒙已经身在国外某个地方了。尽管内心很震惊，但他并不想破坏这个美好的星期天，因此他尽可能表现得平静。房间里静悄悄的，他们大多数时候相对而坐，却默默无语，似乎内心都在试图寻找合适的话题。克劳斯的到来令赫特维西家里的气氛变得与往日大不相同。克劳斯一扭头，便看到形形色色的物件堆放得七零八落，而西蒙的存在尤为显眼。尽管克劳斯很生气，但他今天不想批评西蒙，尽量避免任何令他们不快的话题。他的眼神带着审视，意味深长地打量着弟弟，仿佛在说："你的所作所为真令我震惊。我简直无法相信你是一个成年人。你借住在姐姐家，在这里做一个无所事事的懒汉，这对你来说难道是荣耀之事？这太没有尊严了！我原本应该把这些话都说出来，但我必须体谅赫特维西的情绪，倘若说那样的话，我怕会伤害到她，我不想破坏这个星期天！"西蒙已经从哥哥的表情里读懂了他的内心，他很清楚哥哥这种目光、他们重逢时别扭生分的客套话，以及他们之间的沉默和尴尬都意味着什么。西蒙为克劳斯的沉默感到庆幸，否则他便不得不面对他一直以来都很反感的问题。毫无疑问，毫无疑问！对一位像他这样的年轻人而言，他的行为的确不可原谅、理应受到谴责。但他能待在赫特维西这里，这真是太好了，真的太好了。突然，他的心底涌上一股暖意，他对克劳斯说：“我知道你是怎么看我的，可我向你保证，这种情况很快就会结束。我想你多多少少还是了解我的。你能相信我这一回吗?”克劳斯听了这番话后，握了握西蒙的手，这个美好的星期天于是就这样被“拯救”了。很快就到了午饭时间，赫特维西发现兄弟二人之间的气氛变得融洽起来，她忍不住偷笑。“克劳斯，克劳斯这人还是不错的!”她心里想着，满心欢喜地把可口的饭菜端上了餐桌。午饭有一道美味的汤，赫特维西很擅长做这道汤，另外还有酸菜猪肉，最后是一份有肥肉的烤肉。西蒙无拘无束地谈论着世界及人生，把哥哥也带入他独特的谈话中去，接着又幽默滑稽地夸赞这顿美餐，每当他这样夸赞，赫特维西都会喜笑颜开，暂时忘却了一切令人烦恼担忧之事。下午时分，尽管天气阴沉，三人还是决定去散步。地面湿漉漉的，他们走得很慢，很快又回到家中。到了傍晚，三人都变得异常安静。西蒙读着一份报纸，克劳斯刻意找些话题，说些无关紧要的小事，赫特维西时而心不在焉地回应一句。要道别离开之际，克劳斯向厨房里的赫特维西喊了一声，嘱咐了她几句话。然而待在里面的赫特维西根本不愿听到，管他讲些什么呢，随他去吧。随后，克劳斯便动身离开了。西蒙和赫特维西陪着克劳斯走了一段路，把客人送走后，他们又欢欣鼓舞起来，像两名小学生刚刚目送严厉的监督员离开似的。他们终于可以重新自由地呼吸，恢复如常了。赫特维西聊起克劳斯，这时她的嗓音都不自觉地提高了：“克劳斯一直没变。有他在场，我们总会有些怕他。他一出现，我就总觉得自己像一个犯了错的学生，不得不对自己的漫不经心进行检讨。仔细想来，在他眼里，我们一直都是漫不经心的吧。他看待事物的角度与我们完全不同，他总是用忧虑的眼光看待世界，仿佛我们每个人必须惶惶不可终日才行。他总是给自己及他人带来各种忧虑烦恼。他的每句话都似千愁万绪交织在一起。他对这个世界，以及对人与人之间的关系总是缺乏信任。他看似好为人师，也渐渐发觉自己是无意间那样做的：他本意并非如此，却不由自主地做了，这是出于他的天性，我们不能因此而责怪他。别人对他产生顾虑及怀疑时，他都很友善温和地回应。但他总在怀疑这样是否正确。严格处事并不是他的本性，但他想通过严格来证明自己。他认为过于仁慈不是谨慎之举，然而他本性又是仁慈善良的。尽管如此，他仍然努力克制自己的仁慈及好心，因为他总担心自己会因此破坏些什么，担心自己在世人眼里是个轻率之人。他只看到那些审视他的目光，却看不到另有一些人在平静地凝望着他。人们不敢平静地凝视他的眼睛，因为这会令他内心不安。他总感觉有人对他评头论足，并想知道别人背后怎样议论他。如果他不在某人身上随意找一个错误来指责，他就会觉得浑身不适。是的，他就是这样一个追求完美的人！然而他非常不幸福。倘若他感到幸福的话，他一定会换一种方式讲话，马上就会有所改变，我非常清楚这一点。他并不直接嫉妒他人的幸福，而是不断地对他人的幸福和无拘无束的生活方式进行挑剔及抨击，很显然，他人的幸福只会令他痛苦。他不乐意听别人谈论幸福，我能理解为什么不愿意。这显而易见，连小孩子都能理解：不快乐的人往往会憎恶他人的快乐。他是那么的高贵，这更加令他觉得自己这样是不对的，这让他常常感到痛苦。他当然是高贵的，但怎么说呢，他被不公正对待，又努力让自己不受这种不公正的影响，这使他的内心受到了创伤，虽然只有一点儿。唉，他性格沉稳，行事冷静，原本是值得被命运善待的，然而却被命运所捉弄。我必须要把这些说出来，我真为他感到难过！而你呢，西蒙。啊，我的上帝，人们对你的印象完全不同，你永远是那个欢快幽默的弟弟！你知道吗，人们总会这样想你：他应该被痛打一顿，并且是真正无情的痛打，这是他应得的！你令人诧异，大家无法想象这样的你竟然还没有彻底堕落。人们从不会对你产生同情，一般来说，他们认为你是一个没有多少教养，却无忧无虑、活得很幸福的小伙子，是这样吧？”

西蒙听后爆发出一阵大笑，持续了一个小时的严肃谈话就此结束了。这时，有人在敲门，两人站起身来。西蒙走过去打开门，原来是住在隔壁的一位女教师，她刚刚哭着从家里跑过来。她又一次被粗鲁的丈夫家暴了。西蒙和赫特维西试着安慰这位邻居，女邻居慢慢地停止了哭泣。

天气越来越暖和了，土地也越来越肥沃茂盛，大地被葱绿的草覆盖着，像是一块厚重的地毯。原野和田地上湿漉漉的，森林里的树木也呈现出一派郁郁葱葱的新鲜景象。大自然向人们展现自己，不断延绵下去、蜿蜒曲折，再一跃而起、疾驰而过、发出各种声响、散发出香气，之后又静静地躺在那里，像一个色彩斑斓的、美丽的梦。土地变得厚重饱满，也在不断扩展延伸，呈现出淡绿色、深褐色、黑色，以及白色、黄色、红色，它在花朵盛开前似乎发出灼热的呼吸，静静地躺着，宛若一位蒙着面纱的悠闲的女子，四肢舒展、一动不动，独自在那里散发着诱人的芬芳。花园里同样芳香扑鼻，香气飘到街上，再继续飘到田地上，男人和女人都在田间劳作。果树上鸟儿在叽叽喳喳地唱歌，近处圆拱形的森林里有一群年轻男子在齐声合唱，森林里的道路几乎都要被这些绿色所覆盖。在林中的空地上，西蒙观察着慵懒而梦幻的白色天空，他看到天空仿佛要降落下来，听到鸣唱声，像是鸟儿的啁啾声，那种人们从未见过的、只在野外生存的小鸟。这时，西蒙回忆起许多往事，但他不想把过去分散成碎片回忆及思索，不能这样，这会让人感到既甜蜜又痛苦。西蒙总是过于懒惰，他并不想再从头到尾重新体验痛苦。他继续走着，又停下来站在那里，回头望向远方，向上望去，低下头来，又向下看看，接着向上走去，随后又低头望向地面，他感慨鲜花怒放后竟显得如此娇弱无力。森林里的哼唱声与在光秃秃的林中空地上的哼唱声不同，这引发了西蒙新的白日梦。人们在日常生活中总是要斗争、抗拒、轻声拒绝、深思熟虑并犹豫不决。犹豫不决也是人的一种努力，人在犹豫不决中感受到自己的软弱无力。但这又是甜蜜的，单纯的甜蜜；在犹豫不决时，人往往感到一些为难，一些吝啬小气、虚情假意甚至狡猾，然后又变得极为愚蠢。最后，因为犹豫不决，人对任何事物都很难感觉美好，人越来越觉得没有什么能令他感到快乐。人们坐在那里、走来走去、闲逛散步、忙忙碌碌、跑步，他们踌躇犹豫着，于是成为了春天的一部分。鸟儿会对自己的哼鸣和咕咕叫声感到喜悦吗？小草会观察自己摇曳生姿的摇摆吗？山毛榉树有可能会喜爱自己的样子吗？人们在这里不会觉得疲倦麻木，他们就这样走来走去，来回踱步。整个大自然像一位姗姗来迟者，又像一位忧心忡忡的等待者！芬芳四溢，整片大地都在用五彩斑斓的色彩等待着春天，给人以一种神圣的预感。在鲜花盛开的灌木丛中，人们仿佛可以预感到一种过早出现的疲倦，是一种不想再继续做些什么的感觉，就像一种独一无二的微笑。远山微黛、烟雾缭绕，传来阵阵声响，像是从远处传来了号角声。人们感到这里的风景很有英国的风情，此处像一座枝繁叶茂的英国花园。茂盛的植物和声音的起伏让人感觉到一种亲近之意。人们会想，其他地方也许同样有这般景象，与此时此地一样，是的，这里会令人联想起其他地方。这种感觉如此奇妙，对人影响深远，会给人们带来些什么呢：就像一位年轻小伙子能给人带来的——是一种表演与展现，像孩子们那样——服从并仔细倾听。人们可以思考并说出他们想要的一切，然而总有东西不会被说出，不会被想到！这既简单又并不容易，既充满喜悦又令人痛苦，既诗意又自然。人们能够理解诗人，不，其实他人并不能理解诗人，因为人们在这样的行走中过于懒散，不会想到要去感悟那些诗人。西蒙没有必要一定去理解些什么，也无法理解自我。然而当他在倾听一种声音之后，当他望向远方，或想起现在已经到了回家的时间，当他想起要在春天完成一个小小的任务，那么他也许就可以自然而然地理解自我了。

夜晚异常美好。月光皎洁，映照在花开正盛的灌木丛和树梢的白色花朵上，铺洒在蜿蜒曲折的街道上，使人目眩。月亮倒映在泉水和流动的河水中，把静谧的教堂墓地变为一个白色的仙境，让人们遗忘了埋葬在那里的死者。月光在错综交织、垂下的细如发丝的小树枝中穿梭，光影斑驳，洒在墓碑上，使碑文清晰可见。西蒙在教堂墓地周围来回踱步，之后又走了长长一段路，来到地势较高而又平坦的田野里，穿过被月光照亮的低矮灌木丛，来到灌木丛中间一块低洼的小草地上，坐在一块石头上，思考着他还要继续过多久这种每日只观察和思考周遭世界的生活。他知道自己必须马上结束这样的日子，不能再继续这样生活了。他是一个男人，有着男人的义务责任要去完成。马上要行动起来了，这一点他很清楚。回到家中，他婉转地向姐姐讲述了自己这一想法。赫特维西说，他根本不用考虑那些，至少现在还不需要。好，西蒙回答说，其实我现在也还不想考虑这些，也很想继续待在姐姐这里。他究竟想要什么，他又能去哪里呢？他根本没有钱去任何一个地方旅行，而他应该去哪里，他在那些地方又能做些什么呢？不，他还想在这里待上一段时间。或许当他离开后，他回过头来会非常怀念这里的日子，然而那又如何？不，当然要打消这一念头，因为一旦离开，想要再回来便不太合情理了，不过，人难道不是经常做些不合情理之事吗？最后，他决定继续待在姐姐这里，不再纠结于烦扰自己的那些念头。

就这样，时间悄然而至，毫无声息，又在人们不经意间远去。时间在流逝之前，也踌躇停留了很久，但它依然令人觉得转瞬即逝。现在西蒙和赫特维西两人更加形影不离，他们整晚在灯下闲聊，聊天时永不知疲倦。他们在吃饭时谈论饭菜，绞尽脑汁想出一些话来对美味的食物赞不绝口；他们在工作的时候互相谈论工作，工作中也伴随着谈话；他们在散步的时候谈论散步的乐趣。他们早已忘了他们只是姐弟，他们之间的感情更像是由命运，而不是通过血缘建立起来。两人像两名被关押的囚犯那样与世隔绝，尽力忘却了他们友谊之外的世界。他们浪费了许多时间，但这些是他们原本就打算浪费的，他们觉得自己一边浪费时间，一边也可以严肃认真地生活：他们通常很认真地谈论及处理每一件事。赫特维西觉得自己越来越了解弟弟，且流露出这种发现带给她的欣慰。赫特维西意识到，西蒙与自己住在一起并非仅仅因为这是一个明智之举，正符合西蒙目前的处境，并且也令他十分开心。她为此而感激西蒙，内心发觉西蒙比以前更亲近了。两人都感到自己对另一方来说尤为重要，为可以与对方共度一段时光而自豪。他们谈及许多过去的回忆，并约好要回忆一遍他们小时候的所有经历，那段已逝去的童年时光。“你还记得吗!”他们之间的谈话常常以这句话为开端，接着，他们便沉浸在过去那些美好的图景里，并努力从中总结教益，让自己在回忆中开怀大笑，并能够在回忆起一些伤心事时也保持心情明朗。通过回忆过去，他们可以更清醒敏锐地看待当下，当下像被一面镜子映照出来，变成两面甚至三面，变得更加丰富、更加生动，也更清晰地指明了通往未来的道路。西蒙与赫特维西常常描绘着未来，使自己沉醉其中。他们梦想着美好的未来，没有比想象中更好的未来了。

第十章

一天晚上，赫特维西突然说："我有一种感觉，像是被一块薄薄的、不透明的丝绸隔绝了，它就像一堵墙把我与生活隔离开来。然而我不能感到悲伤，我只能苦苦思索。或许其他姑娘们也有同样的困扰，谁知道呢。当我想到自己要在一份职业中终身学习，我便觉得自己可能错过了真正该去从事的职业。当然，我也知道，我们女孩子在学习上往往半途而废，女孩子不是必须要去学习的。我现在突然感觉自己做教师是一件很奇怪的事情。我为什么没有去做一名女裁缝，或者从事其他什么职业呢？我已经完全想不起来，是一种什么样的情感推动我去从事现在这样一份职业。这份工作究竟有何独到、大有前途之处，令我当时那么想要它？难道我当时只是想做一名行善者，觉得不得不做这份工作，必须要感受一下作为教师的义务和使命吗？当人还未有经验之时，人总是会相信很多东西，而经验又令人重新相信其他东西，这多么奇怪。如此严肃认真地去领悟生活，正如我这样，这对自己是相当严厉残酷的。我必须要告诉你，西蒙：我总是太过严肃认真地看待生活。当我在从事原本是男人们应该从事的行当时，我不会想起自己是一个女孩子。没有人告诉我，我原本是一个姑娘。没有人会强调这一点，并对我说些贴己动听的话语。即便我在与人第一次见面时显得很生气，也未有任何人考虑到或许有必要提起这一点。然而，倘若对方能够想到这一点来提醒我，我会非常开心。如果对方说话真挚而诚恳，我会听从。

但我往往只听到一些肤浅而潦草的话：‘去做吧，去做吧。你想从事一份职业，这很好，这会给你带来名誉及荣耀。’，以及诸如此类的话语。这是一份不幸的荣耀，正如现在这份工作给我带来的荣耀，令我成为一个内心贫瘠又充满渴求的姑娘。对一名有着强壮臂膀、不断努力向前的男子来说，一份职业都有可能是生活中的累赘负担，而对我这样的姑娘而言，它简直会令我窒息。我的职业对我来说有乐趣可言吗？我根本看不到任何这样的迹象。请不要对我向你坦白这些话感到惊讶，你就是这样一个人，令人愿意向你坦白些什么。我知道你能理解我。其他人或许也能理解我，但出于这样或者那样的原因，总是没有那么真心实意。而你能很好地理解我，也不会对我的一些推心置腹的坦白感到讶异。你的生活与我有很多相似之处，是的，和我——你的姐姐。其实你不只适合做我的弟弟，可你只是我的弟弟，而不是我的其他人，这真可惜：你点头了，看来你也不愿只做我的弟弟。让我继续说下去吧，有你做听众时，我很乐意继续讲下去。你继续听我说，我决定放弃我的教师职业生涯了，很快就会放弃，我不能再长时间忍受这种生活。我曾以为，引导孩子们去认识世界，给他们上课，为他们的心灵注入美德，监督并教育他们，是一种美好的生活。这的确是一项非常崇高的任务，可对于我这样柔弱的人来讲，这项任务太繁重了。我并不能胜任它，很久以来便已不能了。我曾以为自己可以，然而看到的却是相反的情况：在从事这项工作的过程中，我有时会晕倒，之后需要一整天的时间来休养，工作于我而言仅成为了一种负担，我感到这份工作对我来说既不合适，也不公平。让人感到压抑沮丧的事情，就会令人觉得不公正。不公正，我难道不应该有这种感受吗？难道我的感受不能成为衡量这种不公正的标准吗？在这些不公正之中，有没有什么可以被认为是可爱而无辜的？是孩子们吗？是的，孩子们！但我不能再忍受他们了。最初我很高兴看到他们的脸庞、看到他们活蹦乱跳、勤奋努力，甚至包括看到他们犯错。我曾为能够为这些年轻、拘谨而无助的群体奉献自我而感到高兴。但这种单纯的想法能蒙蔽人的一生吗，人的一生难道只会有一种想法？当有一天，这种想法与这种牺牲奉献行为对某人已无关紧要，当你不再对那种看似无法取代的想法抱有执念，那就随它去吧。如果发现想法已经改变，也随它去吧。随后你开始沉思冥想、分析评价，带着哀怨和愤怒的情绪进行比较，为自己的想法变化无常、不忠诚而难过。在一天结束时，能够不被打扰地哭上一阵子，这又会令人觉得痛快。有时，我想完全放弃那种只想全心全意奉献的人生观，我对自己说：我只是为了完成我的任务，其余的我不会再多考虑了！孩子们在我眼里一直都很可爱，他们对我来说永远都是可爱的。又有谁会觉得孩子们不可爱呢？可当我在上课时，我会想到其他事物，想到比他们的幼小心灵更遥远的东西，这可看作是我对他们的一种背叛，我不愿再令这种局面持续下去。一位女教师必须把自己全部的爱投入到一些细微之事中，否则她便不能使用权力，而没有权力的话，她也就没有什么价值可言。或许我说得过分夸张了，我完全相信，倘若我向所有人，或者大部分人讲这番话，他们都会觉得这些言论过于夸张。但这些话是我对于生活的理解，我必须这么讲。如果我明明没有这些感受，我不会谎称自己是幸福、满足、快乐的。倘若人们以为我能学会这样撒谎，那他们就大错特错了。我很脆弱，也不擅长隐瞒及伪装，而且我很清楚自己并没有理由这样撒谎。现在，我终于能在这一刻向你倾诉这些，这是我长久以来所渴望的，我想把自己所有的弱点都倾吐出来。几个月的痛苦观望之后，我终于能够承认自己的弱点与不足，这令我感到舒心。我并没有能力达到这份工作所要求的高强度，也没有优势去胜任它。我无法长期胜任这种自己不喜欢、却不得不完成的义务。我现在想要寻找一份能够容忍我的骄傲及缺点的工作，我能如愿以偿吗？我不知道，我只知道我必须要去寻觅，直至我坚信人的幸福与义务可以共存。我想做一名家庭教师，我已经写信给一位富有的意大利太太，我想为她提供服务，这封信或许写得太长了，我写道：我有能力教会她的两个孩子——一个男孩和一个女孩——各种各样的知识。我在信中说，我没法都记得了，我想用家庭教育代替学校教育，我热爱且尊重孩子，我会弹钢琴，会编织刺绣各种漂亮的物件，我的雇主可以严格要求我，以便她能够得到满意的服务。我在信中也非常自豪地表达了自己的能力，我对这位太太说，我懂得如何爱与服从，但是我不会刻意恭维迎合；也许我有时也会恭维迎合，但那只能是我自己要求自己这么做。我还说希望自己未来的女雇主是骄傲而严厉的，不会软弱地迁就我。如果女雇主让我觉得别人可以随意地欺骗她，这会令我感到痛苦失望；我去她那里不是为了休养，而是希望找到适合自己的工作。我坦诚地对她讲，我已经能预感到我会非常爱她的两个孩子，我尊重孩子，也能够同样严格并完全奉献自我去教育他们。我希望我有机会以这样的方式为这位太太服务，我希望自己对‘服务’的理解既激进又平常，且不会改变自己对‘服务’的理解。我不擅长圆滑及阿谀奉承地为他人服务，同样，我也天生不会用生硬而谦卑的方式表现得彬彬有礼；另外，只要对方不是在羞辱我，我宁愿被冷漠而严厉，而不是被温和地对待；我会了解自己的状态，并随时能够估量对方的情况；我要求她在我面前显得骄傲，这种骄傲会阻止她不公正地对待我；即便她每年只有一次表现出对我满意，我也会把这看作是比对我亲近更珍贵的态度。倘若雇主主动亲近我，这对我而言不过是种侮辱，而倘若雇主对我的服务表示满意，这会令我内心欢喜；我也希望我的雇主是这样一位太太，她能够令我仰视，可以教会我在不同场合应有怎样的举止行为；她不必担心为她服务的是一位喋喋不休、以窥探她的隐私为乐的女子。我对她说，我无法用言语表达我是多么钦佩她，多么想服从她，我还告诉她，我永远都不会厌烦她。之后我也讲出了我的担忧及希望，尽管我还完全不懂她们国家的语言，但我很快会学习这门语言，只要人们能教我在那里如何得体地言行举止。除此之外，我不知道还有什么理由能阻止我去她家里。在信的结尾，我还说道，我希望能够克服初次见面时可能会表现出的拘谨。笨手笨脚不是我的本性……”

“你把信寄出去了吗？”西蒙问。

“是的，”赫特维西继续说，“有什么可以阻止我不去这么做呢。或许我很快就会从这里动身，这也令我很苦恼，我要丢下太多东西，要让自己忘却即将抛弃的一切，或许我这样做得不到任何回报。尽管如此，我还是决定要离开，因为我不想再踌躇等待自己的梦想了。你也很快要走了，我还有什么理由继续待在这里呢？你把我像一个碎块、一样变质的物品那样丢下，甩在身后，或者不如这么说：整个地方，这个村子，这里的一切都是那个碎块，那样被遗弃、被忽视、被扔掉的物品，而我就在这些其中。其实我已经非常适应我们在这里过的这种生活了，借助你的双眼，我也把这种生活看得很美好——只要你觉得它是美好的。你觉得这种生活很美，那么我就会觉得它更美。但除此之外，我无法感受到这种生活对我而言是丰富且美好的。我轻视这样的生活，因为它使人视野狭窄且麻木不仁，而由于我对它的轻视及不在意，它显得更加狭隘且令人麻木。我无法继续这样生活下去，无法继续这样轻视自己的生活。我想要一种新的生活，哪怕我的整个一生都只在追寻我想要的生活。是只需被人尊重，还是要满足自己内心的骄傲，并感到幸福呢？我觉得即便自己不幸福，也比只获得他人的尊重更好些。譬如现在我享有他人的尊重，但我感到不幸福。在我看来，我不值得获得这种尊重，因为在我眼里只有幸福才值得被尊重。因此我必须尝试一下，是否在没有他人尊重的情况下也能够让自己幸福。或许对我而言世上存在这样一种幸福，人们尊重‘爱’与渴望，但并不尊重智慧。我不想因此而不幸福，我缺乏勇气承认一个人的不幸是由于他执着于寻找幸福。这种不幸是值得被人尊重的，而缺乏勇气则不值得。我怎能长时间地令自己囿于这样一种生活？这种生活只给我带来尊重，只带给我他人强加于我的尊重，仿佛这已是最好的安排！为什么要这样？人为什么一定要有这样的经历——他人给予我的东西，为何最终变得一文不值？我忧心忡忡、小心谨慎、不停地期盼，最终却被戏弄了。我一直都只是在期盼些什么，这真的不够智慧。倘若我们不自己走过去，不自己去争取，我们期盼的东西是不会主动来找我们的。诚然，胆小怕事之人会引发他人的畏惧，这些人似乎是在为他人担忧。我现在憎恨那些一听到别人说些勇敢的话就摇头反对的人。当他们听到有人把想到的事情勇敢地付诸实施了，他们首先会做些什么呢？许多这样的反对者都会在已完成的行动面前消失不见！而倘若你没有这种勇气，并听从于这些人，他们就会用他们所谓的爱来奴役你。这里的人带着同情遗憾的眼神来看待我的离开，他们无法理解我为何要放弃这样一个舒适有利的岗位。连我自己都在离开这片村庄时产生一种感觉，想要说服自己继续待在这里。我曾梦想过成为一名农妇，嫁给一个普普通通、性格温和的男人，有自己的家及一块田地、一片花园，我可以在这片天空下种植和建造些东西，我只需要别人对我的尊重，我会因为看到孩子们的成长而感到喜悦，这些于我而言是错过一种更深沉的爱的补偿。天空覆盖着大地，日子一天天地流逝，我将变成一位老太太，在阳光明媚的星期天站在房门前，望着从我房前经过的人，那时我一定已经几乎无法理解这些人。我将不再追求幸福，忘记所有热切的感情，顺从我的丈夫及他的训诫，以及我的那些义务。我也将知道一位农妇的责任是什么。我的这些梦想就像一个人白天和晚上都在入睡，不会再对任何事有要求。我将变得快乐而满足。满足，是由于我不了解其他事物；快乐，是由于在我的丈夫面前表现出闷闷不乐、忧心忡忡是不合规矩的。我的丈夫或许有办法能在最初一切都很纷乱的时刻保护我、温和地指导我如何面对将要承担的义务，我会对此心存感激。接着我们就这样生活下去，直到有一天，我会惊讶地发现，我内心已经无法忍受那种性格激进、充满渴望的女子了，也就是说，我已经看不惯像我从前那种性情的女子了，因为我会认为她们这样很危险，且对自己毫无益处。总而言之：我将变得和其他人一样，将以和其他人一样的方式理解生活。当然这一切都是一种幻想。除你之外，我不会向其他人讲述这些。而你不会嘲笑幻想的人，你也不会因为对方喜欢幻想而鄙视他，你根本不会轻视任何一个人。我本不是一个喜欢过分异想天开的姑娘，我怎会幻想到这些呢！我似乎讲得太多了，每当我讲话时，我总是习惯滔滔不绝地说个不停。人总是想要表达他所有的情感，但这一点从来无法实现，只是匆忙地插嘴多说几句罢了。走吧，我们该睡觉了。”

她温和而平静地向西蒙道晚安。

第二天早上，赫特维西说：“我真高兴我还在这里。我怎会那么急切地想要离开一个地方，仿佛这件事多么重要似的。我几乎忍不住想笑，我对昨晚自己那么健谈真是感到有些难为情。然而我也很高兴，我总要把一些心里话讲出来。你昨天是那么认真地听我说这些，西蒙！可以说既虔诚又专心，这令我很开心。人在晚上和在早上是不一样的，是的，完全不同，在表达方式和内心感受方面是如此不同。我听说，安睡一夜可以彻底改变一个人，我真的相信这一点。今早，在这个明媚的清晨，昨晚说的那些话在我看来就像一个过分谨慎、过分夸张而忧伤的梦。我都说了些什么呀！我们难道要如此敏感而严肃地看待事物吗？忘了我说的那些话吧！我昨天一定是累了，我在晚上总是容易疲劳，但我现在是那么的轻松、健康、精力充沛，宛若新生。我现在有一种很轻盈的感觉，仿佛有人把我举起，有什么东西在抬着我，就像有人在用轿子抬着我。打开窗子吧，虽然我还躺在床上。现在你帮我打开了窗子，而我躺在床上，这真让人感到舒心惬意。现在我的心情非常愉悦，窗外美丽的风景仿佛在我眼前舞动，清新的空气扑面而来。今天是星期天吗？即便不是，它也像是上帝特意创造出来的星期天般的日子。你看到那些天竺葵了吗？它们在窗前真美啊。我昨天想要什么来着？幸福？我现在不就已经拥有它了吗？难道我一定要先去未知的远方，在那些根本没有时间考虑幸福的人群中寻觅幸福？倘若一个人总是没有时间做很多事，这是件好事，因为倘若人们有时间，就会在各种无理要求中不得善终。现在我的头脑非常清晰，其中的每一个念头，都和它的主人，也就是我，一样快乐放松。西蒙，劳驾你把早餐放到我床边吧。我觉得每次让你为我服务都特别有趣，仿佛我是葡萄牙的贵族，你是一个摩尔人的孩子，连我的一个小小的暗示你也能理解。你当然会帮我拿来我想要的东西，难道你有理由拒绝吗，你不想表达你对我的关心吗？你在我这里多久啦？等一下，我想想，那是一个冬天，你来的时候下着雪，我还记得很清楚呢，自那以后，我们一起度过了多少晴朗以及阴雨的日子啊。现在你也很快要离开，我没有办法让你在我这里再多待上几天了，你不能再这样下去了。可能在三天后，我会对你说：'再待三天吧'，你也不会反对，就像现在你乖乖地把早餐端到我床前一样。你真是一个不喜欢反抗的、对一切都无所谓的怪人。别人要求你做什么，你就去做什么，你总是想满足他人的一切愿望。我想，别人可以向你提出各种无理的要求，直到你自己也觉得过分。任何人在你面前都不会感觉自己被轻视。在这方面我有点轻视你，西蒙！我知道当我向你说这些话时，你并不会感到难过。此外，我觉得如有必要，你有能力做出一些英雄事迹来。你看，在我眼里，你是一个很不错的小伙子。在你面前人们可以随心所欲，人们看到你的举止行为后，会感到自己也无拘无束、自由自在。从前，我打过你耳光，在你做了一些捣蛋事后，我总是告诉母亲让她惩罚你。现在，我请求你吻我一下，或者这样：还是让我给你一个吻吧，在额头上，小心翼翼的一个吻。就是这样！与昨晚相比，我今天就像一个圣徒。我对未来已有一种预感，我准备迎接一切可能的来临。你不要笑，不过，看到你笑我也很高兴，因为在天空蔚蓝的清晨，这样的笑声真动听。现在，请你离开我的房间吧，我要换衣服了。”

西蒙离开了，留她独自一人在房间里。

在这一天里，赫特维西继续对西蒙说：“我总是觉得自己比你聪明，或许其他人也这样想。很少有人认为你聪明，但大多数人都认为你很和善，你一定知道为什么别人会做出这样的评价。我觉得，你的性格导致你不会在人群中脱颖而出获得成功，但你也从不因此感到苦恼，以我对你的了解，我知道你至少不会有类似这样的情绪。只有了解你的人，才会认为你感情细腻，见解独到，其他人不会这样想。这也是你很有可能终其一生都不会成功的原因：人们在信任你之前，总要先了解你啊，而这需要时间。第一印象很重要，这往往是获得成功的重要因素，你在这方面是缺失的，但你也因此远离喧嚣的俗世，获得了自己的安宁。很多人不喜欢你，但也有相当一部分人对你充满期许。这是些善良的普通人，他们喜欢你，因为你大智若愚。你总是有些傻气，不够理智，我该怎么说呢，就是有点无忧无虑、幼稚天真吧。这一点会令许多人对你不满，人们会说你放肆，那么你就有了很多敌人，他们早早为你的人生下了定义。这些人令你难以忍受，但他们并不会令你畏惧。那些人对你越粗鲁无礼，你的言行在他们眼里就越发显得不知羞耻。这很容易使你与他人产生口角摩擦，对此你要小心一些！在一个参与者众多的社交聚会里，每个人都在努力展现自己，他们口若悬河、滔滔不绝地寒暄，引人注目，而你在这种时刻却总是三缄其口，你不屑于在那种聒噪的场合侃侃而谈。于是你被人们忽视：这使你更加固执，行为举止显得不合礼仪。然而，了解你的人认为这是一个优点，他们喜欢和你推心置腹地谈话。你总是很认真地倾听，在谈话中，倾听或许比讲话更重要。人往往愿意对那些能够守口如瓶的人，譬如你——倾吐秘密和心事，而你也会三缄其口，替别人保守秘密，亦会给出建议，这让你成了这方面的行家。我觉得你是无意而为之的，你似乎并未刻意为此努力过。你讲话总是有些慢吞吞的，嘴巴很笨拙，在你开始讲话前，你的嘴巴总是已经先张开，仿佛在等待那些要说的话从某个方向自动滑到你嘴里。对大多数人而言，你这个人极其无趣，尤其对女孩子来说，你索然无味，在女人眼里你没什么分量，男人则觉得你没有活力、难以信任。如果你有能力的话，还是稍稍改变一下自己吧！你要更加看重自己，更上进甚至更有野心。如果一个目标也没有，很快你自己都会认为这是一个错误。譬如说，西蒙，看一眼你的裤子吧：裤脚处都磨破了！当然，我知道，这只是条裤子，但是裤子也应该像内心一样保持完好无损，因为一个粗枝大叶、不修边幅的人才会穿破损的裤子，而这种不修边幅源自内心。你的内心也一定是马虎大意的。我还要对你说的是：你在笑，难道你觉得我说这些是在开玩笑？你觉得我比你更有生活经验吗？其实不是的！你比我老练，但是当我说，你未来还要经历很多事情时，这也证明了我很有经验。是不是这样呢？”

赫特维西沉思了一会儿，继续说道：

“你很快就要离开我了，离开后你不必给我写信，我也不想要你写给我。你不要认为自己有责任让我知晓你日后在其他地方所做的一切。就像过去那样，你可以忽略我的存在。写信这种事对我们两个有什么用呢？我还会住在这里一段时间，也会经常想起你在我这里待了三个月，并把这段回忆当作是一种享受。我打算在这个村子里四处走走，回忆你曾经的身影。我还计划重访一下曾经我们都觉得很美的每个地方，那时我一定会觉得它们更美，是的，失去会令事物变得更美好。待你离开后，我和这个地方都会感觉缺了些什么，但正是这种缺失甚至错误给我的生活增添了更多感受。我在内心并未把缺失看作一种压力痛苦。我怎么可能有那种想法呢！相反，我觉得生活中的缺失可以令人感到轻松和解脱。再说了，空缺说明将会有新的东西去填补它。等你离开我之后，早上，我刚要起床，就会感觉像是听到了你的脚步声、看到你的脑袋瓜、听到你的讲话声，然后又对自己的错觉一笑置之。你知道吗，我喜欢错觉，你一定也是这样，这一点我是知道的。奇怪，我这些天怎么喋喋不休说了这么多话。这些日子，这些日子对我而言是多么宝贵啊，我希望它们为了我而流逝得慢一些、久一些、懒散些、多停留一会，更安静一些！它们也的确是这样。它们靠近时，像是要给我一个甜蜜的亲吻，离我而去时仿佛在和我握手，像某个熟人向我挥手示意。我记得那些夜晚！那么多个夜里，你都在我近旁酣然入睡。在那边的小房间里，在那张草垫床上，你总是睡得很香甜，那张床很快就要空了，不会再有人躺在那里睡觉。夜晚还会来临，但它们将会谨慎忐忑地来到我身边，像是知道自己犯了错的孩子，低头垂目地走到父母跟前。当你走了以后，西蒙，夜就不会那么宁静了。我来告诉你为什么会这样：你过去在夜里总是那么安静，你安睡时，夜晚就变得更加静谧。在那些夜晚，我们都是喜欢安静的人，而我马上就要独自一人享受这些了，这有些困难，再也不会像过去那样宁静了。我会常常在黑暗中从床上坐起来，竖起耳朵听听有什么声音，我会觉得家里不再像过去那么静谧。我可能会哭，但并不是因为你，请你不要想象我是因为你而哭泣。当我盯着你看时，你往往立刻开始矫揉造作地表现自己。不，不，西蒙，没有人会因你而哭泣。当你离开了，便是离开了，仅此而已。你觉得有人会为你哭泣吗？根本不会，你完全不必有这种想法。一般来说，人们知道你要走了，会有所察觉，然后呢？人们会想念你，或者产生类似的情感吗？没有人会想念一个像你这样的人。你不会唤起任何人的想念，没有人的心灵会因你而震颤。你觉得有人会想起你？咳，怎么会呢？其实也有可能，但只是漫不经心地想起，比如当一根针从手中滑落，这时人们可能会想起你。即便你活到一百岁，人们也不会经常想起你，人们不会去纪念你。你也不会遗留下什么，我是无法想象你能遗留下什么，因为你本就一无所有。别这样放肆地大笑，我是在很严肃地说这些话。离开我这里，从我面前消失吧！”

接下来几天都是令人烦闷的阴雨天，这又是一个继续留下来的理由，西蒙不可能在这样的天气启程上路。当然也不是不能，可为什么非要在这样糟糕的天气出发呢？于是他又留了下来。他想，最多再待一两天吧，不会更久了。几乎一整天，他都坐在空荡荡的大教室里阅读一本小说，他想在离开前把小说读完。有时，他手里捧着书，在课桌间来回踱步，小说的内容令他如此着迷，以至于他一直沉浸其中，挪不开双眼。后来，他头脑中一直在思索一些问题，这令他无法再读下去了。西蒙想，只要还在下雨，我就一直看小说；天气转晴后，我就要继续了，但不是继续读书，而是真的要启程了。

在乡下的最后一天，赫特维西对西蒙说：

“你现在可以走了，就这么定了，你要保重。来，到我身边来，把手给我。或许不久之后，我会找一个配不上我的男人，放弃原本想要的生活。这里的人都很尊重我，人们会说：这是一位能干的女士。其实从今以后我并不想再听到你的消息，尝试着做一个循规蹈矩的人吧。你今后要参与到社会事务中去，让别人去谈论你，如果从别人口中听到关于你的消息，这会令我很高兴。努力尽己所能去好好生活吧，在即将来临的不顺意的日子里，你要好好与生活作斗争，我从不觉得你软弱。我还要说些什么来祝你的旅途顺利呢？你应该感谢我，是的，你没想过要为寄居在我这里表示一下感谢吗？算了，你不擅长于此，你还不懂得鞠躬，也不会说出感谢的话，你完全不懂应当如何表达谢意。你的行动就是你的感谢了。你和我一起打发了时光，那段时光对我们异常美好。你真的再没有其他东西要放入这个小行李箱了吗？你真够落魄的，一只行李箱就是你所住的房子。这很浪漫，但也值得同情。现在你可以走啦，我会从窗口望着你。等你走到山丘边上，你再转过头来，回头看看我。我们应该怎样依依不舍地告别呢，你作为弟弟，要对我这个姐姐说些什么？如果一个姐姐知道以后再也见不到她的弟弟，她应该说些什么呢？我那么冷漠地让你离开，因为我了解你，知道你讨厌离别时人家对你太热情，对你我而言，依依不舍的告别方式没有任何意义。和我说一声再见，然后就出发吧。”

第十一章

下午两点左右，西蒙又一次乘火车抵达他大约三个月前离开的大城市。火车站里人山人海，摩肩接踵。车站里弥漫着一种特殊的气味，这是乡下的小火车站里所没有的。下车时，他浑身打颤，又饿又累、目光呆滞、垂头丧气，一种压抑的忧愁感挥之不去——尽管西蒙提醒自己，这种感觉于他毫无裨益。像大多数旅客那样，他把行李交付与行李柜台，之后混入人潮。这时，他浑身轻松舒畅，感觉好多了，于是开始关心自己的健康问题，得益于之前的乡村生活，西蒙的体魄很强壮。得吃点什么了，西蒙又去了那家罕见的小民俗餐馆。这次他食不甘味，因为这里的食物分量少且口味欠佳。也许对城里的穷人而言这些已相当不错，但这显然不适合在乡下吃惯了丰盛菜肴的西蒙。周围人用打量一个乡下人的眼神打量着他。西蒙想："这些人定以为我已经习惯吃更好的伙食，这从我在这里吃饭时的表现便能看出。"的确，他把一半的食物都剩下了，结账时，女服务员瞥了他一眼，仿佛想探究这里的食物究竟有多么不合他的胃口。她的目光既友好，又令人感到其中含有一丝轻蔑，淡淡的轻蔑，仿佛她觉得没有必要为西蒙这样的人生气。如果是其他人就算了，是的，然而却是西蒙这样的人！——西蒙走出餐馆，尽管饭菜不可口，尽管看到了那姑娘轻蔑的眼神，他依然心情愉悦。西蒙望向淡蓝的天空：是的，他在这里也拥有一片蓝天，他突然感到自己曾经认为城市相比乡村有很多缺点的想法真是愚蠢，于是决心从现在起不再回忆乡村生活，要让自己适应这片新的天地。他看到许多人行色匆匆地在他面前走过，比他走得快许多。在乡下时，他习惯于不慌不忙、悠闲散漫地走路，给人一种他似乎不敢走太快，刻意放慢脚步的印象。现在，西蒙打算今天先允许自己还像农夫一样行走，但从明天起他就要换一种走路方式了。他带着欣赏的眼光观察着路人，毫不胆怯害羞地盯着他们的眼睛和腿，他想观察路人是怎样行走的；观察他们的帽子，以便了解一下最新的时尚潮流；观察人们的衣服，研究一番，随后发觉与许多平淡无奇的服饰相比，自己的服装还是很不错的。这些人走得可真快，他很想拦住其中一人问：你走这么快是去哪里呢？但他没有勇气对别人做出这么傻头傻脑的行为。他感到很放松，但也有些紧张乏力。一丝无处可藏的哀愁笼罩在他心底，看到明朗又有些混沌的天空，以及这座欣欣向荣的城市，西蒙的心情又随之好转起来。在这样的大城市里，人甚至不太适合展露一张太过明媚的笑脸。西蒙漫无目的地走在街上，但他感觉自己也要像其他人一样，做出一副在匆忙赶路，或者在急切寻找着什么的样子才行，这样别人才不会把他看作一个初来乍到、无所事事之人，他并不想那么引人注目。当他发觉自己并未继续引起他人的注意，他感到很高兴。于是，西蒙得出一个结论，自己还是有能力在大城市生活的。他稍稍挺直了身板，像是有了一个小小的崇高目标，将要冷静理智地去完成它。这一小小的目标并不会令他担忧焦虑，而使他萌发了不再把鞋子弄脏、不再让自己的双手操劳的念头。这时，他走到一条繁华漂亮的街道上，宽敞的街道令人视野开阔，街道两边矗立着盛开鲜花的树木。这真是一条气派敞亮的大街，会令人联想到最奢华舒适的生活，会令人产生各种梦想。此时，西蒙已经完全忘记了自己原本打算沉着稳重地踱步穿过这里，他走走停停，时而望向地面，时而向上望去，时而又走到街边，浏览着琳琅满目的橱窗陈列，在某一个橱窗前驻足停留，其实并没有具体观察着什么。他很喜欢听这条热闹漂亮的大街上发出的各种声音。他留意着各色行人的脚步声，他们一定都以为西蒙站在那里欣赏橱窗里的物品。突然，他听到有人和他讲话，他扭过头来，看到一位女士递给他一个包裹，请他帮忙把包裹送到她家中。她不算很漂亮，但此时西蒙并没有闲情逸致去考虑她漂亮与否，他的内心仿佛有一种声音，在驱使他答应这位太太的请求。他伸手接过并不重的包裹，提着它走在太太身后。这位太太迈着优雅的小碎步横穿过马路，一次也未扭头去看身后的年轻人。他们走到一幢华丽气派的大房子前，太太要求西蒙和她一起走上去，西蒙照做了，他感觉自己没有理由不听从太太的吩咐。他跟随这位太太走到她的房子里，这仿佛是一件相当自然而然的事情；听从这位太太的吩咐，对西蒙而言也是理所当然、合情合理的。在上台阶时，西蒙想：若不是遇到这位太太，他现在或许还站在橱窗前发呆呢。到了楼上，太太让西蒙往里走。她走在前面，西蒙跟随其后，然后她打开一个房间的门，吩咐西蒙先走进去。这是一个在西蒙看来极其豪华的房间。随后太太也进来，坐到一把椅子上，清了清嗓子，看了看站在她面前的西蒙，问他是否想在这里做用人。她接着说，她看得出西蒙是一个闲散无事之人，倘若有人为他提供一份工作，这对他而言应该是件好事。此外，她对西蒙这个人很满意，现在只要西蒙告诉她是否愿意接受这一提议了。

“为什么不呢。”西蒙回答说。

她接着讲道：“我想，我应该没有看错，当我第一眼看到您时，就感觉您只要能找到一处安身之所就会很满足。告诉我，您叫什么名字，您迄今为止都做过些什么?”

“我叫西蒙，迄今为止我一事无成!”

“为什么会这样呢?”

西蒙说：“我曾继承过父母的一小笔财产，然后把它挥霍了，直到用光了最后一个赫勒[1]。我认为我没有必要去工作，也没有兴致去学些什么。生活对我而言太美好了，因此我不想放任自己用工作去破坏和亵渎这种美好。您可以想象，人因为日复一日地工作而错过了多少美好的事物啊。我不能为了掌握一门学问或技能，而失去欣赏太阳及月亮的机会。我需要时间去欣赏夜景，而不是像他人那样整日伏案工作或者在实验室里埋头苦干。有时我彻夜坐在草丛中，陶醉于从我脚边缓缓流过的河水和透过树枝照在我身上的月光。您听了这番话，定会很吃惊，并以异样的眼光看待我。可是，难道我应该欺骗您吗？我在乡下、也在城里生活过，但我迄今为止还未对这世上的任何一个人证明过我的工作是优秀出色的。我有兴趣去证明这一点，而现在看来我正好有这个机会。”

“您怎能如此放荡不羁地生活呢?”

“我从不在乎金钱，尊贵的女士！相反，我认为别人的钱财更重要，甚至也为他们的钱财而费心。现在，您似乎希望我为您服务：这样的话，我当然会密切关注您的需求，因为倘若我为您服务，除了您的需求之外，我就没有其他自身的需求了，您的需求便是我的需求。我何来自己的需求，我又怎会想到要拥有自己的需求呢！我又何曾有过一件自己认真要完成的事情。迄今为止，我荒废了自己的生活，这正是我所要的，因为世上的一切在我眼里没有任何意义。

---

1. 旧银币或铜币，在奥地利曾等于百分之一克朗。

我要为别人的利益和需求献身，这理所当然：自己没有目标的人，便会为他人的利益和目标而活。”

“您现在必须多少要想着为未来打算一下了。”

“我还从来没有想过这一点！您不太友好地看着我，看起来您有些替我担忧。我知道，您不信任我，不相信我说的话是严肃认真的。我必须承认，到今天为止，我未曾有过任何目标，因为迄今没有人要求我有一个自己的目标。现在，我是第一次站在一个需要被我服务的人面前，这使我感到很光荣，鼓励我勇敢地向您道出真相。只要我现在想成为一个更好的人，即便过去我是一个自由散漫的人，这又有什么要紧呢？您能相信，我并不想对您在大街上邀请我到您家里，并为我安排日后的命运而表达感激之情吗？我的眼前没有前程，我只想让您满意，这就是我的目标。我当然知道，当一个人完成了他的工作义务，他就会令人满意，讨人喜欢。那么，这样的前程就在我眼前，即努力去完成您交给我的任务。与接下来立刻要面对的未来相比，我不想考虑更遥远的未来。我对自己的职业生涯并不在意，倘若我只想令别人对我满意，那么我的职业生涯可能会停滞不前，随它去吧。”

太太听完说道：“尽管雇佣一个什么都不会的人有些不够谨慎，但我还是决定这么去做。我认为您还是有工作的意愿，您将成为我的仆人，要做一些我托付于您的事情。您可以把这看作是一种好运及恩赐，我希望您努力工作，证明自己配得上这份工作。您身上没带任何证件，否则我会犹豫要不要您出示给我看。您今年多大了？”

“二十出头！”

太太点点头说：“在这个年纪，是要考虑为生活找一个目标了。我决定暂时忽视您的一些不适宜在我这里工作的性格特点，给您一个机会证明自己是值得信赖的人。就看您的表现吧!”

双方的谈话就此结束了。

太太带领西蒙走过一排华丽的房间，她走在年轻人前面，嘱咐他说，他的任务之一就是打扫这些房间，并问他能否用钢刷打磨房间的地板。还未等西蒙回答，她说自己知道西蒙一定可以做好这些，仿佛她只是为了倨傲而随意地在西蒙耳边提一个问题才说出这番话。接着，她打开一扇门，命西蒙走进一间铺着各色地毯的小房间，向他简单介绍了躺在床上的少年：西蒙将照料这位生病的小主人，而具体怎样照料，西蒙需要等待吩咐。这是一位被病痛折磨得面色苍白的少年，但仍能看出他相貌不凡。少年冷冷地看着西蒙，沉默不语。西蒙猜测少年不能讲话，或许只能含糊不清地说几句。他的嘴唇仿佛不属于这张脸，像是暂时挂在脸上那样不自然。少年的双手非常漂亮，这双手似乎承受了巨大的病痛和屈辱，仿佛承受了所有的悲伤及压力。这时，西蒙不得不停止继续打量这双手，太太吩咐他随其穿过走廊，来到厨房。太太对西蒙说，如果西蒙手头没有更重要的工作，他可以到厨房帮厨娘干活。西蒙一边回答说他很乐意做这些，一边打量着这位姑娘，感觉她像是厨房的主人。第二天早上，西蒙开始了他的仆人生涯，这意味着，这份工作开始进入他的生活，对他有了形形色色的要求，令他无暇再去思考自己是否算一位合格的仆人。这天夜里，西蒙陪着他的年轻主人睡睡醒醒，反复多次。太太要求他在睡觉时保持警醒，但凡听到少年发出一点声音，即便是极其微弱的声音，西蒙也要从床上一跃而起，询问少年有什么需求及吩咐。西蒙觉得一个男人的睡眠理应如此，他想了想，认为睡眠对自己而言毫不重要，他很乐意在别人需要他的时候从酣睡中醒来为之效劳。因此，第二天一大早醒来，西蒙并未感到自己睡眠欠佳，他也想不起来自己在夜里究竟有多少次醒来后从床上跳起来。他精神抖擞地投入到第二天的工作中，先是手里抱着一口厚厚的白锅冲到街上，请求一名女子把新鲜的牛奶倒入锅里。这时，他可以得空看看刚刚苏醒的潮湿的大街。西蒙双目灼灼，他陶醉于眼前的景象。接着，西蒙跑上楼梯，他感觉自己的四肢在急匆匆上下楼梯时非常灵活矫健。随后，在女主人醒来之前，他与厨娘一起打扫了事先被吩咐要打扫的房间：餐厅、客厅和书房。要用扫帚扫地板、把地毯刷干净、擦掉桌椅上的灰尘、向窗子呵气并把窗玻璃擦干净、房间里摆放的所有物件也都要拿起来擦拭一遍，再物归原处。这一切必须以极快的速度完成，不过，西蒙想，等他把同样的事情做了三遍后，他闭上眼睛也能很快做好。做完这些之后，厨娘示意他现在可以去清理一双鞋了，是太太的鞋子。西蒙把鞋子拿到手中，这双皮鞋的皮革像绸缎一样光滑柔软，鞋子镶着皮毛的花边，非常精巧漂亮。西蒙向来对鞋子有种特殊的热爱，但并不是所有的鞋，那些质量粗劣的鞋子入不了他的眼，他只喜欢精致华丽的鞋子。现在，他的手上就拿着这样一只漂亮的鞋子，西蒙要去擦拭它，尽管他觉得这只鞋子很干净，并不需要清洁。女士们的脚对西蒙而言是一种神圣的存在，在西蒙眼里，脚就像那些幸福而讨人喜欢的孩子们，他们能用鞋袜包裹住自己灵巧而敏捷的小脚，这是多么幸福啊。这种鞋子真是人类的一项伟大发明，西蒙一边这样想，一边用一块抹布轻轻地拂拭了几下，做出在擦鞋的样子。这时，太太突然来到厨房，用严厉的目光打量他，他吓了一跳，立刻向太太道早安，太太只点头回应了一下。西蒙看到太太的回应非常开心，他感觉自己道了早安后，太太点头作为回应，仿佛是在说：小伙子，谢谢你，我听到你向我说早安了，我喜欢你这样说！

“您擦鞋子要擦得认真些，西蒙。”太太说道。

西蒙对太太的责备感到很高兴。曾经多少次，每当他无所事事地穿过炎热的、空无一人的小巷，漫无目的地四处闲逛，他感到自己内心有一种对尖酸刻薄的责备的渴望，他渴望一句咒骂、一句侮辱人的呵斥，拥有这些渴望，只为了证明自己并不完全是孤家寡人，并非完全置身任何事之外，即便他所作之事是被人否定的。“责备的话语出自女人之口，这是多么可爱啊，”西蒙想，“这些责备话把我与她联系在了一起，我觉得她的责备正如我犯错后得到一记不怎么疼的轻轻的耳光。”西蒙暗自决定今后继续犯一些错，但是，当然不能只犯错误，这会让别人觉得他是个蠢人；而是时不时地故意制造一些小小的疏忽，就可以看到这位敏感而注重秩序的太太生气的样子，这真是一种享受。她的愤怒其实也不只是愤怒，更多的是对西蒙不够机灵感到疑惑和讶异。这样一来，西蒙就有机会在其他方面引人注意，也有机会看到一张严肃生气的面孔渐渐变得满意而友善。之前惹恼了别人，但很快又使对方对自己满意，这真是一件快事啊。“今早我已经收获了一次友善的责备，”西蒙继续想，“成为一个被指责的人，这对我而言真是件惬意之事。相比过去，这是一种更成熟、更审慎的生活状态。我生来就是要被人责备的，因为我很感激别人的指责。也只有我们这些懂得用合适的姿态接受并感激他人责备的人，才值得被友好地指责。”

西蒙的确以一种得体的姿态站在那里，他想：“我是这位太太的仆人，她责备我，是因为她觉得自己有权力指责我，这并不需要多少优越感，她一定希望我对此保持沉默。倘若有人批评一个级别低于他的公务员，那么这定会伤害到对方，很显然此人隐秘的意图就是要以自己更高级别的身份令对方感到受伤。而人们批评一位仆人，只有一个目的，就是教育他、使他成长，出于此目的人们才雇佣他。仆人属于他的主人，而一个低级别的官员下班后与他的上级就没有任何关系了。譬如我现在就被太太出于好心责备了一番，再说了，这番责备还是出自一个可爱的女性之口。事实上，人真的应该听听女人们的指责批评，这样可以确信女人比男人更擅长指出错误，却不伤害对方分毫。在我看来，如果批评出自男人之口，那么这必定会伤害到我，而出自女人之口的话，这种批评便没有侮辱性，而是一种鼓舞和激励。当然，也许我的这种想法并不正确。在一个男人面前，我通常会骄傲地认为我们是平等的，而在一位女士面前我从未有过这种感觉，因为我是一个男人，或者因为我准备即将成为一个男人。在女士面前，人要么有优越感，要么觉得自己不如她们！——如果一个孩子友好地命令我，我便很乐意听从这个孩子的命令。但如果对方是一个男人：咳！恐怕只有阴谋诡计或商业利益才会促使一个男人在另一个男人面前卑躬屈膝、阿谀奉承：这都是些庸俗低级的原因！因此我很高兴自己能服从于一名女子，这是自然而然的事情，永远不会伤害我的自尊。女人永远不会伤害到一个男人的尊严，除非是外遇，但通常这样的男人就像傻瓜一样，他被妻子背叛，然而这件事并未令他多么丢脸，因为在认识他的人看来，他早就有可能被妻子背叛，这种预测早已令他颜面扫地了。女人可能会使男人不幸福，但她们永远不会让男人感到被侮辱。因为真正的不幸并非耻辱，真正的不幸只会对那些嘲笑不幸的无礼之人造成影响，这些人嘲笑不幸，这本身就是件羞耻的事情。”

“您跟我来！”

说着，太太打断了她仆人的种种游思妄想，命令他为生病的少年穿衣服。西蒙服从照做，端来一只装满水的脸盆放到床边，用一块洗澡用的海绵仔细地给男孩擦脸，递给少年一个装了半杯清水的玻璃杯让他漱口，少年非常优雅地用双手接住。接着，西蒙拿着一把刷子和梳子，把散在床上的头发梳齐整。最后，西蒙端上放在银色托盘里的早餐，看着少年吃一会儿，休息一会儿，从容不迫地进食。西蒙未有丝毫的疲倦及不耐烦，在这种情形下，不耐烦是一件极不礼貌且不得体之事。他把餐具端出去，又回来为不能自己穿衣服的病人穿衣。他有些胆怯地把少年瘦弱单薄的身体从床上扶起，穿好长筒袜后，给男孩的脚穿上小小的家居鞋，为他穿上裤子，系好裤子的皮带，再把裤子的背带从下到上系好。这一切完成得异常迅速、悄无声息，每一个动作都天衣无缝，非常精准。接着，西蒙把男孩宽大的衣领翻出，熟练地把一根领带固定在早已扣好的衬衫纽扣上。西蒙再递过马甲，让男孩把手臂伸进去，接着是上衣和一些男孩习惯带在身上的东西，例如怀表和表链、小刀、手帕和笔记本，这项工作就算完成了。现在，西蒙需要整理小主人的床铺，并按照太太的指示清理整个卧室，他打开窗户，把枕头、被子和床单放到窗边，然后按照他认为必要的方式拍打它们。太太监督着他的一举一动，像一个剑术老师在审视学生的练习动作。她发现西蒙在这些工作方面很有天赋，但她并未讲一句认可的话语，是的，她远没有想到要表示赞许。但是，她的仆人应该能够从她的沉默中推测出她是满意的。西蒙小心翼翼、动作轻柔地照顾她的儿子，这令她很高兴，她能从西蒙为自己生病的儿子穿衣服时的动作看出西蒙对后者的尊重及重视。当她看到西蒙起先有些胆怯谨慎，之后他克服了这种胆怯，动作越来越有力、平稳、镇定，她忍不住露出了一丝微笑。这位年轻人目前是令她满意的，她对自己说。“倘若他继续像开始时这样卖力工作，那么我对他的最初印象是对的，他并没有欺骗我。”她想，“他很安静，也很正直诚恳，他似乎有能力很快熟悉适应任何环境。从他的行为举止可以推断出他的家庭环境应该不差，为了他也许还尚在人世的母亲，为了他那或许从事着受人景仰的职业、又为他的命运而担忧的兄弟姐妹们，我得敦促他做些聪明得体之事。如果他有了起色，行为举止变得像人们所期待的那样，这会令我很开心。或许我很快就可以对他更亲切信赖一些，而不仅仅像对待一个仆人，但也要当心不能因为过早对他友好客气而令他在我面前放肆。他的性格有一些放肆及固执，我不能放任这些。我必须要隐藏起对他的欣赏满意，只要我愿意，他就会一直努力迎合我。我想，他应该喜欢我严肃的面孔。我之前相当严厉地指责他，他却报以微笑，那时我就猜到了这一点。倘若想要看到他人好的一面，就要学会揣测别人。这位年轻人有自己独立的思想及感情，要充满感情、热情地对待他，这样才会得到他的回报。我得为他考虑打算，还要做出没有为他考虑打算的样子，要显得没有必要这样做。当然，能为他做一番打算，是最好不过了。”——她决定让西蒙经历一些事情，去冒冒险，于是派他出去购物。

这对西蒙又是一项全新的任务，他手里提着一只篮子或一个皮制的拎袋，匆忙穿过马路，去商店里买肉和蔬菜，之后再跑回家里。在街上，西蒙看到人们都在为了各种各样的目的行色匆匆，每个人都带着目标在路上奔走，他也不例外。路上的行人看到他时似乎都露出了惊讶的神情，是他走路的步伐与手里轻松提着的满满的篮子很不相称吗？又或是他走路的姿态太过随意，并不像受人之托去采买吗？可那些人的目光是友好的，人们可以看到西蒙走得匆忙，他一定给人一种非常勤快、尽职负责的印象。西蒙想：“这样的生活可真美好，我头脑里装着一项任务，走在大街上熙熙攘攘的人群当中，一些长腿的人快步从我身边经过，而我又会超越一些走路慢慢吞吞的人，这些人的鞋里仿佛灌了铅似的。我喜欢被那些打扮齐整的女佣认作一类人，并被她们观察，这些头脑简单的女孩们目光却如此犀利。我喜欢看到她们饶有兴致地站在一起，闲聊上十分钟。有几只狗在路上狂奔，仿佛有狂风在它们身后追赶，还有那些白发苍苍的老人佝偻着脖颈在忙碌奔波！这时，西蒙多么想慢慢地闲散踱步啊！路上有几名女子是那么的赏心悦目，西蒙快速从她们身边跑过，并未引起她们的注意，何必要让她们注意到自己呢，这样更好些！自己能够观察别人，这就够了。人往往只想引起别人的兴趣，而自己不愿去主动搭讪他人吗？在这样一个清晨的大街上，那些女人的眼睛望向远方，她们的眼睛真美。从一个人身边漫不经心掠过的双眼，要比注视对方的双眼更加迷人。漫不经心的双眼，使这些女子看似迷失了自己。当我快跑时，我的思绪也在驰骋，只是没有办法看到天空了！不，最好还是用心去感受一下吧，感受在头顶上空，在一排排房屋上方，飘浮着一幅辽阔的美景，空中飘荡着一些东西，可能是蓝色的、芬芳扑鼻的东西。每个人都有自己的义务责任，这也是一些飘荡着、飞扬着、令人着迷的事情。身上扛着一些要清点和交付出去的物品，这样就可以证明自己是一个值得信赖的人，而我目前就是这样，做一个值得信任的人，就是我唯一的乐趣。那么大自然呢？它暂时可以消失啦。是的，在我看来，大自然已经把自己隐藏起来了，隐藏在那一排排长长的房屋后面。森林也暂时不再吸引我了，它也不应该再吸引我。想到当我匆忙而矫健地在大街上奔走，头脑中没有任何思虑，周围一切都处于原封不动的状态，这样的感觉是很美好的。”——他把手伸进马甲口袋里，用手指重新点数了一下里面的钱币，然后走回家去。

此时，西蒙要布置餐桌了。

他把一块洁净的白色桌布铺到餐桌上，把桌布上的褶皱铺平。接着摆放盘子，要避免盘子的边缘超出桌子边缘，然后摆放刀叉和勺子，把玻璃杯和刚刚装满水的大玻璃瓶放好，餐巾纸放到盘子上，再把盐罐也放到桌上。摆放各种物件，轻轻地抓住餐具，再用力一些，用指尖捏取纸巾，小心翼翼地碰触盘子，把所有餐具都铺展开，布置好，不能发出丁点声响，做这些时动作要迅速，也要谨慎小心、沉着冷静、精神抖擞。玻璃杯不能碰撞在一起发出当啷声，也不能使盘子发出啪嗒啪嗒声。但倘若发生了，西蒙也绝不能在听到这些声响后大惊小怪，而要泰然处之。之后他要向主人报告餐桌已布置好，把菜肴端上餐桌，走到门外。当铃声响起，再走回房间，看着主人们进餐。这时西蒙也会感到高兴，他对自己说，看主人们吃饭，这比自己吃饭更令人愉悦。进餐完毕，西蒙要收拾桌子，把餐具拿出去，把剩下的一块烤肉排塞到自己嘴里，脸上做出一个胜利而满足的表情——仿佛为了做出这样胜利满足的表情，他才去品尝这里的食物。随后，他觉得自己原本就是有资格吃这些食物的：西蒙什么都想尝试一下，其实他不必什么都尝试，例如当他偷吃了东西，他并没有必要欢呼雀跃。但这是他第一次偷，且是以一种柔和的方式去偷，因此他忍不住欢欣雀跃。这使他回忆起自己的童年，那时孩子们从食品橱柜里随便偷点什么东西吃，都会欣喜若狂。

饭后，西蒙要帮助厨娘一道清洗餐具并擦拭干爽，姑娘看到他干活灵敏而利落，感到很意外，问他是在哪里学会这些的。“我过去在乡下住过，”西蒙回答说，“在乡下，人们也做类似的活儿。我有个姐姐在那里做教师，我当时和她住在一起，每天都会帮她擦干餐具。”

“您真是太棒了。”

第十二章

西蒙非常满足于在这样一间安静的厨房，在一座大城市的中心做这些活计，这是他之前未曾预料到的。是的，他往往不会为自己提前描绘未来。过去的西蒙曾自由自在地在山野间徒步漫游，像一名猎人在广阔的天空下酣睡，那时他总觉得自己眼前的世界不够宽广。每当他身处户外，在不同的天气和季节里，摩拳擦掌、气喘吁吁、寻寻觅觅地跑来跑去，他总希望太阳更炙热些、风更猛烈些、夜晚更黑暗些、天气更寒冷些。而他现在却躲进一间小小的厨房，卖力地把正在滴水的盘碟擦干，这竟令他很满足。“我很乐意让自己囿于这窄小的空间里，”他自言自语道，“人没有必要只向往远方，我有时也会渴望这种狭小且束缚我的环境！我身处逼仄的厨房，面对着四堵墙，但我的内心仍是宽广的，我为能够完成这些简单的工作感到快乐。”

在厨房里做一份女孩才做的工作，这令他感觉有些丢脸。这的确有些丢脸，也有些可笑，但这也是一个神秘而不同寻常的决定。没有人能够想象到西蒙目前的处境，这样的想法又使西蒙感到一丝满足与自豪，于是他微微笑了一下。厨娘问他曾经做过什么工作，他回答说：“写字员！”女孩无法理解西蒙为什么如此没有志向抱负，他竟然放弃了写字桌，甘于卑躬屈膝地在这里做些家务琐事。西蒙回应说，首先，这种工作并不像她描述的那样卑躬屈膝；其次，坐在写字桌旁做一名写字员，还是做一个擦盘子的仆人，究竟哪一种状态更好，这还是一个未知数。相比沉闷乏味的办公室，他更喜欢这间自由、通风、温暖、冒着蒸汽的有趣的厨房。在办公室里，空气通常都很污浊，其间的氛围也常常令人感到压抑痛苦。而在厨房，我没有理由感到痛苦和烦恼，在这里，我们用平底锅煎肉排、做蔬菜，汤锅里冒出水蒸气，铜制的底座闪闪发光，当我把盘子放到一起，它们会发出可爱的咣啷声。可是，做一名仆人，这可不是一份好的职业，这种身份意味着你一无所有，活泼而心直口快的姑娘忍不住说道。西蒙温和地说，他并不想出人头地。姑娘不再做声，她觉得西蒙是一个令人难以理解的怪人。但她想："他倒是也诚恳老实。"她觉得西蒙真是随心所欲，想做什么就去做什么！西蒙刚刚忙完手里的活，太太走了过来，她又有任务安排给西蒙，嘱咐西蒙跟她一起走。"她会给我安排一份什么样的有趣活计呢?"西蒙紧紧跟随在太太身后想。"下午没什么事要您做，您就给我和我儿子朗读一本书吧。您懂得怎么朗读吗?"西蒙点点头。

随后，西蒙完全沉浸于故事之中，朗读了足足一小时，尽管呼吸略显急促，但他的嗓音柔和，又字正腔圆，极有感染力。太太看上去非常满意，男孩一直专心地倾听着。朗读结束时，男孩很优雅地对西蒙带来的这次听觉盛宴表示谢意。由于朗读卖力，西蒙的脸颊涨得通红，他很享受别人对他表示感谢。西蒙不知道女主人接下来有什么安排，于是走到专为仆人准备的房间里[1]，夕阳西下，落日的余晖把整个房间映得通红。西蒙走到窗边，开始对着窗外吸烟。

"我觉得您在这里吸烟不太合适。"太太走进来说道。

西蒙没有理会，继续吸着，太太有些生气地走了出去。"我当然

---

1. 原文为 Domestikenzimmer，过去指一个家庭里专门为仆人提供的房间。

明白她不喜欢我这么做，可是，我有必要让她对我的一切都满意吗？我不会放弃吸烟的，这不可能！见鬼去吧，我才不会放弃！就算有二十位这样的太太向我走来，一个接一个地劝我不要吸烟，我也不会听从。”西蒙很生气，但他很快又平复了情绪，自言自语道：“唉，我刚才就应该把烟扔了，这真是太无礼了！”

正当他自言自语之时，走廊里突然有人大叫，紧接着他听到餐具摔在地上发出的响声。西蒙打开门，看到太太难过地望着地板，一声不吭。地板上散落着看似相当贵重的瓷器盘子碎片。她原本想从冰柜端一块蛋糕到她的房间去，却不小心把盘子打碎了。太太自己也不清楚是怎么把盘子打碎的，很可能是她走路时产生了错觉，或是由于其他什么原因，总之不幸就这样发生了。太太发觉了站在她身后的西蒙，脸上的忧伤瞬息转为怒色，她恼火地说：“您快把这些碎片捡起来！”西蒙顺从地弯腰从地板上拾起碎片，在捡碎片的过程中，女主人的裙裾扫过他的脸，他想：“我方才故意站在那里，是为了看看你是怎样不小心把东西打碎的，请原谅我这么做。我理解你的愤怒。我愿意承认自己对摔碎盘子这件事也有责任，因为是我眼看着它打碎的，盘子碎了，这令你多伤心啊。那么漂亮的盘子，你一定非常喜欢它，我也为你感到难过。我的脸蹭到了你的裙角，这时，我捡起的每块碎片仿佛都在对我说：‘你这个可怜的人’，而你的裙角却仿佛在对我说：‘你好幸福啊！’我故意慢吞吞地捡，如果你发现了这一点，会不会更生气呢？我乐意做这些小小的坏事，因为我很喜欢看你对我发怒的样子。你知道我为什么喜欢你发怒吗？因为你生气时也是那么温柔！只是因为我看到你笨手笨脚打碎了盘子，你就生我的气。当你在我面前出丑，你会感到难堪难过，这样看来，你或多或少是重视我的。你永远高高在上，我在你面前是低微的。你恼火地命令我捡起碎片，此时的你多么可爱啊，而我一点也不着急，因为我想要看看你真正生气愤怒的样子。只要我还在捡这些碎片，它们就会告诉我，你是多么笨手笨脚，它们也会告诉你这一点。你还一直站在那里？现在你的内心定有多种感受交织在一起：羞耻、痛苦、恼火、生气、冷静、神经质、威严，以及一些无以言说的小小的情绪波动，在你能够感受到它们之前，可能已经消散了。它们就像针孔，或者一阵芳香，或是一对眨来眨去的眼睛。——你的丝质裙子真是漂亮，它裹着你那由于情绪激动而颤抖的身体。你的双手也极美，它们这样垂落着，对着我。我希望有一天，你会用它们给我一记耳光。你刚才没有斥责我就走开了。在你走动的时候，你的裙角仿佛在地板上轻声低语。方才你不准许我吸烟，但我打算在跟着你一起去市场购物时，还继续放肆地吸一回。这时你会看到我吸烟，看到白色的烟雾，我希望你会果断地把烟从我的嘴里夺走。现在，我必须得为你打碎盘子这件事情向你诚恳地道歉。我曾经想找机会做一些错事，让你有理由驱赶我。噢，不，不！我怎能这样想，我真是疯了。真的，打碎盘子这件事使我变得疯狂。现在应该已是傍晚了，白天马上就要结束，外面的大街上浅黄色的灯光即将亮起。现在我要走到街上去，一定要去。”

“我想出去一会儿，”他走进太太房间说，“可以吗？”

“可以！但您不要让我等太久！”

西蒙快步走出去，下了楼梯，太太眼含诧异地目送他离开。他走到大街上，呼吸着清新的空气，来到属于他的自由的夜晚。街上人头攒动，空气湿润，灯光闪耀。他想，在一幢大房子里做仆人，这真是一件匪夷所思的事情，这让人活得像一个囚犯。匪夷所思的是，我作为一个成年人，却不得不走进一个昏暗的房间，来到一位女士身边。她的房间光线暗沉，我看不清她半掩在黑暗中的神情，但我得询问她是否准许我出去。仿佛我是她的一件家具、一件物品、一样买来的商品。总之，我就像随便一个什么东西，而“这个东西”似乎只有服从于她时，才是存在的，否则的话，“这个东西”便一无是处！同样匪夷所思的是，尽管这样，我仍然感觉这里像是我的故乡，像在自己家里一样。既然我刚刚请求过的人应允了，那么我现在就可以在大街上来回走上十圈。西蒙想，小学生做事情才需要征求别人同意，可即便是白发苍苍的老人，在某些情形下，也不得不询问并征求别人的意见。生活是很美妙的，人必须要让自己进入美妙的生活当中去，尽管它常常也令人觉得不可思议。

西蒙沿着街道走下去，他沉醉于这美丽的街景，头顶是刚刚出现的闪亮星空，身旁有一排排笔直延伸的茂密树木，有安静的行人。这样庄严华丽的傍晚景象预示着夜晚即将来临。西蒙也安静地走着，几乎有些精神恍惚，像在梦中一般。一个人在晚上精神恍惚地走路，这并不丢脸，任何人都会不禁沉醉于这样充满初夏芬芳的夜晚。许多女士戴着手套，挎着精致的小包来回散步，她们的瞳孔里映出傍晚的灯光，她们穿着英式裁剪风格的紧身裙装，或者有褶皱的、拖曳的裙子及礼服，在街道上摇曳生姿。西蒙想，女人给城市的街道又增添了一道亮丽的风景，她们生来就适合去散步，她们在散步时可以享受自己优美摇曳的步伐。女士们为傍晚平添了一份情调，她们满载忧愁的丰满的手臂、呼吸时起伏的胸脯、她们的身姿，都与这样的夜晚气氛和谐地融为一体。她们戴着手套的手像是戴面具的小孩，她们总是拿着些什么东西，挥着手。她们的可爱举止像是让夜晚响起了动听的音乐。如果有人，比如像我这样走在她们身后，那么此人就属于她们了，在思想上属于她们，由于她们而情绪波动，内心小鹿乱撞。仿佛可以看见她们在向某人挥手问候，可以看到她们的一只手里有一把扇子，扇子在渐渐模糊消失的夜晚灯光下闪着银色的光芒。成熟丰满的女人特别适合在傍晚出现，正如老妪适合冬天，青春年少的女孩适合春意盎然的日子，孩子们像破晓的清晨，少妇像炎热的中午，太阳在这样的中午是最炙热的。

当西蒙回到家中，已经九点了。他回来晚了，一定会听到太太的训话，类似于：如果再出现这种情况，哪怕再有一次，那么就……而现在，他只是听到了太太训话的声音，并未认真去听太太具体说了些什么。他心里在偷笑，面上却做出一副难过的样子，脸上一片茫然。西蒙觉得没有必要开口回复些什么，他为男孩脱了衣服，让男孩躺到床上，点了一盏小小的夜灯。

"您能给我一只自己用的灯吗?"他问太太。

"您要灯做什么?"

"我想写一封信。"

"您跟我来，您可以在这里写信!"太太说。

于是，西蒙坐在太太的写字桌前。她递给西蒙一张信纸，一个写地址用的信封，一张邮票，一支羽毛笔，还让西蒙用她的信纸夹子垫着信纸来写，然后紧挨着西蒙坐在旁边一张沙发椅上读一份报纸。西蒙写道：

亲爱的卡斯帕尔，我又来到了你熟悉的城市，现在正在一个灯光明亮的房间里，坐在一张漂亮的深色写字桌前。在这样的夏夜，我可以看到窗外的大街上，人们在枝繁叶茂的树下逍遥地散步。可惜我不能像他们一样，我被禁锢在一栋房子里，当然不是手脚被捆绑，而是被我自己逐渐形成的责任感所束缚，这种责任感已渐渐植根于我的内心。我现在是一位女士的仆人，她有一个患病的儿子，我主要的任务就是照顾这个男孩，这和母亲照顾儿子没有太多区别，因为他的母亲，也就是我的女主人，总是监督着我的一举一动。她的眼睛仿佛在指挥着我的行动，在我照顾男孩时，我感觉她把自己对儿子的细心与周到都转移到我身上了。她允许我在她的房间里给你写信，在我写的时候，她就坐在我身旁的一张沙发椅上。现在的问题在于，每当我想做一点自己的事情，必须首先问问她：我可以出去吗？就像一名学徒必须要问他的师傅一样。但至少我请求的是一位女士，这让事情没那么糟糕。做仆人，意味着你要随时关注主人的命令，要预先想到主人的想法意愿，在布置餐桌和刷地毯方面要有经验技巧、要熟练敏捷。如果你之前不知道这些，那么你要了解一下。我已经为我的太太——是的，我干脆称她为“我的太太”——把鞋擦得极其完美，无可指摘。这只是一件很小的、微不足道的事情，但它和伟大的事情一样，也要求人们去追求完美。等天气好的时候，我得带着那位年轻的小主人出去散步。有一辆棕色的小车，我可以用这辆小车推着男孩出去，但说实话我其实不喜欢这么做，这肯定会很无趣。天啊，可是我不得不去做。我的女主人属于那类女人，对她们而言一切与众不同、不同寻常的事情，都是再平凡不过的家常小事。她是彻彻底底的家庭主妇，但是我甚至可以说：家庭主妇们非常高贵。她很爱生气，而我则擅长于激怒她。比如今天，她不留神打碎了一个昂贵的瓷器盘子，她看到我后非常恼火，尽管东西并不是我打碎的。她恼火，是因为我无意间看到她笨手笨脚的一幕，这令她很不自在。她的脸就像飞舞的落叶那样凌乱，一张纯粹的“像飞舞着的落叶的脸”。我极其轻柔缓慢地捡起那些碎片，这样可以令她更生气。不得不承认，我很喜欢惹她生气，她生气的时候相当有魅力。她并不漂亮，但像她这种严肃的女人会在生动的表情和动作中散发出一种独特的吸引力。这类女性过去的经历都暗藏在她们的情绪里，她们会因一点小小的事情就情绪激动，而我能在一旁观望这些，这是一件非常有趣的事情。其实我很喜欢这种类型的女人，我欣赏她，同时也很同情她。这类女人在言行上可能显得很高傲，生气时，她们的脸颊几乎要气得炸开，她们的嘴角常常流露出嘲讽和讥笑。我喜欢这样的嘲讽，它们令我颤抖，我乐意让自己感到羞耻和恼怒：这会令我对自己有更高的要求，促使我去行动。但是我的这位爱嘲讽的太太，她只是一个善良温和的女人，我恰恰知道这一点，但这也正是糟糕之处。每当我听到她的命令后去顺从照办，我就忍不住发笑，因为我发现她很喜欢看到我乐意服从她的命令。当我向她提出些请求，她会责骂我，然而又很慷慨地答应我的请求，或许答应时也带着些怒气，这是因为我请求的方式让她不得不答应。我经常故意惹她不高兴，这时我会想：就是这样，就这样去做，让她经常生气吧！这对她而言也很有趣，她似乎也愿意这样，期待这么被对待！女人总是很容易被看穿，但她们又有那么多不可捉摸之处。难道不是吗，这真奇怪，亲爱的哥哥！她们是这世上最能给男人带来教益的人。如果坐在我身旁的这个女人知道我在写什么，她会作何感想呢？我现在最急迫的愿望就是，尽快让她给我一记耳光，但遗憾的是，我不得不怀疑她是否有能力这么做。我愿意用我本可以得到的所有亲吻，去换取脸上一记响亮的耳光。挨一记耳光，这本是令人难受的，但这也是一种真正的人在俗世间的感受：它可以追溯到童年，人何时不在怀念那遥远的过去呢？我的太太就能够令人回想过去，看到她时，我会想到很遥远的过去，或许回忆起比童年更早的时期。我将来很可能会亲吻她的手，然后她会赶我走，把我打发到修道院里去，正如她之前所说。我乐意这样，她也会同样愿意的。原因在于——咳，我开始厌恶这里，我只能这么和你讲，我现在就已经感觉到这一点了。我整天忙于折叠餐巾、擦洗刀具，最危险的是，我竟然很喜欢干这些。你还能想象到比这更愚蠢简单的事情吗！你最近过得怎么样？我之前有三个月在乡下，但我感觉这些时光已经离我很遥远了。我希望自己成为一个白天努力工作，不再因为漂泊不定而去打扰兄弟姐妹的人。有时我太懒了，以至于没有想起你，这是我的惰性使然。我希望很快能再见到克拉拉。或许你已经忘了她，那我就没有理由再去接触她，我也不会那么做。再见，我的哥哥。

“您在给谁写信？”太太问，她看报纸累了，一抬眼，看到西蒙已经搁笔。

“给我一个现在住在巴黎的朋友。”

“他是做什么的？”

“他起先做书籍装订工，但他在这份职业中无法获得成就，于是转而做了餐厅服务生。我非常爱他，他曾和我一同上学，自小时起他就很不走运，我一直追随保护着他。有一天，他被同班同学讥讽捉弄，被他们推到一个石阶下，当时我恰巧与他那双好看、惊恐、忧伤的眼睛四目相对。自那天起，我成了他最亲密的朋友。同情可以增进人与人之间的情感，我感到我不知不觉与他紧密联系在了一起，而且是永远联系在一起！他只年长我一岁，但在知书达理和生活方式方面远胜于我，超越了我好多年。他总是生活在国际大都市，在那里人可以迅速成长。他曾经非常热衷于画画，在做书籍装订工时也经常尝试作画。然而令他痛苦的是，他在绘画方面并未有任何进展。一天，他羞愧地向我承认，他已决定让自己完全投入到俗世生活的纷扰中去，忘记他的梦想、他的艺术，于是他做了餐馆服务生。这对他而言是一种堕落，同时又是一件多么值得赞赏的事情啊！我对他说，我很欣赏也很钦佩他这么做。然而，当他的生活停滞不前时，他自然会怀念过去更好的状态。当他独自一人沉浸在回忆的痛苦中时，我必须安慰他。但是您看，仁慈的太太，此人是优秀而骄傲的。他太骄傲了，以至于他不应缅怀过去的岁月；他太优秀了，以至于他不能够把这些过往置之脑后。我了解他的每一种感受。曾有一次，他写信对我说，他感觉自己快要因为单调无聊而窒息了，他有时就是这样。还有一次，他又写信告诉我：'我的那些梦想真是愚蠢！生活才是美妙的。今天我喝了点苦艾酒，有些微醺，这使我觉得很快乐！'他是一位相当骄傲的男士。您要知道：他很容易打动他人的内心，而看上去又有些冷酷，因此女人都对他趋之若鹜。尽管身着服务生的燕尾服，他整个人仍然散发出一种浪漫的气息。"

"这位不幸的年轻人叫什么名字？"太太问。

"卡斯帕尔·唐纳。"

"什么？唐纳？您也姓唐纳，看来他是您的哥哥了，可您之前说他是您的朋友。"

"当然是我的哥哥，但毋宁说他是我的朋友！如果想给他一个合适的称呼，我的哥哥必须被称为朋友。我们只是偶然成了兄弟，但我们努力成为朋友，朋友是更为珍贵的。什么才算兄弟之间的友爱呢？当我们还只是兄弟的时候，有一天我们竟然互相掐住对方的脖子，想置对方于死地。这算什么爱啊！在兄弟之间，嫉妒和仇恨不是什么新鲜事。朋友之间互相憎恨，他们会直接分开。而如果兄弟互相仇恨，他们无法改变继续同在一个屋檐下生活的命运。当然，这是很久以前的一件不愉快的往事了。”

“您为什么不把您的信合起来？”

“我想请您看一下我写的内容。”

太太微笑道：

“不，我不会这么做。”

“我在信里讲了很多关于您的不得体的话。”

“这没关系，”她站起来提醒说，“您去睡觉吧。”

西蒙遵照吩咐，在走出房门时，他想：

“我会越来越放肆的。不久，她就会把我从房子里赶出去！”

第十三章

三周后，西蒙摆脱了太太家所有的工作任务，站在一条狭窄、陡峭而密不透风的小巷里，思索自己要不要再走进另一幢大房子。正午的阳光倾泻下来，把那些矮墙里令人作呕的烟雾水汽一扫而光。一丝风也没有，这样的小巷里又怎会有风呢。只有在外面时尚的大街上才会有风吹过，但在这里，似乎数个世纪以来都未有微风扫过。西蒙的口袋里有一小笔钱，他要不要乘火车到山里去呢？形形色色的人现在都要到山里去。各式各样的陌生面孔，男男女女，独自一人、成双结对或三五成群地穿过敞亮的白色大街。女士们的帽子飘下诱人的面纱，男士们身着西装短裤和黄色的夏季鞋。西蒙难道不应该追随这些人一起上山吗？山上自然是很凉爽的，他定可以在山上的一家宾馆觅得工作。他也可以做旅游向导，他完全有能力这么做，懂得在恰当的时机说："女士们，先生们，请看这条瀑布、这处山谷、这座村庄，还有这悬崖峭壁，这条波光粼粼的蓝色河流。"他有能力为旅行的女士和先生们惟妙惟肖地描绘这里的景色。倘若有机会，比如要跨过一个有三只鞋那么宽的隘口时，他乐意搀扶一个疲惫而胆怯的英国女人走过去。是的，为了那些美国女人和英国女人，他乐意这么做。他想学习英语，在西蒙的脑海中，这是一门可爱的语言，它听起来就像轻声耳语，生硬而又柔软。

但他没有去山上，而是走到小巷里一幢光线昏暗的老旧房屋前，房子的地势很高，他敲了敲门，一位女士走出来查看，西蒙问她能否给自己提供一个房间。

是的，只需要一间。

他是否能够先看看房间的样子，只要有一间不那么大，价格低廉，专为一个穷人提供的房间。

女士给西蒙看过房间后，她问道：

“您是做什么工作的?”

“噢，我什么都不干，我没有工作。但我打算给自己找一份活儿。请您不要担心，我先给您预支一笔房租，这样您就大可放心。给您!”

西蒙把一枚较大面值的钱币放到女士胖胖的手里，作为预支的房租。女人很满意，继续说道：

“可惜这个房间面朝小巷，没有阳光。”

“我喜欢这里，”西蒙回答说，“我喜欢背阴的地方。在这炎热的夏季，房间里有太阳只会令我烦躁。我不得不说，这个房间很不错，而且相当便宜，它就像是事先为我准备好的。床看上去也不赖。噢，是的，我们还是先不去研究它了。这里还有一个衣橱，放我的衣服绰绰有余啦。我还发现这里有一张靠椅，我可以很舒适地躺在上面休息，这真令我感到惊喜。事实上，如果一个房间里有这样的沙发椅，这在我眼里已经非常奢华了。墙上甚至还挂着一幅画：即便房间里只有一幅画，我也很满意，我可以近距离地观察它。我还看到一面镜子，我可以用它来端详自己的脸。镜子质量很好，可以清晰地照出人的面部表情。有些镜子会把人照得变形，而这面镜子却非常好。我计划在这张桌前开始写求职信，并把它们寄往各个商业楼，以谋得一个职位。我希望自己能有好运，我也想不到自己有什么理由会不走运，通常来说我总是那么的幸运。您要知道，我经常换工作，这是一个错误，我希望自己能克服它。您在微笑！好吧，其实这是很严肃的。您给我提供这个房间，这对我真是一种仁慈，像我这样的人住在里面会感到非常幸福。我会努力满足您的一切吩咐和要求的。”

“这一点我相信。”女士说道。

西蒙继续说道：“我之前打算先去山上，但这个背阴的房间比最洁白的山还要美。我感觉有些累了，想睡一小时，可以吗？”

“咳，当然可以，现在这是您的房间了！”

“其实并不是！”

西蒙于是开始躺下睡觉。

他做了一个奇特的梦，让他醒来后仍久久回味。

在梦里，他去了巴黎。但为什么是在巴黎，他已经不记得了。他先是穿过一条铺满了浓厚绿叶的大街，女士们拖曳的长裙把树叶扫在身后，沙沙作响。细小的叶片不断飘落下来，像下了一阵绿色的“小雨”。一阵柔和的风吹来，轻柔得像是天上的一缕云。一排排高耸的房屋在街上错落着排布开来——时而灰色、时而黄色、时而雪白的房屋。男人们披散着齐肩卷曲的头发走在街上。小矮人们穿着黑色的燕尾服，戴着红色帽子，在别人的腿间穿梭自如。身着长裙的女士们身段优美苗条，身材比男人们高出一截。她们胸前挂着长柄眼镜，头上厚重茂密的头发绑得紧紧的，上面戴着小帽子，帽子上插着细小的羽毛，但也有些人帽子上顶着宽大的羽毛，羽毛垂下来，显得整个头都向后弯曲。女士们的手臂真是太美了，她们戴着长及纤巧的胳膊肘的黑手套。西蒙所见之处，都是那么的美。几幢大房子影影绰绰，像是剧院的自然舞台背景，既有白天的日光，也有属于即将来临的夜晚的灯光。西蒙向一栋非常漂亮的掩映在绿荫中的房子走去，他向别人打听里面住着什么人，有人告诉他：“里面住着巴黎最漂亮的女人们。”突然，一片白色的云彩向街道飘下来。西蒙惊讶地问旁人：“这是什么?”此人回答说：“正如您所见，这是一片云彩。在巴黎的大街上有一片云彩不是什么新鲜事儿。但我猜您是外国人，因此您会觉得奇怪。”这片云彩躺在大街上，像一块白色的泡沫，又像一只很大的白天鹅。许多女人向云彩走去，她们从云彩上摘下一些小块，坐下来，姿态优雅地用手把它们放到自己帽子上，或者相互嬉笑着把这些小块向对方掷去，于是这些小块便挂在了她们的衣服上。西蒙想：“看啊，这些巴黎人！他们随意嘲笑对此感到惊讶的外国人，而他们自己难道不是每天都对他们城里出现那些美人感到惊讶吗!”这时走来几个顽劣的小巷男孩，他们用点燃的火柴划这块云彩，于是云彩飞走了，轻飘飘地、庄重地飞向高空，直到消失在屋顶上方。西蒙又继续观察着街道：延伸到人行道上的漂亮餐馆里，身穿浅绿色燕尾服的服务员在为客人上菜，女士们喝着咖啡，用优雅动听的嗓音聊天。诗人们穿着华丽的棕色丝绒西装，站在高高的台子上，演唱他们在家里创作的歌曲。这样的场景并不好笑，一点也不滑稽。人喜欢能给他带来乐趣的事物，但并不会给予对方太多关注，是的，在巴黎，这是不可能的。身形瘦削的漂亮小狗在人们腿间穿来穿去，仿佛它们也知道在巴黎必须要举止优雅。所有的身影、所有的一切，仿佛都在飘荡，而不是在行走；在跳舞，而不是在踱步；在飞翔，而不是在奔跑。然而所有人和事物的奔跑、行走、跳跃、晃动，都是那么自然而然、浑然天成。大自然仿佛飘落在这条街道上：街道像一条夜晚的山谷，羊群伴着钟铃声穿过，叮铃叮铃的响声持续不断，穿着深色衣服的牧人走在前头，后面是驮着大钟的母牛，钟声叮当作响。但这里其实是一条大街，并不是山间牧地，这条大街位于巴黎市中心，是欧洲最繁华时髦的地方，但它又像是一条宽阔的大河流。突然，手脚敏捷的男孩们手握点火棒，点燃了周围的灯。他们用点火棒打开灯笼上方的旋塞，燃气从管道里送出，于是灯被点燃了。男孩们从一个灯笼跑向另一个灯笼，直到所有灯笼都被点燃。这时，四处都闪烁着灯光，光线似乎随着行走的人群一起移动。这些白色的灯光是多么梦幻啊，点燃它们的那些神秘男孩们，他们来自哪里？要到哪里去？他们的家在哪里，他们也有父母兄弟姐妹吗，他们也上学吗，他们也会长大，娶妻生子，终将老去吗？他们每个人都穿着蓝色的短上衣，似乎穿着橡胶鞋，因为男孩们都无声地倏忽而过，之后便消失不见。天色已晚，西蒙现在看到不断变化着的大街上出现了女人们影影绰绰的曼妙身影，她们套着过大的发套，顶着金黄色或深黑色的头发，眼神顾盼生辉，明亮的眼睛令人伤感。她们身上最美之处是她们的双腿，没有被拖曳的长裙遮住，而是在膝盖的位置裸露着，腿上裹着窸窣作响的裤子，脚蹬精致的高跟皮靴，靴子几乎齐膝，这种柔软的靴子最适合包裹女人正在走动的小巧精致的脚。西蒙看着，发自内心地笑了出来。这些女人走路时欢呼雀跃，步伐轻盈，之后脚步加重，随后又像在跳舞。女人走路的姿势让西蒙忍不住想要描绘下来，一同参与进去。摇曳生姿的女子令他不由得尾随其后，享受视觉的美梦，让他的心灵开始复苏觉醒，让他忍不住去思索，为什么上帝可以把女人创造得如此动人？西蒙想："如果上帝要来到世上某个地方——虽然这是不可能的，那么此地一定是巴黎。"这时，西蒙不知不觉间走到了一排深色的木台阶旁，台阶引领他来到一个房间，里面有一位姑娘睡在长沙发上。他走近一看，这位姑娘竟然是克拉拉。一只小猫在她身旁打盹，睡着的克拉拉手里抱着小猫。一位黑人仆人端着晚餐进来，于是西蒙坐到了桌前。这时，从天花板传来一阵阵轻柔动听的音乐，像是泉水的潺潺声，音乐声忽远忽近。“在巴黎真的很少能得到上菜斟酒的服务。”西蒙想着，于是他像在格林兄弟的童话里那样开始享用美食。这时，睡梦中的克拉拉醒来了。“来，我给你看一些东西。”克拉拉悄声对他说。西蒙站起身来，克拉拉用一根魔法棒打开一扇翼形门。是的，在开门时，她并没有用自己的手。“我现在是一名魔法师，”她笑着对瞠目结舌的西蒙说，“不要怀疑，不过也不必害怕，我不会让你看什么可怕的东西。”西蒙和她来到另一个房间，克拉拉吐气如兰，轻轻地向西蒙耳边吹气。突然，西蒙看到了他的哥哥克劳斯，他坐在写字桌前写着什么。“他很勤奋，他正在书写他的人生巨著，”克拉拉用意味深长的语气小声说道，“你看，他在苦思冥想。他观察河流的走向、山脉的历史和年龄、山谷的蜿蜒及其下面的地层。但他现在正在思念他的弟弟，他在想你！你看，他的额头布满了皱纹，这是因为你令他担忧，你这个坏家伙！可惜他现在不能讲话，不然我们俩可以听听他对你的想法，还有他对你所作所为的看法，这些都令他忧虑操心。他是爱你的，你看看他！这个人爱他的弟弟，希望弟弟能够做一个循规蹈矩、受世人尊重的人。你哥哥的画面已经消失了。来，我再给你看一些别的东西。”——说着，她挥了挥握在手中的小小的魔法棒，打开了第二道门，这扇门稍微小一些。西蒙看到他的姐姐赫特维西身上盖着白色的亚麻布，四肢伸展躺在一间储藏室里，房间里飘荡着芳草和鲜花的气味。克拉拉用颤抖的嗓音轻声说：“你看看她，生活带给了她太多的悲伤，她已经离我们而去了。你知道身为一个女孩子承受许多痛苦是什么滋味吗？我曾给她写过一封信，一封很长的、充满热情与渴望的信，正如你所知，是那时候写的。可她再没有拾笔给我回信。她没有回答‘你为什么不来?’这个问题，就离去了。她离别时沉默不语，像少女、像鲜花一般！她是那么的可爱，你作为弟弟，已经感觉不到她的可爱了，而我作为朋友却可以。你看，她的微笑也那么可爱！如果她还能讲话，她定会温和地与我们说些什么，她讲话时往往也是严肃的。她曾经痛苦地咬着嘴唇，但你现在看不出她嘴唇上有类似这样的痕迹。死神一定已亲吻过她，因此她在离世后可以永远保持微笑！她真是一位勇敢的姑娘，她就像一朵花，当花朵枯萎凋谢，它就离我们而去了。我们继续走吧，在我的魔法世界里是不可以这样目瞪口呆的。告诉我，我让你难过了吗?不会的，这样美丽的死亡，怎会令人痛苦呢?你们曾让她承受了很多重负，这才是令她痛苦的。我并不想让你伤心，来吧，现在你将看到些其他东西。”说着，克拉拉使第三道门敞开在他们眼前，西蒙看到一间宽敞的画室，他闻到油画颜料的气味，看到四周的墙上挂着他哥哥的画作。卡斯帕尔正背对着他们在一副画架上专心作画。“不要说话，别打扰他，他在工作呢，”克拉拉说，“我们不能打扰正在创作的人。我一直都知道，他只为艺术而生，很早以前我就知道这一点，而我那时还一直想要追随他，认为我能够陪伴他。不，那样的话我只会牵绊阻碍他，还是现在这样更好。如果他想要真正地进行艺术创作，他必须忘记周围的一切，甚至最爱的人。他的艺术创作要求他放弃所有的爱与亲密关系，这样才能够把爱和亲密关系完全转移到艺术创作中去。你无法理解，只有他自己才理解这些。当你看到我这样望着他，你会以为我很想跑过去，投入他的怀抱，在他耳边轻声低语，充满渴望地问：‘你爱我吗，卡斯帕尔?’然后听听他对我说些什么吗?如果那样，他定会轻轻抚摩我，但我也会很快发觉他因担忧及不悦而蹙起了眉头，而这一发现会将我如同一个遭到永久诅咒的人抛入一个远离他的肮脏的万丈深渊。不，克拉拉不会这么做的。在我眼里，克拉拉太善良了，她不会那么做。卡斯帕尔在我眼里一直都那么善良可爱。因此我只站在他身后，静静地看他怎样创作，怎样把那颗巨大火热的球——艺术——向前滚动，就像一名摔跤手，使出最后的力气来努力战胜对手那样。你看，他是那么的投入，他手里挥动着画笔，在为一只色调浓重的钟表着色，使每一根线条都更加清晰，每一道色彩更为鲜艳，每一下按压都更加有力，令每一份渴念都更加充满希望，他就是这样在绘画。他的目光是我一直以来所钟爱的，也都凝聚在这些画的形状中。他在巴黎只需要一间简朴的小房间，便可把世界纳入他的画中。他把大自然当作一个身段丰满的情人一样拥入怀中，把一个个亲吻印在她的唇上，以至于他和大自然都无法呼吸。在我看来，大自然在真正的艺术家面前似乎是毫无抵抗力的，它会无私地奉献自我，人可以从这样一位‘爱人’身上得到自己想要的一切。不管怎样，你可以看到卡斯帕尔用他的头脑、情感及双手，像一匹不顾一切的脱缰野马般工作。当他夜晚入睡时，他还在狂野的梦境里继续工作。从事艺术真的极为艰辛，在我看来，它是一位可敬而正直的人能够从事的最艰巨的工作。永远不要在他从事神圣任务时打扰到他，他是在为日后的喜悦及欢乐而创作。倘若我现在妄图把自己卑微而可怜的爱情强加于他，这又是多么令人憎恶。如果在亲吻时，一个女人感到对方受损的思想在抽搐、在亲吻中被扼杀，她不会愿意在此时亲吻，否则她就是一个欠缺考虑的女杀手！像现在这样就很美好，我可以站在他身后，看着他的肩膀、他的后背、他的鬈发，虽然有些痛苦，但我可以听到他灵魂中的钟声在鸣响，可以感知他在世上处于一种完美而理想的状态。终有一日，人需要压制情感来维持自己在世上为人的状态，即便是一位柔弱的女子也知道在这种情形下应当怎样做。旁观一位艺术家，目光追随着他的一举一动，要比对他施加影响更有意义，否则只会显得我很贪心，仿佛想要从中得到什么、想要对他和世界产生影响。每一份职业都有它的意义，未被允许而横加干涉是最无益的！我还可以告诉你很多其他事情，但我们还是先离开吧。"——克拉拉牵着西蒙的手离开了。这时，从各个房间、每一块天花板、每一堵墙里又传来了神秘而动听的音乐，像是从远处森林里传来千回百转的鸟叫声。他们又回到最初的那个房间，看到黑色的小猫在用爪子抓一个窄口的牛奶罐。小猫看到他们马上跳了起来，蜷缩在一张椅子后面，黄色的眼睛灼灼地盯向前方。克拉拉打开一扇窗子，夏天绿树成荫的大街上竟下起了雪，多么壮观的景象啊！雪下得很密，雪花一片接着一片，使人无法看清窗外。"这在巴黎并不罕见，"克拉拉说，"在这里，年中最热的时候会下雪，这里没有分明的四季，正如没有固定的习惯用语。在巴黎，人要对一切都很快适应并沉着应对。如果你长时间住在这旦，你也将学会这些，也会改掉对一切都感到吃惊的习惯。你会很快理解领会这里的一切。要尊重自然，这是最重要、最高的原则，你将学会这一点。譬如说这场雪：你怎么看待这场雪，你认为雪会飘落到高楼上吗？事实上，我们很可能会被埋在雪里一个月。可这有什么关系呢，我们有灯，还有一个温暖的房间。我大多数时候都在睡觉，女魔法师必须要多睡觉。我睡着的时候，你可以和小猫一起玩，或者读一本书。我的图书室里有巴黎最好的小说，你会发现巴黎的诗人写诗也很不错。再说了，我们在这里还能听音乐，不是吗？那么一个月之后，正如我刚才所说，一个月之后，巴黎的大街上春天就会来临。那时你会看到人们在长时间的禁闭之后，在宽阔的大街上互相拥抱，由于重逢的喜悦而流泪。是的，随处可见人们在拥抱。长久被压抑的欲望也通过闪闪发光的眼睛、嘴唇和人们的嗓音涌现出来。五月，情侣们会相互亲吻，但这需要你自己去体验。你可以想象一下，大街上的空气会完全变成蓝色，温暖而潮湿。接下来，天空来到巴黎，在巴黎散步，和欢欣鼓舞的人群融为一体。一天之内，树上的花都将盛开，散发出沁人心脾的香气，小鸟唱歌、云朵跳舞、花朵在空气中发出嗡嗡声，就像一场雨。甚至在最贫穷的衣衫褴褛的人口袋里也会出现许多钱币。不过，我现在要睡觉了，你瞧，我已经很疲倦了。你就用这段时间，找出一本能够吸引你阅读一个月的作品吧，我这里有这样的书，晚安!"——说着，克拉拉睡着了，小猫想躺在克拉拉身上，西蒙走过去抓它，小猫逃脱了，西蒙再一次尝试去抓，而小猫每次都能在西蒙已经抓到它时，又从西蒙的手中溜走。这时，西蒙突然觉得呼吸困难，他终于醒了。

他从床上坐起，心想："这真是一个令人忧伤的梦。"

傍晚来临，西蒙走到窗前，朝外望了望楼下深沉的小巷。两个男人在小巷里走着，他们刚好可以并肩走在高耸的墙之间。两人在谈论着什么，谈话内容顺着高墙清晰地传到了西蒙的耳中。镶着金边的深蓝色天空唤起人的无限渴望。对面房屋的窗子里显现出两个女人的身影，她们肆无忌惮地用嘲弄的眼神打量着西蒙，西蒙感到自己像被一双脏手触碰了一下。其中一个女人抬起头，用大嗓门对他粗鲁地喊道："您一定很孤单吧!"——这使西蒙产生一种幻觉，仿佛他们三人同坐在一个房间里，而这个房间里突然飘来了一缕丝带般的天空。

"噢，是的！独自一人也很不错!"

两个女人爆发出一阵大笑，西蒙把窗子关上了。很显然，西蒙今天心情不佳，他不愿与这样粗俗的女子聊些什么，生活状态的又一次改变，让他的心情沉重起来。他拉上白色的窗帘，点了灯，开始继续阅读司汤达[1]的小说，这是他在乡下赫特维西家中未读完的。

1. 法国小说家，小说《红与黑》的作者。

第十四章

阅读了一小时之后，西蒙熄灭了灯，打开窗子，走出房间，穿过房门来到陡峭的大街上。温暖而黑暗的夜包围着他。这个老城区里满是客栈和小店，让行人难以抉择。他又在人潮涌动的街上走了几步，之后走进一家酒馆。人们围着一张圆桌在举行小小的聚会，欢声笑语不断，聚会的焦点一定是位很会逗人开心的“开心果”，只要他张嘴，所有人都在笑。他是那种说什么都能逗人发笑的人。西蒙坐在桌边两个尚算年轻的男人身旁，好奇地听他们在说些什么。他们非常严肃地在谈着什么，谈论的对象似乎是他们两人都想进一步了解的一位不幸的年轻人。他们的谈话给人一种聪明人之间对话的感觉。其中一人不间断地讲述，另一人在倾听，西蒙听到他们说：

“是的，他是一位很出色的人物！当他还是男孩的时候，当他还蓄着长发、穿着短裤、拉着保姆的手在小城的街道上散步的时候，他已经相当出类拔萃了。人们往往在回头看他时说：‘真是一个帅气的小伙子！’他很擅长写作业，我是指他在学校的作业。他很乖巧听话，老师们也都很喜欢他。他天资聪颖，在完成学业任务时毫不费力。他在体操、绘画及算数方面尤为优秀。至少我知道，老师们在低年级的学生、甚至在比他高年级的学生面前，都把他当作一名榜样人物来赞扬。他漂亮的眼睛、出众的相貌使众人为之着迷。当父母把他送到更高一级的学校时，他已为众人周知，相当有名气了。如众人可以理解的，男孩被母亲娇惯着，被所有人崇拜赞叹着，想必他很早就如所有被偏爱及被认可的人那样随性、自由散漫、无忧无虑。男孩自由自在、不受约束地享受着生活。假期到来时，他带着耀眼夺目的成绩单及一群同学回家，向母亲讲述他那些辉煌的成绩。当然，他向母亲隐瞒了他在一些轻浮的女孩中也很受欢迎，那些女孩都认为他很帅气，每个女孩都喜欢他。在假期中，他去低地徒步漫游，爬上陡峭的高山，那些山高耸入云、广阔无边，诱惑着他去攀登。他不只数小时，而是数日与一些像他一样热情奔放、爱玩闹的人待在一起，在这个圈子里，他同样成为众人的焦点，所有人都为他着迷。——不论是在精神还是肉体上，他都健康活泼，他的存在就像一个神话。人们认为他去文理中学学习也是出于兴趣。当他走路的时候，女孩们都会回头看他，男孩的眼神具有这种让她们回头的魔力。他满头金发，漂亮的脑袋上用惹人注目的方式戴着蓝色的学生帽。有时候，男孩也很轻率大意，有一次，正值年市时节[1]，以往这时大广场上有很多人驱赶牲畜，而此时广场上满是小售货棚、小屋、旋转木马、滑梯、竞技场。男孩用一只上足了子弹的鸟步枪取代了没有危险的普通步枪，向游艺棚里[2]开了一枪。他看上了站在那里为他递枪的姑娘，因此一直停留在那里，不肯离去。小小的子弹穿过用绳子围起的游艺棚，打进紧挨着游艺棚的一辆车里，险些伤到一个在摇篮里睡觉的婴儿。那辆车据称是刚搬来这里的人用来暂时居住的。这场闹剧最终被他应付过来了，但随后其他闹剧接踵而来。待到假期又要来临的时候，这位年轻大学生的成绩单上写着校长对他的尖锐批评，校长同时给他父母写了一封相当严肃的信，

1.（每年举行一次或在一年中定期举行几次的、有游乐活动的）年集，集市。
2. 年市上的设计游艺棚，可用来打枪。

恳请他们让儿子离开学校，否则学校不得不把男孩驱逐出去。劝退理由是：失控的行为、不良影响、不负责任，而学校出于责任义务，要考虑到对其他学生的影响以及其他原因，等等：总而言之，男孩的品行不端，学校要保护还未被腐化的其他学生，诸如此类。”

讲话的男子沉默了片刻。

西蒙趁机让对方注意到自己，他说道：

“您讲的这些令我很感兴趣，请允许我继续听您讲下去吧。我是一个同样也失去社会身份的年轻人，或许我能从您讲的故事里学到些什么，我觉得，在聆听时总能听到一些真实的故事。”

两名男子打量着西蒙，西蒙并未留给他们什么不好的印象。于是，讲故事的男子邀请西蒙继续倾听——倘若西蒙的确感兴趣的话。此人继续讲道：

“年轻人的父母极度震惊沮丧，又有哪对父母在这样的情形下能够泰然处之，像往常一样呢。父母起初打算先不让他们顽劣的儿子继续接受教育，而是安排他接受一门艰苦的职业培训，譬如机械师或者钳工。他们为儿子的事情晕头转向，鉴于儿子的状况，他们想到了安排他去美国。但后来情况发生了变化，如往常一样，当父亲想采取行动，进行管教时，母亲的慈爱又占据了上风。年轻人被安排到一所偏远的师范学校学习，在这里学习的话，他之后有机会成为教师。那是一所法国的师范学校，在那里，男孩除去学习正确的礼仪和举止之外，并没有其他事情可做。在师范学校结业后，他成为一名年轻教师。他在出生城市的邻近地区获得了一个临时教职，他尽心尽力地教孩子们。他对语言极有天赋，只要有时间，他就在家里阅读法国或英国古典作家的原著。他在私下考虑换一份其他的职业，他写信到美国去，想要尝试申请一个家庭教师的职位，然而并没有成功，于是他继续过着一种在义务和自由散漫之间徘徊的生活。夏天，他常常和学生们一道去很深的河里游泳。为了教学生游泳，他也跟着一起游。有一天，他被一个大漩涡冲走了，学生都以为他会溺水而亡。学生们已经跑回小城去大喊大叫：‘我们的老师溺水了！’但这位强壮的年轻人从危险的漩涡中挣扎着游了出来，独自走回家中。过了些时日，他去了另外一个地方，是山中一个虽小却很富裕的村庄，那里的人对他非常友好热情，人们对他的尊重是对一个普通人而非对老师的尊重。这个漂亮时尚的小伙子弹得一手好钢琴，在聚会中，他懂得如何与人交谈打交道。一位可爱的、但已不再年轻的小姐爱上了这位老师，她如此爱他，以至于她想尽一切办法使他过得轻松舒适，还带他结识了村里的重要人物。这位小姐出身于一个古老的军官家族，她的祖先曾参加过国外的战役。一天，她送给他一把小巧而时髦的军刀作为纪念，这把刀很可能曾经是一样危险的武器，或许甚至在它所处的那个时代也沾染过鲜血。军刀非常精巧，善良可爱的小姐眼里充满忧伤地把军刀递给他，或许此时她克制了一声叹息。当他浪漫高雅地坐在钢琴边演奏时，她总是非常认真地倾听，年轻人的身影令她挪不开双眼。冬天，她经常和他一起去山上的小湖滑冰，两人都很享受这样的娱乐方式。但是不久后，年轻人又想继续启程远行，他觉得村里这帮好心人太过热情，他们想让年轻人永远待在村里，而他想要追求更广阔的世界，那么就必须离开他们。他带着这位富有小姐的钱财离开了，她毫无保留地把钱给了他，望着他离去，这使她既难过伤感，又有些许欣慰。他去了慕尼黑，在那里过着逍遥自在的生活，像那里的大学生一样。回到家中后，他开始重新谋求一个职位。最终，他在一所私立学校觅得一份工作，这所学校位于一段满是冷杉林的山脉脚下。在那里，他要为来自世界各地的出身富裕的男孩们上课，曾有一段时期他很热爱这份工作，也对工作充满了兴趣。他和他的上级——即这所学校的老板共同经营学校，然而一段时间后他又离开了。接下来他去了意大利，在那里做家庭教师，之后去英国，在一个庄园给两个青春期的女孩上课，两个女孩的顽劣简直要令他发疯。后来，他又回到家里，这时，他的头脑中开始产生一些疯狂的念头，他那变得空洞的内心里燃烧着不可遏制的、脱离实际的幻想。这时，需要他承欢膝下的母亲去世了。他的内心更加空虚绝望，他想投身到政治中去，但他对此缺乏专业了解，也不够冷静、老练，欠缺所需的手腕。他写了一些证券交易所行情分析，但内容空洞无物，在撰写这些报告时，他的精神已经出现了问题。他也创作诗歌、戏剧及音乐作品，他还画画，但这些作品的内容都浅薄而幼稚。在此期间他又开始工作，当然只是短时间为之，接着他又找一份工作，之后再更换！他在六个地方反复徘徊，感觉自己处处被伤害和欺骗，在学生面前也失去了尊严体面。他总是囊中羞涩，甚至不得不向学生借钱。他在外形上还是一位身材颀长的漂亮年轻人，温和而高雅。只要他昂起头来，他的举止永远是那么文雅，然而这样的情形也越来越少了。这世上没有任何一个地方能够长久地雇佣他，人们了解他后，往往就会打发他走，或者有时他以自己杜撰的莫名其妙的理由离开。这些当然使他停滞不前，碌碌无为。在意大利时，他还曾欢欣鼓舞地给他的兄弟写一些充满理想的信件。在伦敦他陷入了困境，于是走进一位非常富有的丝绸商人——他的叔叔的事务所，他请求叔叔对贫困潦倒的他施以援手，请求经济上的支援。也许他并未把这种请求说出来，但谁都看得出他此次来的目的。叔叔耸耸肩，什么也没有给他，就把他打发走了。当他鼓起勇气，放下尊严向叔叔乞求时，他那身而为人的骄傲该是受到了多大的打击啊！可当他陷入危机困境，又有什么是不能做的！人可以谈论骄傲及尊严，但也要为生活中可能出现的突发事件做好心理准备。如果这时还要求一个人保持骄傲，那么这是不现实的。这位乞求他人的年轻人如此脆弱！他向来有一颗孩童般的柔弱心灵，对已逝去的生活感到痛苦及悔恨，这很容易摧毁这颗柔弱的心。一天，在漫无目的地四处闲逛之后，他衣衫褴褛，面容苍白而疲倦地回到家中。他的父亲对他非常冷漠，而他的姐姐却在父亲愤怒的目光中热情地迎接他回来。他打算找一份收入微薄的编辑工作，与此同时，他在城里东游西逛，只要遇到一位姑娘，他就送给对方一枚戒指，并向对方求婚。很显然，他非常幼稚和孩子气。人们私下里都议论他，嘲笑他。后来，他又找了一份教职，但此时他很明显已经无法再融入社会。有一天，他光着一只脚去上课，这只脚上没有穿鞋袜。他已经不知道自己在做些什么，或者说，他精神错乱的大脑指令他那样去做。在这段时期，他擦除了自己服兵役手册中的降级记录，这是早年由于他犯了严重错误而被强令的降级。接着，这一大胆的违规行为被人发现，他被关进了监狱。医生诊断了他的精神状态，于是他被送进了精神病院，时至今日，他依旧还在那里。我了解这一切，因为我多年来不仅在日常生活中，在军队里也都与他待在一起。我曾被要求协同别人一起把他押解到他目前的所在地，我当时不得不那么做。”

“真是令人伤感！”其中一名男子说。

“我们打算喝完就离开了，”讲述者说着，又补充道，“有些人认为是与他交往过的那些轻浮女人使他走向堕落，但我不这么认为，我很肯定人们夸大了那些女人对他的不良影响。其实没有那么严重，但或许是家族遗传的原因。”

西蒙跳了起来，他非常激动，因为愤怒而脸涨得通红：

“什么？因为家族？那您就搞错了，我尊贵的先生。请您仔细看看我，您也能在我身上看出什么受家族影响的地方吗？我也得被送到精神病院吗？如果是家族的原因，那毫无疑问，我也不得不去精神病院了，因为我也来自这个家族。这位年轻人是我的哥哥。我并不会为承认这位不幸的年轻人是我的哥哥而感到羞愧，我也并不觉得他堕落。他是叫埃米尔，埃米尔・唐纳对吧？如果他不是我那亲爱的同胞哥哥的话，我又怎会知道这些？他的父亲，也就是我的父亲，是一位经销面粉的商人，他也经营勃艮第葡萄酒[1]和法国普罗旺斯橄榄油[2]的买卖，对吧？”

“没错，您说的都对。”之前讲述的那名男子说。

西蒙继续讲道：“不，不是因为家族遗传的原因。只要我活着，我就会否认这一点。也不是因为那些女人的缘故，这只是由于命运的不幸。您刚才也说不是因为那些女人，这一点您是对的。当男人们遭遇不幸，难道可怜的女人们总要对此负责吗？为什么我们不能想得简单一些？难道不是因为性格，或者内心的一些问题所导致吗？如此这样，一如既往地这样，所以导致了最后的结局？请您看我现在做一个什么样的手势：这样，这样！就是这样。人有了想法，于是他去行动，然后他有时要走一些不平坦的道路，会遇到一些阻挠。于是人马上想到是可怕的遗传之类的原因，我认为这很可笑。如果把他不幸的原因归咎于父母或者祖父母，这多么卑劣而不敬啊！那只是由于他不守规矩、缺乏勇气以及其他等等原因：还有过度的好心

1. 布尔戈尼葡萄酒，也称法国布尔戈红葡萄酒。
2. 即法国高级精馏橄榄油，此油产于法国南部的普罗旺斯省。

肠，太过善良！当不幸降临到某人身上，这时他往往会采取一些办法让日子过得舒服一些。您知道我们兄弟之间的关系吗？我是说我和卡斯帕尔，他是我的另一个兄弟，比我们年轻的那个。我们一同散步的时候，他教会我们感知很多美好的、高雅的事物，那时我们还是喜欢恶作剧的顽皮小男孩。在他的眼中，我们当时是在吞饮艺术的狂热之火。您能想象，那是怎样一段以最真诚和果敢的思想来孜孜不倦追求艺术的美妙时光吗？我们再来一瓶葡萄酒吧，我来买单，是的，我来，尽管我是一个微不足道的失业者。嗨！老板，开一瓶沃州[1]红酒，要开您这里最好的。——我真是一个没有同情心的人，我早就忘了可怜的哥哥埃米尔。我也根本想不起他来，您看，我是一个在世上要拼尽全力奋斗，才能独立于世的人。当我不想再站立时，我才会躺下。是的，那时我才有可能想到些不幸的人，当我自觉值得同情的时候，我才会同情他们。但我现在还不是那样，在死亡来临之前，我还想大笑，想开玩笑。您会发现我是一个不会气馁的人，我善于承受各种命运的不幸。在生活中，我不需要发出光芒，引人注目。在我眼中，生活本身已经相当光彩夺目了。生活于我而言通常是很美好的，我无法理解那些觉得生活不美好并诅咒它的人。红酒来了，每当我喝红酒的时候，我都觉得自己很高贵。啊，我可怜的哥哥还活着！我很感激您，尊敬的先生，您今天让我想到了那位不幸的人。那么现在，请不要心慈手软：干杯吧，我的先生们！祝不幸万岁！”

“不幸万岁？您为何这样说？”

“您说得也太夸张了！”

1. 沃州位于瑞士西部，此葡萄酒产于沃州。

“不幸能够令人成长，因此我请求您用这杯闪耀的葡萄酒祝它长寿。再来一下吧！对，就是这样，非常感谢您两位。请允许我说，我是‘不幸’的朋友，且是非常亲密的朋友，它值得拥有信任和友谊。它使我们变得更好，这是它能为我们效劳之处，且是真正的出于友谊的效劳，并需要被报答——即人要变得更加正直。‘不幸’是我们生活中一位怏怏不乐、但很诚实的朋友。如果忽视这一点的话，我们就太可耻了。起初我们完全不能理解‘不幸’，因此，在它来临时，我们会憎恨它。它是一位细心、安静、悄然而至的伙计，总是令我们大吃一惊，仿佛我们是总能被吓一跳的傻瓜。谁有能力使别人感到吃惊，那么不论他是谁，来自哪里，他一定特别聪慧。‘不幸’会没有任何预兆地突然来临，身上没有任何味道及气味，突然亲昵地轻拍某人的肩膀，微笑着对他说‘嗨’，让对方看着它那张苍白、温和、洞悉一切的美丽脸庞：‘不幸’不止于人们是否过得温饱的生活，它也不止于飞机这类我们人类刚刚发明、对此有了一知半解，便提前开始夸夸其谈，用‘可能会改变我们命运’的言论来高谈阔论吹牛的机器。是的，命运。不幸是美好的，因为它还包含着它的对立面，即幸福。它似乎用两种武器来武装自己，它有愤怒和毁灭性的一面，但也有温和可爱的一面。它毁灭了自己不喜欢的旧生活后，会给人带来新的生活。它唤起对更好的生活的渴望。只要我们仍向往美好，一切美好就应归结于它。它令我们对美貌感到厌倦，用它伸长的手指给我们展现出新的事物！一份不幸的爱情，难道不是感情最充沛，因而也是最温柔、最美好的爱情吗？遗弃和孤独难道不也向我们发出温和而安慰的声音吗？先生们，我给您两位所讲的这些是不是很新奇？这些话当然是新奇的，因为极少有人会讲这些话。大多数人都缺乏勇气去欢迎‘不幸’，那就像洗涤自己的灵魂，像把四肢浸入水中。当人脱光衣服，赤裸全身站在那里，打量一下自己：一个赤裸而健康的人，这是多么美好啊！身上一丝不挂，赤裸而站立，又是多么幸福啊！能够来到世上，已经是很幸福的事情了。除了健康之外不再拥有其他幸福，这也是一种幸福，这种幸福远胜一切贵重的宝石、漂亮的地毯和鲜花，超越华丽的宫殿和一切奇迹。健康是最美妙的，它是一种无与伦比的幸福，除非有人随着年岁的增长，变得愚蠢到希望用疾病来换取满满一袋钱。对于这样的美好与幸福，倘若我们确实认为这经由生活赋予的赤裸、坚实、灵活、温暖是如此富余，那就需要有一个与之相应的平衡力量出现，即不幸！它可以让我们抑制情感，它使我们的灵魂充盈。当灵魂与肉体合为一体、彼此融合、共同呼吸时，它可以训练我们的双耳听到这种美丽的声响。'不幸'给我们的体内注入灵魂，灵魂又把'不幸'带到我们身边，成为一种永恒的存在。只要我们愿意，我们可以把自己的整个躯体都感知为灵魂，腿是一种跳跃的灵魂、手臂是抓握东西的灵魂、耳朵是一个倾听的灵魂、双脚是优雅行走的灵魂、眼睛是看见事物的灵魂、嘴唇是用来亲吻的灵魂。'不幸'使人产生爱恋，因为人们相爱时，总是会有不幸相随。梦境总比现实更美，因为做梦时，我们会突然领悟到不幸的乐趣及益处。否则的话，我们通常只感到它是阻碍，特别是当类似丢失钱财这样的事情发生在我们身上时。但丢失钱财是一种不幸吗？当我们丢了一张钞票，我们丢失的究竟是什么呢？这件事情当然会令人不快，但这不是我们长时间不快的理由，我们需要看清这不是真正的不幸。还有其他许多例子，对此我还可以谈论很多，直到累了。"

"您讲话真像一位诗人。"其中一名男子微笑着说。

"这很有可能，喝了葡萄酒后，我总是像诗人一样讲话，"西蒙回答说，“其余时间里我并不像诗人。我习惯于为自己制定规则，总体而言，我不太乐意沉浸在想象和理想中，我觉得那样极其愚蠢狂妄。请您相信我，我是一个特别乏味的人。听到有人在谈论‘美’，就把对方当作狂热的诗人，这绝对是不合适的，就像您刚刚这样。我想，即便是一个相当务实的当铺商人，或者银行出纳员，有时也会思考一些其他问题，而不是只考虑他们那与钱打交道的行业。通常来说，一般人往往不接受感情丰富、有思考能力的人，因为人还未学会换一种视角来看待他们。我为自己安排了一项任务，要与每个人都冷静而真诚地谈话，这样一来，我可以很快看出对方是什么类型的人。在日常生活中，人经常会出丑丢脸，甚至有时会因此得到一位性格温和的太太的一记耳光，但这又有什么关系呢！出丑丢脸会给我带来乐趣。我一直都相信，我们因无心之语导致自己在某些人面前出丑，那么这些人是否尊重我们，远远没有引起我们不快的原因那么重要。对人的尊重必须永远屈居对人的友爱之下。鉴于您嘲讽我之前说的话，我必须告诉您这些，您的嘲讽让我很难过。”

“我绝对没有伤害您的意思。”

“那真是太好了。”西蒙笑着回应说。沉默了片刻，他突然又说道：“另外，您讲到我哥哥的情况，这令我很伤心。我的哥哥还活着，现在几乎没有人再想起他。谁到了那种荒芜之地，就像我哥哥那样，都会被人所遗忘。可怜的哥哥！您看，我可以说，也许只需要在他的内心深处做一点小小的改变，在他的心灵里再多注入一点点丰盈，他就可以成为一名有创造力的艺术家，他的作品就会让人们喜爱。人只需要很少的改变，就可以变得强大；同样，人遭遇巨大的不幸时，也并不需要多少改变。怎么说呢，他当时生病了，处境凄凉。我现在越来越频繁地想起他，这种不幸对他而言真的太过残忍。就算是十个罪犯都没有一人应得这样的悲惨惩罚，更遑论是有着这样柔弱心灵的他。是的，有时不幸也不是那么美好，现在我也愿意承认这一点。您要知道，我很固执，喜欢把一些狂野的、不好的言论带到世上。我的心有时很冷酷，特别是当我看到其他人满怀同情时。在那种情形下，我总是想对那些热心的同情破口大骂，或者嘲弄一下。我真坏，真是太坏了！我很久以来就不是一个好人了，但我希望自己还能成为好人。能有机会和您一起聊天，这令我非常高兴。偶然发生的事情总是最珍贵的。我似乎有点喝多了，饭店里太热，我得出去了。保重，尊敬的先生们。不！不要说再见，大可不必。我没这么打算，我并不想说再见。我还要认识很多其他人，所以我不能轻率地说再见。否则这不过是谎言，我并不打算再见到您两位，除非出于偶然，那样的话我会感到很高兴。我不喜欢制造麻烦，喜欢真诚待人，这或许会使我与众不同。我希望我在您眼中也与众不同，尽管您现在非常惊讶地看着我，就像您受到了侮辱一样。好吧，您就是有这样的感觉。真是见鬼，我怎么会侮辱您呢？嗯？”

老板走过来劝西蒙安静下来：

“好了，您闹够啦，现在该离开了。”

随后，西蒙被温和地请出门外，走进了昏暗的小巷里。

这是一个漆黑而闷热的夜晚。夜就像某种可以蠕动的东西沿着墙壁悄悄地蠕动前行。路上间或有一幢黑黢黢的高楼矗立在西蒙眼前，随后又出现一栋闪着黄色和白色灯光的大楼，仿佛它有一种特别的魔力，能够在这样漆黑的夜晚发出光芒。房屋的墙壁散发出潮湿的霉味。一些零星的灯光照亮了小巷的某处。线条分明的屋檐向笔直的高墙外伸出。安静的夜晚像是为了睡觉和做梦而刻意躺在这个小巷里。路上还有几名晚归的行人。有人在踉踉跄跄地边走边唱歌，另一人咒骂着什么，说要把天空撕裂，第三个人已经躺倒在地上。这时，房屋的一角出现了一顶警察的帽子。人们可以听到自己走路的脚步声。西蒙看到一个醉酒的花白胡子的老人，踉踉跄跄地在小巷里走来走去。这是一幅既凄凉又有趣的画面：一个昏暗而矮胖的身影在不停地左右摇摆，像是被一只灵活的隐形的手推到街上。老人的拐杖被撞到地上，他想从地上捡起，可这对醉酒的人而言是一项异常艰巨的任务，老人在捡拐杖时差点又摔倒在地。西蒙觉得老人很可怜，他奔过去，把拐杖捡起，放到老人手中，老人的嘴唇嚅嗫着，以醉酒者特有的含混不清的言语低声道谢，声音却像是被侮辱了似的。这一景象让西蒙的头脑马上清醒了，他从老城区拐进更繁华的新城区。他走过把两个城区分割开来的一座桥，流动的河水特有的气味扑面而来。西蒙从大街上走下去，三周前他就是在这条大街的橱窗前被那位太太搭讪。看到他过去的女主人家的灯光还在亮着，西蒙想，她昨天还是自己的女主人呢。西蒙继续在树下走着，直至走到一个大湖旁，湖面平静，湖就像在周围舒适的环境中安睡着。这样的安睡！这深邃的湖在睡觉，这真令人感到惊讶。是的，这真是奇特，令人无法理解。西蒙又观望了一阵周围，直到他自己也想睡觉了。噢，他现在可以很舒服地睡一觉了，他的内心渐渐平静下来。明天他可以在床上待很久，明天可是星期天。于是，西蒙回到了家中。

第十五章

第二天早上，西蒙在钟声响起时才醒来。他躺在床上向外望去，感觉这一定是晴朗而明媚的一天。窗外，清晨的阳光把小巷照得透亮。西蒙长久地注视着对面的房屋墙壁，看到墙壁上显出浅金色的光芒。他忍不住想到，这堵污渍斑驳的墙面在阴天时又会是怎样一幅光景呢。西蒙盯着墙壁出神，想象着在阳光明媚、天空湛蓝的清晨，湖面上帆船驶过的情景。他接着想到森林里的草地、一些美景风光、茂密绿树下的长椅、森林、街道、林荫道、长满了树木的宽阔山脊后的草地、斜坡和森林中的峡谷，这些峡谷里绿树成荫，泉水清澈，还有布满了大石块的林间小溪。当人坐在溪边昏昏入睡时，可听到潺潺的溪水声。西蒙回头望望房间的墙壁，仿佛清晰地看到了这一切，这只是一堵墙，今天外面的光影映照在墙壁上，于是它又映照出一个美好星期天的景象，只因一抹天蓝若有似无地在上头浮动。熟悉的钟声敲响了，是的，钟声可以唤醒一些生动的画面。

西蒙继续躺在床上，决心从现在起开始努力学些什么，例如一门语言，并且要有规律地生活。他在生活中错过了那么多可以学习的机会！学习定会给人带来许多乐趣。想象一下，勤奋地埋头学啊学，这是多么美好的事情。西蒙感到自己有了一种成熟的心态：那么，带着这种成熟的心态去学习，学习这件事情会变得愈加美好。是的，他现在想学习——给自己安排一些任务，让自己既做学生，又成为自己的老师，并从中获得乐趣。一种陌生而又动听的语言是怎样的呢？比如法语，“我想学习法语单词，把它们牢牢地印在脑海中。这时，我丰富的想象力便会帮助我。树：l'arbre。[1] 这时我就会看到一棵树，然后克拉拉也出现在我的脑海中，我会看到她穿着带有宽大褶皱的白裙子，站在一棵深绿色大树的树荫下。接下来，我的脑海中还出现了许多已经被忘却的事物。在学习和掌握知识时，我的头脑会变得更加聪明灵活。是的，如果人什么都不学，脑子便会变得迟钝。这些初学的简单内容是多么令人心醉啊！我现在能够感受到学习是无比快乐之事，所以我真是无法理解自己长久以来竟然如此固执懒惰。噢，我之前懒惰，都是因为自己固执地想要学习更多，臆想自己学得更好。倘若我那时知道自己所知甚少，那么现在就应该是另外一幅光景了。我会在讲其他语言的单词时也想到德语，并在我的脑海中拓展这个词的意义。这样一来，于我而言，我的母语词汇也有了崭新的、更丰富的声响，填充着陌生的画面。Le jardin[2]：花园。这时我会想到赫特维西在乡下的花园，春天的时候，我曾帮她一起种植花花草草。赫特维西！我在她身边度过的所有日子里，她所说的、所做的、所承受的痛苦、她的所思所想，这所有的一切又很快重新涌入我的脑海中。我不会很快忘却一些人和事，倘若对方是我姐姐，那就更不会了。那时，我们在花园种植了花草之后，当天夜里又下起了雪，我们很担忧花园里会寸草不生。我们曾经期待着花园里长出漂亮的蔬菜，对我们而言这很重要。和另一个人有着同样的担忧，这是一件多么美好的事情啊，如同人们为了同一个民族而共同奋斗。是的，在学一门语言时，我会想起这一切，一定

1. 法语单词，指树。
2. 法语单词，花园。

还会想起其他一些我现在还想不到的东西。总之要学习，不论学些什么！我也打算埋首于自然历史，打算不依赖老师，我明天就去买一本便宜的书来自学。今天是星期天，所有的商店都不营业。所有的商店都是这样，毫无疑问。[1]人活于世是为了什么呢。这么久以来，我真是大错特错！我必须要振作起来了，现在正是时候”。

他从床上一跃而起，仿佛现在就急于开始执行新的计划。他快速穿好衣服，镜子告诉他，他现在的样子很不错，这令他相当满意。

西蒙下楼时遇到了他的房东魏斯太太。她全身穿着黑色衣物，手中拿着一本小小的祈祷书，看上去刚刚从教堂回来。女房东笑着问西蒙为什么没有一起去教堂。

西蒙回答说，他已经多年不去教堂了。

太太听到这番话后，一张好看的脸显得很吃惊，在她看来，从这名年轻男子口中说出的这番话是相当有失体统的。她并未生气，因为她并非不宽容的虔诚信徒，但她还是忍不住对西蒙说，他这样做不合适。而她也不相信西蒙的话，她觉得西蒙完全不是这样的人。但如果真是这样，他应该反省一下：从来不去教堂是错误的。

看着房东太太友好而期盼的眼神，为了取悦她，西蒙答应她自己下次会去教堂。接着，西蒙与她道别，走下楼梯。“真是一个可爱的女人，”西蒙想，“她喜欢我，每当有一个女人喜欢我，我都能觉察出来。她和我因为去不去教堂的事情闹别扭，这真是有趣。刚刚她脸上露出了嗔怪的表情：女人脸上常常会有这样的表情，我很喜欢看到这种表情。另外，她也很尊重我。我希望能够一直被她尊重。但我并不打算喋喋不休地和她讲太多话。这样一来，她就会期待与

---

1. 在德国，星期天除了一些面包店和餐馆，其余商店超市基本都不营业。

我交谈，对我和她说的每一个字都感到兴奋。我喜欢她这样的女人。黑色很适合她，她丰腴的手里拿着那本小小的祈祷书，这本小书看上去也是那样精致。一名祈祷的女子本身就多了一种感官的魅力。从黑色衣袖里露出的那只苍白的手是多么美丽啊。还有她的脸庞，也算得上好看，最起码令人看着很舒服，在矜持缄默中往往又很友善亲切，仿佛她在故意克制，努力不显得过分亲切。我在她这里能够感受到一种家的感觉，一种依靠，一种吸引我的魅力，我身边如果没有什么吸引我的东西，那我简直会活不下去。她之前在楼梯上还想继续和我讲话，但被我打断了，我喜欢给女人留下些未实现的愿望。这样一来，我非但不会降低自己的价值与魅力，反而会提升它们。再说了，女士们也都喜欢被这样对待。”

星期天的大街上挤满了人。女人都穿着亮丽的白裙子，女孩们白色的短裙上系着宽大的彩色饰带，男士们身着浅色的夏季便装，男孩们穿着水手服，几条狗围着人们跑来跑去。一群天鹅在围着金属栅栏的水里游弋，一些年轻人在桥的栏杆处俯身观赏天鹅。另有一些男子非常庄重地走到投票箱前，把他们的选票投了进去。钟声敲响了第二下、第三下，蔚蓝的湖水波光潋滟，燕子飞向空中，飞过阳光下流光溢彩的屋顶。太阳先是一如往常周日上午的模样，随后变成工作日常见的太阳的样子，紧接着变为一些混入人群中的艺术家眼中特有的太阳。城市公园里的树木郁郁葱葱，枝繁叶茂；又有许多男男女女在树荫下散步；帆船在远处蔚蓝的湖水中迎风漂荡；绑着桶的小船在岸边左右摇晃。岸边有小鸟飞过，人们安静地站着，望向远处的蓝天白云及山峰。山峰宛若一块几乎透明的白色蕾丝挂在远方的天空，天空仿佛一块浅蓝色的面纱。人们禁不住面带微笑地凝视着这一切，讨论着、感受着，发现新的景色，并指给他人看。

亭子里传来乐队的演奏声，像是小鸟们从草地里飞出来翩翩起舞，唧唧喳喳地在唱歌。西蒙也在草地上散步。太阳穿过树叶的空隙，把光影投在大街上、草地上、长椅上，保姆推着婴儿车，小小的车轮在地上滚来滚去。太阳还把光影投在女士们的帽子和男人们的肩膀上。所有人都在相互攀谈，四处张望，互相问候．来回散步。豪华的马车在街上行驶，有轨电车时而呼啸而过。汽船鸣笛，人们看见浓密的烟雾穿过树木。许多年轻人在湖里游泳。在树下来回散步的人们是看不到这些的，但他们知道那边有人在湛蓝的水里裸泳，在水里闪着光。今天又有什么东西不在闪光呢？一切都在闪耀、发光、在色彩中游荡，在眼前渐渐模糊，只听得见声音。西蒙一遍又一遍地对自己说："星期天真美啊！"他还看到孩子们和其他的男男女女，他迷迷糊糊、有些眩晕地望着这一切。突然，一名举止优雅的男子映入他的眼帘，于是，他挨着这位看起来尚算年轻的男子坐在长椅上，望着对方。两人开始互相攀谈，在一个一切都如此美好的环境中，和陌生人聊天也是一件相当容易的事情。

男子对西蒙说：

"我是一名护工，不过我目前和流浪汉没有什么区别。我来自那不勒斯，在那里的外国医院看护病人。或许十天后我会去美国，或者去俄罗斯，我们总是被派遣到各个需要护工的地方去，包括南太平洋的小岛。我能够以这样的方式了解世界，这是很不错的，但家乡在我眼里也渐渐变得非常陌生了，我简直无法用言语来表达这种感受。譬如像您，您一定一直以来都生活在自己的家乡，熟人都在您身边陪伴着您，您在这里工作定会感到很幸福，当然您在这里也会经历一些不愉快的事情。但不管怎样，您至少能生活在这片土地——即您的国家，能生活在这片天空下。能被一些东西束缚是幸福的，人会为此感到高兴，也有理由感到高兴，因为他能得到周围人的理解和友谊。而我呢？在我家乡那片狭小的土地上，在我家乡人的眼里，我变得非常糟糕，或许是因为我变得太好了，因而没有办法理解家乡的一切。我已不能和我的家乡人产生思想共鸣，我很难像过去一样理解他们的喜好、他们的愤怒以及他们所厌恶的事情。总之，我在家乡变成了一个陌生人，这令我很难过、很愤怒。家乡人那样对待我是事出有因的，是我令自己与他们疏远。尽管我对很多事物的见解变得独到而深刻，但倘若我的看法见解只会伤害他人，这又有什么用？倘若它们会伤害到他人，那就是糟糕的见地。如果不想有朝一日在家乡成为一个外来者，人必须虔诚遵守秉持自己国家的习俗及观念，我就是一个反例。我很快又要动身离开这里了，去看护我的病人。”

他微笑着问西蒙：“您是做什么的？”

“我在自己的国家是一个很特殊的人，”西蒙回答说，“我原本是写字员，您可以很容易想象到我在自己的国家是一个什么样的角色，写字员在职业等级中是排在最后一位的。其他从事贸易的年轻人为了自我发展，会到很远的国度去学习，然后带着一箩筐的学问重新回到家乡，那里有体面的职位向他们敞开怀抱。而我呢，您要知道，我一直待在本国。这只是因为我担心在其他国家没有太阳，或者只有一个不如自己国家的太阳。我感觉自己离不开这里，我在熟悉的事物中总能有新的发现，可能也正是出于这一点，我不愿离开家乡去国外。我发现自己在这里变得越来越堕落，但我又必须生活在家乡这片土地，这样我才能活下去。当然，我得不到别人的尊重与重视，人们都觉得我放荡不羁，而我对此毫不在意。我一直以来，包括以后也会过得很好。维持现状真是太美好了。大自然中的事物也会跑到国外去吗？树木会为了使自己的枝叶更加葱绿繁茂而跑到其他地方去，之后再衣锦还乡吗？河流与云朵也在移动，但这是另外一回事，它们离开就不再回来了。况且它们这种挪动不是真正意义上的移动，只是一种飘荡或者流动状态的休息。我觉得这样的移动很美妙！我总是望着树木，对自己说，这些树不会离开，我为什么不能也继续待在这里呢？当我在冬季来到一座城市，我会期待看看它在春天是什么样子。同样，在冬天看到一棵树，我也想看到它长出新叶，在春日变得光彩夺目。春天过后，夏天马上就会来临，那是一个无法用语言形容的美丽季节，就像一个巨大的深渊里突然涌起一股绿色的浪潮，我想在这里享受迷人的夏天。您能理解吗，在这里，在我看见春天来临、万物复苏的地方。例如这里有许多小小的草地，在早春时分可以看到冰雪在太阳下融化，这又是多么的奇妙。但是，谈到树木、草坪及整个世界：我觉得我在其他地方不会这样关注夏天。事实是，我只喜欢待在这里，有很多原因令我不能去国外旅行，例如：我有足够的钱用于旅行吗？您知道，人必须有钱乘火车或是坐船。我的钱还够吃二十顿饭，但我没有钱去旅行，我为自己囊中羞涩无法感到庆幸。也许其他人会去国外，回来后变得更聪明能干。而我已经足够聪明了，我会在这片土地上踏踏实实生活，直到老去。”

男护工一直目不转睛地看着他，西蒙停下来沉默了一会，继续说道：

“我也完全没有发展事业的愿望。对其他人而言最重要的东西，对我来说却恰恰最微不足道。我可以发誓，我完全不重视发展事业。我热爱生活，但我不想追求伟大及卓越。那样的生活有什么好处呢：经年累月坐在狭窄的书桌前，脊背过早地弯曲；满是皱纹的双手，苍白的面颊，磨破的工作日裤子，颤抖的双腿，肥胖的肚腩，受损的肠胃，秃顶的脑壳，愤怒而空洞无神的双眼，凹陷的额头，以及一个忠实于工作的傻瓜所拥有的意识。谢天谢地！我宁愿贫穷而健康，我会为了租一个便宜的房间而放弃公有住房，哪怕这个房间位于昏暗的小巷里。我宁愿因为缺钱而尴尬，也不要在夏天，为了修复已受损的身体为去哪里旅行犹豫不决。我只受唯一一个人尊重，即我自己，我也很依赖于对自己的这种尊重。我很自由，可以在必要的时候把我的自由出售一段时间，之后我又重新恢复自由。为了自由而保持贫穷，我认为这是值得的。我总是有足够的食物，因为我总是吃一点点食物就满足了。当有人和我说起诸如'社会地位'、'身份'这样的字眼，并苛求于我时，我会变得极其愤怒。我只想做一个简简单单的人。总而言之：我喜欢冒险的、未知的、漂浮不定及不能被控制的事物！"

"我很喜欢您。"男护工说道。

"我根本没有期待您的喜欢，但我说话如此心直口快，您还能喜欢我，这令我很高兴。另外，其实我也没必要和别人生气，这是很愚蠢的行为，而且人也不应该因为环境没有满足自己的需求就去抱怨甚至咒骂。人可以直接离开，是的，我可以直接走开！不，其实周遭的环境我是满意的。我喜欢自己目前的处境，我也喜欢周围人原本的样子。就我自己而言，我一直竭尽所能使身边的人喜欢我。当我有一项任务需要完成时，我也会孜孜不倦地工作，但我不会为了取悦某个人而放弃自己对世界的热爱，除非是为了神圣的祖国，这种情况目前还是有的，以后也会存在。有些人不断地追求事业，其实我能够理解他们，他们想要舒适的生活，想为他们孩子的未来做些打算，他们是有远见、未雨绸缪的父亲，他们的所作所为都是值得尊敬的。他们也想让我和他们一样，放弃生活的乐趣。所有人都在尝试说服我。是的，所有人，只是以不同的方式。如果能让每个人都以自己想要的方式去生活，这才是成熟的行为。不，当一个人三十年来勤勤恳恳地坚守在他的岗位上，那么在他的人生旅途快要结束时，他绝不是一个我之前鲁莽所言的傻瓜，而是一位值得尊敬的绅士，人们会在墓地给他献上花圈，这是他应得的。您知道，我并不想在自己的墓地上得到花圈，这就是最大的区别。我的人生如何结束，这对我而言无所谓。人们总对我说，你看看人家，人家是怎样的出色。他们说，我应当为自己的放纵及狂妄而严肃认真地忏悔。于是，我就去忏悔，然后明白了忏悔意味着什么。我喜欢各种经历，所以不像有些人那样担心自己是否会拥有一个平顺的未来。我一直害怕的是一成不变的生活经历，在这方面，我像十个拿破仑那样雄心勃勃。我感觉饿了，想去吃饭，您愿意和我一起吗？要是您能一起的话，我会很高兴。”

于是两人一起离开了。

在那番任性而狂妄的言论之后，西蒙突然变得温和了许多。他好看的眼睛望着这个美好的世界，望着高大树木上茂盛的树冠以及满是行人的街道。“这些人真是可爱而神秘！”西蒙想着，任由他的新朋友把手搭在自己肩上。他喜欢别人对他这样亲密，人与人彼此感到投缘，于是联系日益密切，最终却又分道扬镳，结局往往都是这样。他用笑意盈盈的充满幸福的眼神望着一切，又想道：“人类的眼睛也是那么美好！”这时，一个小孩仰起脸来看了看西蒙。和男护工这样的伙伴走在一起，对他而言是种完全新奇的体验，他从未经历过，这令他非常开心。他们走在路上，男护工在蔬菜商那里买了一道菜——新鲜的豆子，又在肉铺买了些肉，他邀请西蒙去他家里共进午餐，西蒙愉快地接受了邀请。

两人到了男护工家中，男护工说："一直以来，我都是自己做饭，我已经习惯如此。请您相信我，这很有趣。一会儿您就知道这些豆子配着美味的肉是多么可口了。我还会自己织袜子，自己洗衣服，这样一来可以节省不少钱。是的，这些我都自己学会了，为什么不能破例由一个男人来做这些工作，倘若他特别乐意的话？我认为男人做这些活计没什么好羞愧的。我也自己做家居鞋，譬如这双。这样的工作特别要求专注。冬天的时候，织一些保暖腕套或者背心马甲对我也非难事。如果一个人像我这样总是很孤单，又总在旅途中，那么他就会做些奇奇怪怪的事情。您请用餐，或者我是否也可以说，请你用餐，西蒙！可以允许我用'你'来称呼吗？[1]"

"当然好了！为什么不呢？"刹那间，西蒙的脸不知为什么红了。

"当我第一眼看见你时，就很喜欢你，"名叫海因里希的男护工继续说道，"人们只需看看你，就知道你是一个很好的人。我想吻你，西蒙。"

西蒙感到房间里很闷热。他从椅子上站起来，他猜到有人以如此温柔而奇特的眼神看着自己意味着什么，但这又有什么关系呢。"随他去吧，"西蒙想，"我喜欢这个海因里希，他这个人很不错，他不会有什么非分举动的！"于是，他把嘴唇凑了过去，任由海因里希亲吻。

这又有什么关系！

再说了，他喜欢这种被人温柔以待的感觉，尽管这次对方是一

1. 在德国，一般来说，不熟悉的人之间用"您（Sie）"来互相称呼，而熟人和朋友用"你（du）"来称呼对方。

名男子！西蒙认为自己应该宽容男护工对自己的特殊好感，西蒙不愿破坏他的愿望，尽管这个愿望似乎不太体面。他会因此而生气愤怒吗?“绝不会，”西蒙想，“我暂时允许他这样做。目前在我身上发生的所有事情都是合理的!”

这天晚上，两人从一家酒馆走到另一家酒馆。男护工是一名狂热的酒徒，因为他在业余时间也没有多少其他事情可做。西蒙认为自己理应陪着朋友一起，他在那些潮湿发霉的小酒馆里结识了一些打牌的人，他们长时间打牌，可谓毅力惊人。这些人沉浸在打牌的世界里，不愿被外界打扰。其他人整晚都坐在酒馆里，嘴里叼着长长的烟杆，烟头变得很短时，他们又把烟头往嘴里挤压，并把烟头压在折叠小刀上，以便尽可能地多吸一口。一名枯瘦如柴的女钢琴师告诉西蒙，她的姐姐是一位著名的音乐会歌手，姐姐对她并不好，她已经很长时间不和姐姐来往了。西蒙能够理解她，他和女钢琴师讲话时温和而友善，但并未告诉她自己能够理解她的痛苦。一般来说，他宁愿认为一个人是不幸的，而不愿把对方看作是堕落的。他总是尊重“不幸”本身，而把堕落看作是不幸的后果，不幸的人往往原本都是正直体面的人。西蒙看到几位胖乎乎的矮个子老板娘热情地招呼着客人，而她们的丈夫却在沙发或者靠椅上睡觉。酒馆里还有歌手在唱动听的古老民歌，堪称是一位民歌大师。歌曲优美而伤感，人们觉得自己一定在很久以前听某些或沙哑或清脆的嗓音唱过这些歌。其中一人不停地讲着笑话，这是一名身材矮小的年轻人，戴着一顶高高的旧帽子，很显然是从旧货商手里买来的。他油腔滑调的，讲的笑话也并不怎么高明，却令人忍俊不禁。有人对这位年轻人说：“我很喜欢您的笑话，我很崇拜您!”讲笑话的年轻人故意做出一副吃惊的模样，对这种“钦佩”不作回应，而他的表现却成了一种真正的幽默之举，令任何一个有教养的人都忍俊不禁。男护工走过来坐到西蒙身旁，给所有人讲述自己的经历，告诉对方，家乡的人都觉得自己变坏了，但是，若他仔细想来，就会发现其实是自己变得太好了。西蒙想："他说这些话真是显得傻里傻气！"紧接着，男护工又向人们讲述自己的家乡那不勒斯，他讲得非常精彩。例如，他讲到在那不勒斯的博物馆里可以看到古人的遗迹。人们会发现，远古时期的人在身高、身宽及体重方面很可能远远超越我们。那个时期人的手臂就像我们现在的腿一样！男护工说，那时的人可能只有一种性别，他们既是男人，也是女人！而我们现在变成了什么样子？我们是堕落、畸形、失去活力、面临危机、变得孱弱的一代人。男护士还用美丽的辞藻描绘了那不勒斯的海湾。许多人认真地倾听讲述，也有很多人睡着了，因此什么也没有听到。

西蒙很晚才回到家中，发现门被锁了，他身上没有带钥匙，于是觍着脸去按门铃。是的，他总是不太考虑他人的感受。门铃响起，一扇窗户很快被打开，发出很大响声，随之出现了一道白色的身影，毫无疑问，这是穿着睡衣的房东太太，她把卷在厚厚纸张里的钥匙扔了下来。

第二天早上，房东太太并没有对西蒙生气，而是微笑着友好地向他道早安，只字未提西蒙半夜对她的打扰。因此，西蒙觉得没有必要再提起此事，也没有为此道歉。

他走了出去，去找男护工。星期一的清晨又变得异常庄严，所有人都外出工作，小巷空旷而敞亮。西蒙走进房间，看到男护工还睡意朦胧地躺在床上。此时西蒙才看到自己昨天未注意到的墙壁，上面挂着许多漂亮的基督教装饰物：有用纸张裁剪出来的小天使，它们的头是红色的；有用干花装裱起来的、写着箴言的木板。西蒙读着这些箴言，有些内容深刻、发人深思，它们或许比八个老者的年龄加起来还要久远。但里面也有一些新的、简单易懂的箴言，读起来仿佛是在一家工厂里批量生产出来的。西蒙想：“真奇怪！人总是能在很多房间里看到这种挂在墙上的古老宗教装饰物，有些很有寓意，有些缺少内涵，而有些甚至空洞无物。男护工会有什么信仰吗？我想肯定是没有的！或许对当今的许多人而言，宗教只是一种肤浅的、无意识的爱好，一种兴趣及习惯，至少对男人而言是这样。也许是男护工的姐姐把房间装饰成这个样子。一定是这样，女孩子们往往比男人更虔诚、更有宗教意识，男人的生活总是与宗教相悖，向来如此，除非他是修道士或僧侣。但想象一下，一位满头银发的新教牧师，面带平和而慈祥的微笑，步履优雅地穿过寂静的林中空地，这样的画面真的很美。城市里的宗教没有乡下的宗教那么神圣，乡下住着农民，农民们的生活方式本已接近一种宗教式的生活方式。在城里，宗教并不怎么美好，它等同于一台机器。而在乡下，人对上帝的信仰就像一片茂盛的稻田，或像广阔而茂盛的草原，或是凸起的小山丘，其上矗立着一幢房子，房子里住着安静的人，他们对宗教进行思考，于他们而言，宗教就像是他们的一个朋友。在我看来，在城市里，牧师们与证券交易所的投机者和毫无信仰的艺术家们住得太近了。在城里，人们对上帝的信仰缺乏适当的距离。在这里，宗教的空间太小，也缺乏适合的土壤。对于这些，我很难用言语表达，然而这些和我又有什么关系呢？在我看来，宗教就是对生活的热爱、与世界保持更紧密的联系、当下的快乐、对美的信任、对人类的信仰、与朋友狂欢时的无忧无虑、思考的乐趣、在不幸中没有负罪感、面对死亡的微笑，以及在生活中尝试任何事物的勇气。最终，人类的礼仪和文明就会成为我们的宗教。当一个人在他人面前保持礼仪，那么他也在上帝面前保持了礼仪。难道上帝想要拥有更多东西吗？真诚的心及细腻的情感会使人知礼俗，这比刻板而狂热的信仰更令上帝感到愉悦，狂热的信仰反而会令人丧失自我，因此，上帝也希望不要再听到人类祈祷的声音。若我们如此自负而粗鲁地向上帝传递祈祷的声音，仿佛上帝耳聋一般，那么我们的祈祷于上帝而言又算什么？当人想起上帝时，难道不该好好思索一下，设想一下上帝喜欢什么吗？布道者和管风琴的声音真的会令上帝愉悦吗？现在，上帝对我们那些鲁莽的虔诚保持微笑，希望我们有一天能够让他清净一些。”

“您又在若有所思了，西蒙。”男护工说。

“我们现在走吗？”西蒙问道。

男护工收拾完毕，两人一起走上崎岖的山路。烈日当头，他们走进一家小小的、草木丛生的露天啤酒馆开始喝酒。当他们打算要离开时，漂亮的老板娘劝他们留下来多待一会，于是两人一直待到傍晚。“在美妙的夏日里，人们还来不及思考，就已经喝多了。”西蒙内心混杂着踉踉跄跄走路时的快感和一丝忧愁，这样想道。夜色令西蒙更加狂热而迷醉。西蒙的朋友眼神深邃地望着他，用手臂勾住了西蒙的脖子。“这样其实很不好。”西蒙想。走在路上，他们向自己遇到的所有女人或女孩搭讪。这时工人们下班回家，他们终于可以呼吸自由的空气了。工人们精力充沛地走着，双肩几乎纹丝不动。西蒙发现工人们的身形非常矫健。夕阳西下，他们来到天色渐晚、热气尚未散去的森林里，在葱绿的草丛中休息。两人沉默着，四周静悄悄的，他们只能听到对方的呼吸声。果然，正如西蒙所料，他的朋友把身体渐渐凑了过来，但这样的亲密使西蒙浑身打冷颤。

“这样不好，”西蒙说，“您别这样，或者我可以说：你别这样。”

男护工平静下来，他变得闷闷不乐。这时有人走过来，他们必须起身离开了。西蒙想："我为什么要和这样一个人整天待在一起呢？"但他很快发觉，除了男护工对自己不正常的好感之外，他和男护工待在一起还是非常愉快的。这时，两人开始往回走。"换作旁边是别人的话，男护工这种行为一定会被轻视，"西蒙继续想，"但我是这样一个人，别人的不论好的或是不好的习惯，在我看来，都很有趣而可爱。我不会轻视任何人，我只轻视胆怯及死气沉沉。我能在堕落的人身上找到有趣的一面。的确是这样，堕落也使人明白很多，使人更深刻地看待这个世界，使人更有经验，更宽容且中肯地去做一些评判。人必须要了解一切事物，只有勇敢地去触碰，才能了解。我不应该因为害怕而远离某人。再说了，能得到一个朋友，这是特别珍贵的！就算对方是个有些古怪的朋友，又有什么关系？"

西蒙问："你生我的气吗，海因里希？"

男护工并未回应西蒙，他的面部表情变得阴沉。他们又来到啤酒馆前，夜色笼罩了酒馆。五彩的灯笼把周围暗沉的绿色照得通亮，说笑声从里面飘了出来。两人被热闹的夜生活吸引过去，又双双走进了啤酒馆，老板娘再次热情地接待了他们。

亮晶晶的玻璃杯里晃动着深红色的葡萄酒，一张张通红的脸在光影中闪动，矮树丛的树叶扫过女士们的衣裙。炎炎夏夜，人们在这样一个树叶沙沙作响的花园里喝酒、吟唱、欢笑，一切都显得那么自然而然。地下火车站的喧嚣声传入人群的耳中。一位家境优渥、身材颀长、面颊红润的葡萄酒商之子与西蒙谈论着人生及哲学。男护工依旧一副愤世嫉俗的模样，显得闷闷不乐、非常恼火。一位褐色皮肤、身材苗条的女服务员坐到西蒙身边，任由西蒙凑过去亲吻她。很显然，她非常乐意被西蒙亲吻，她骄傲的嘴唇微微上翘，这样的嘴唇令人觉得尤其适合用来咕嘟咕嘟地喝葡萄酒，用来欢声笑语及亲吻。男护工看到这一幕更为恼火，他想离开，但有人把他拦了下来。这时，一名肤色较暗、头发染成棕色、戴着绿色猎人帽的男青年唱起一首歌，他的女友紧紧地依偎在他胸前，小声而欢快地跟着一起吟唱。听起来像是南方的歌曲，男青年低沉的歌声令人迷醉。西蒙想："歌曲听起来总是那么令人忧伤，至少动听的歌曲是这样。它们提醒人们该动身离开了！"但西蒙继续在啤酒馆逗留了很久，直到深夜。

第十六章

整整一周，西蒙都以这种闲散的方式与男护工来往，他们时而争吵，随即又和解。西蒙像一个老手那样打着牌，他还在炎热的中午打台球，而此时其他有手有脚的人都在工作。他时常望着烈日炎炎的街道和雨中的小巷，手里不分早晚地拿着一杯啤酒，在窗边数小时地夸夸其谈，肆意发表自己的独特言论，和形形色色不熟悉的人一同谈话，直到他发觉自己又一次变得身无分文了。一天早上，他没有再去找海因里希，而是走进一个小房间，里面有很多年轻人及老人端坐在写字桌前写字，这是一个为失业人员设立的写字行。由于种种原因，这些人已没有机会受雇于某一个商行。他们双手忙碌，写着成千上万的商务地址，这种活计往往由一些大公司向写字行提前预订。里面的人员被监管员或秘书严格监督着，每日赚取微薄的薪水。作家会到这里来交付他们的手稿，女学生们也把她们写的几乎无法辨认字体的博士论文拿到这里来，委托工作人员用打字机转录，或者用干净的羽毛笔誊写。一些不擅长抄写的人也会在他们需要写些东西的时候，把要抄写的内容带来。在这里，他们的要求很快会得到满足；甜品女柜员、餐馆女服务员、熨衣女工和女用人也来到这里，要求写字间帮她们抄写一些证书，以便日后使用；福利社也来这里交付成千上万封要写好地址、寄往各个地方的年度报告；环保协会交付他们普及讲座的邀请函，要求抄写多份；大学教授们也为写字员们安排了大量工作，写字员们在又有活儿干的时候会异常欣喜。写字行所在的乡镇每年都给予写字行一定的资助。这间写字行的负责人曾经同样是一名失业者，有人为他设立了这一职位，以便他在晚年能够有一份谋生的工作。负责人出身于一个古老的贵族家庭，他有一位富有的亲戚在市议会任职。这位亲戚不愿看到自己家族中有人如此堕落，于是，负责人成了所有流浪汉和其他生活困窘者的"国王"及庇护者。他很得意于这一职位带给他的荣耀，仿佛自己从未在美国漂泊并尝遍生活的辛酸痛苦。

西蒙在这位写字行负责人面前鞠了一躬。

"您想要做什么?"

"我想要一份工作!"

"今天不行，您明早再来吧，或许到时您能找到适合您的活儿。您今天先在这张纸上写好您的名字、住址、家乡、职业、年龄。您明早八点要准时来，否则这个职位就没有了。"负责人这样说道。

负责人讲话时面带微笑，鼻子里带着鼻音。他对那些失业者总是不自觉地用一种温和但又嘲讽的语气讲话。他的脸显得很憔悴，像石灰岩一样苍白，下巴留着乱糟糟的、好像成了下垂的脸部一部分的花白山羊胡须，眼窝深陷，双手显示他的健康状况不佳，身体也受过伤。

第二天一大早八点，西蒙已经开始在写字间工作了。几天后，他就和那里的伙计们混熟了。这些人曾经在生活中过于放纵自己，他们曾漂浮不定、穷困潦倒。还有些人因为犯罪坐过牢。其中一个相貌堂堂的老人曾被控告对亲生女儿犯下严重的道德方面的罪行，坐牢多年。每当看到这位老人，西蒙都会看到他平静的脸上没有一丝表情，仿佛他的沉默及顺从是与生俱来的。老人工作时很安静，总是不紧不慢，动作优雅。当有人看他时，他也会静静地看着对方，从他脸上看不出任何痛苦的回忆。老人的心情似乎很平静，正如他工作时稳健而衰老的双手。他的脸上没有任何扭曲的表情，仿佛他对自己曾经破坏损毁的一切都进行了忏悔和赎罪，洗去了一切污点。尽管贫穷，老人的衣着比这里负责人的衣服更为整洁。他的牙齿、双手、鞋子、衣服都异常洁净，他的灵魂似乎同样纯洁安宁。西蒙想："为什么不可以呢？难道一个人的罪过不能被洗去，对人的惩罚一定要伴随他的一生吗？我在这个男人身上既看不出他犯过罪，也看不出他正在遭受什么惩罚，他似乎已经彻底忘记了这些，现在他的内心一定是善良的，充满了生命的力量。这一切真神奇！"

写字行里大多是些贪污犯、小偷、诈骗犯、流浪汉，还有一些命运不济、被造化捉弄的可怜人，以及一些身无分文的外国人，他们都被虚假的希望愚弄了。当然也有声名狼藉的懒汉和极其愤世嫉俗的社会边缘人，他们的不幸往往是自身的问题或运气不佳所导致，很大程度上是轻浮及贪图享乐使他们穷困潦倒、日益堕落。在这里，西蒙可以了解一个人各种各样的性格特征，但他不会常常想到去观察别人，因为他也是写字行的一员，也与这里的所有人一样为生存而努力，随波逐流地参与到各种问题及事件之中。作为这里的一员，西蒙不会常常反思这里存在的种种问题，他同其他所有人一样，更多想到的是满足自己身体的基本需求。这里的所有人都以抄写来赚取生活费，只要他们想生存下去，就需要马上用这些收入去吃饭喝酒。劳动所得从咽喉流下，从人们的手中进入嘴里。西蒙是一个例外，他还会用这些钱买一顶草帽和几双便宜的鞋子。但当西蒙想到要付房租时，他不得不承认自己其实并没有余力去置办这些物件。每当傍晚时分抄写完毕，西蒙都疲惫而开心。之后他和写字行的同事结伴，仰着头穿过街道，漫无目的地向经过的行人微笑。西蒙根本不需要努力做出一副自豪的姿态，当他从写字行的大门走出去，他会自然而然地挺起胸膛，像是一道拉紧的弧线。他突然感觉自己像一个与生俱来的行家大师，开始留意自己走路的步伐。他现在不再把双手插到裤子口袋里，这会令他看起来有失身份。他也不再拖沓地踱步，而是有意识地中规中矩地行走。他感慨自己在二十一岁这年才真正开始练习步伐优雅地走路。人们不会注意到西蒙的贫穷，但会看出他是一个傍晚刚刚下班、在路上散步的年轻人。西蒙的眼睛被熙熙攘攘的街景所吸引，他兴奋地张望着这一切。一辆由两匹骏马拉着的豪华马车从他身边驰骋而过，西蒙认真打量正在奔跑的马，他不屑于把目光瞥向车里的主人，似乎他只对马匹感兴趣，是这方面的一位行家。“这样做才合适，”西蒙想，“人要学会控制自己的目光，把目光投向该投向的地方，以便使自己显得正直，像个男人。”他用眼睛的余光瞟了瞟周围的女士，内心忍不住对这些女士留给自己的印象发笑。当然，如往常一样，他又在任由想象力驰骋了！只是现在想象时，他咬着牙，不允许自己再有任何懒惰倦怠的行为：“如果我也是那些可怜虫中的一员，我不会想到去观察这些。相反，缺钱这件事反而会令人举止傲慢。倘若我很有钱，或许我也会允许自己保持懒懒散散的工作态度。最好不要这样，因为人总需要保持一种平衡。我极度疲乏，但我无法停止思考，当然别人也会感到疲惫。人不是只为自己而活，而是为了所有人。只要被他人关注，此人就应该成为一个强大的榜样，以便让那些不够勇敢的人以己为榜样。即便人的膝盖在颤抖，饥肠辘辘，胃里咕咕叫，他也应该给他人以一种无忧无虑、坚强的印象。这样做可以给一个正在成长中的人带来满足感！十二点的钟声还未敲响，不是为任何人敲响的，当一个人落魄潦倒时，他往往会仰望一切。我感觉，骄傲的姿态会给我带来生活的幸福感，这种感觉就像一股电流突然袭遍全身。事实上，当一个人处事正直坦荡，他就会觉得自己变得更加富有而高贵。如果和一个衣衫褴褛的穷人一起行走，譬如写字间里那些人，那我就更有理由高昂起头来，仿佛我在为身旁此人糟糕的发型及粗鲁的举止温和地致歉，是的，向那些看到我与身旁的穷人一起行走而感到诧异的人们致以歉意。是啊，两个言行如此迥异的家伙竟然能够成为亲密的朋友，并在繁华的大街上散步。如此一来，我会得到他人的尊重，尽管是短暂的尊重。想到自己与身边的那个人有很大差别，这也是令人愉悦的——此人的工作能力有限，甚至他永远无法胜任工作。我身边的伙计是一位不走运的老人，他曾经是一个编篮工作坊的老板，由于经营不善而破产，现在和我一样，也是一名拿日薪的抄写员，只是我看上去不像拿日薪的抄写员，而更像一名高贵的英国人，我的同事却像一个痛苦回忆曾经好日子的人。他走路的样子，不断点头的样子，都像是在以一种特殊的语言讲述他曾经的不幸。他年纪大了，不再在乎自己是否受人敬重，只想做一个正直的人。我很敬佩他，因为我了解他的痛苦，知道他承受着怎样的重担。我很自豪能和他一起走在漂亮繁华的大街上，并毫无顾忌地紧挨着他，来表明我对他那套廉价西装的喜爱。于是，我收获了许多惊诧的目光，一些人用询问的眼神看着我，这令我觉得很有趣！我和我的伙伴大声交谈，是的，这样美好的晚上很适合聊天。我工作了整整一天，美好之处就在于，工作一整天后，我在晚上变得很疲惫，却可以和周围所有事物愉快地相处，变得没有任何忧愁烦恼，头脑里也不再有繁杂的念头及想法。我能够轻松地散步，感觉不会再给任何人带来烦恼，可以环顾一下四周，看看是否有人向自己抛来一个赞赏的眼神；我觉得自己比过去任何时候更加可爱、更加受人尊重了。过去我就是一个游手好闲的懒汉，那时我就像坠入了一个深渊。现在，过去那些日子像烟雾一样消散了。在这样一个上帝赐予我的夜晚，我感慨万千！我把白天奉献给了工作，于是收获了这样美好的夜晚。我把这样的夜晚看作是一件礼物，是的，我奉献出一些东西，于是也得到了馈赠。”

西蒙越来越发觉写字行像一个小小的社会，他可以在这一小小的世界里看到嫉妒、钻营、憎恨、友爱、诓骗、诚实，以及或暴躁或冷静的性格，这一切都和人为了生存而斗争的其他场所并无二致。这里的人也一样有形形色色的欲望及感受，哪怕是极其微不足道的。渊博的知识在写字行里派不上多大用场。在这里，有学问的人至多可以短暂发挥一下自己的优势，知识可以使他在这里得到声望，但不能帮助他置办一件体面的西装。在写字间的年轻人之中，有些人能够流利地读写三种语言。这批人被安排做一些翻译，但他们的薪水并不比那些粗笨的地址抄写员和手稿抄写员更高，这是由于写字行不允许任何一个人有向上发展的空间，否则就违背了写字行存在的目的及意义。设立这间写字行只是为了能够给失业者提供微薄的收入及生活保证，而不是为了给部分人支付高额薪水。当一个人能够在早上八点觅得这样一份工作，他就应该心花怒放了。常常会出现这样的情形，管理者对一批正在排队等候的人说：“非常抱歉，今天我们这里没有什么活儿可做。请您们十点再来看看吧，也许那时会有新的订单来!”然而到了十点钟，老板又说：“您最好明早再来问问看，今天估计是不会有什么活儿可做了!”西蒙也不止一次出现在这些被拒绝的人中，他们心情沮丧，慢吞吞地依次走下台阶，来到大街上。他们先是围成一圈，像是觉得有必要消化一下这个信息，然后又作鸟兽散，向各个方向走去。人人都知道，身无分文地在城市的大街上转悠，这样的滋味并不好受。每个人都在想："不知到了冬天又会是怎样的光景?"

有时，写字间里出现一些衣着考究、举止优雅的人士来咨询工作。老板往往对他们这样说："依我看，您更适合外面的世界，而不是来我们写字间。在这里，人们为了赚取一点微薄的薪水，需要从早到晚安静地坐着，弯着腰埋头苦干。我之所以和您坦诚讲这些，是因为我感觉您并不适合这里的工作。您看上去不像那种垂头丧气、贫困潦倒的穷人，而我的职责是，首先为穷人提供一份活计。穷人往往穿着破旧的衣服，这可以反映他们的窘境。而您的衣着如此光鲜，倘若为您安排一份这里的工作，这会使我有负罪感。我建议您还是去找找更为雅致的环境吧。您兴高采烈地走进来询问工作，像是要走入一个舞会，而不是走进写字行，看来您完全不了解这里工作的艰辛。这里的伙计们鞠躬时也笨手笨脚的，然而很多时候并没有人想到要鞠个躬。您方才在我面前鞠了一躬，这说明您很有礼貌，也擅长交际。真的不行，我不能差遣您在这里工作，这里根本没有适合您的位置，这里的环境同样不适合您。您给我的感觉是，您打算在这个城市找些奇遇，做些不平凡之事。倘若您并不只打算做些非凡之事，那么您随时可以找到售货员或者酒店秘书之类的工作。我们这里只会令一位年轻人感到气馁沮丧，而不会有任何冒险或奇遇等着您。来这里的人都知道他为什么要来，而很显然您并不知道。您必须承认，哪怕您只是向写字间瞟一眼，您的出现对我的伙计们而言也是一种侮辱和伤害。您再看看我：我也曾去过许多国家，熟悉世界上所有的大都市，如果有其他可能的话，我也不愿意坐在这里。来到这里的都是曾经历过许多不幸及厄运的人。这里有无所事事之徒、乞丐、流浪汉，还有曾在海上遇难之人：总而言之，都是些不幸的家伙。那么现在我来问您：您属于这样的人吗？很显然不是，那么请您现在就离开，离开这个不适合您的地方。我知道哪些人属于这里，而且相当了解！再会！”

老板微笑着向那位不适合在这里工作的先生挥手告别。老板兼具学识与礼仪，他时不时地向这些不期来访者展示自己的这两项长处，他知道，这些人更多是出于好奇，并非为生计而来。

在这家写字行前有一条古老的绿色水渠，它曾是一条护城河，连接着湖泊及流动的河水，使湖水流到远处的海里。这是城里最安静的区域，像一个与世隔绝的村庄。被拒之门外的人群走下楼梯时，他们往往习惯于在这条水渠边的栏杆上稍坐片刻，远远望去，他们像一排从国外飞来的大鸟。他们看着像是在思考哲学，是的，他们当中有些人看着下面寂静的绿色水面，徒劳地冥思苦想，感慨命运为何对自己如此冷酷无情，正如一位哲学家在其书房里进行哲学思考。这条水渠具有某种魔力，让人凝神思考或是产生一些不切实际的幻想，而失业者们有的是时间这样做。

写字行同时也是为商人们提供的劳务市场。例如有时一位先生或是太太来到写字行老板的办公室，提出想要一个人手来做一天或几天临时工。于是老板走到门口，打量着他的伙计们，思索片刻后喊出一个人的名字：于是此人便得到了一份或持续一两天，或八天，甚至十四天的短工。当有人被叫到名字，他总会引起其他人的嫉妒，因为每个人都想外出做工，这样的工作薪水更高，工作也更有意思。此外，做短工的人倘若遇到好心的客户，还会在上下午分别得到两顿美味的点心及小吃，这也是一个不容忽视的好处。因此，不少人努力去争取这样的短工，被喊到名字的人总是会得到旁人艳羡的目光。很多人没有被安排到这样的短时工，便感到自己被冷落，受到了不公正对待；还有些人觉得，想要得到期待的活计，就需要巴结老板及他的助手，要向他们献媚。这类似于一群受训的小狗们蜂拥扑向一块用细绳子吊得越来越高的香肠，每条小狗都觉得其他小狗没有资格享用这块香肠，尽管这种想法毫无依据。在这里，每个人也会为了抢到好处而向其他人示威和抗议，这点与商人、学者、艺术家及外交官们的圈子并无太大差别，相较而言，后者更加狡猾，其方式也更温和、显得更有教养。

西蒙也获得过几次外出工作的美差，但他每次都不甚走运。有一次，他被他的雇主，一个暴戾而狡猾、把自己当作上帝一样高高在上的不动产律师追赶殴打，起因不过是律师看到西蒙在读一份报纸，而没有用羽毛笔书写；另有一次，西蒙把一支羽毛笔摔在他的老板——一位果蔬商的面前，对他说："您还是自己写吧！"当时，果蔬商的太太为西蒙立了许多规矩，然而西蒙并未遵守。西蒙感觉这个女人故意想伤害及侮辱他，他没有必要容忍这种行为，至少他自己是这样认为的。

第十七章

就这样，美妙的夏季又过去了几周。在这一年的夏季，西蒙常常在街上寻觅工作。尽管做了诸多努力，西蒙仍旧一无所获，但至少这样的日子是美好的。在过去，西蒙从未觉得夏天这样美。当他傍晚走在树木繁茂、华灯初上、光影斑驳的时尚大街上，他总是用一些令人感觉很愚蠢的话去搭讪路人，只为了看看自己会得到对方怎样的回应。但所有被他搭讪的人脸上都露出一副惊愕的表情，并不对西蒙说些什么。他们为什么不和无所事事的西蒙搭话，用低沉的声音邀请西蒙一起走进一栋房子里，在那里做一些闲散之人所做之事呢？就像西蒙这样，他只想度过一整天，然后迎接傍晚的来临，期待在晚上做些美好的事情，头脑里没有任何其他生活目标。“我愿意做任何事情，哪怕是一件需要极大勇气的事，我也不会害怕。”西蒙对自己说。他在一张长凳上坐了数小时，欣赏着从一家豪华酒店花园飘来的音乐，此时此刻，整个夜晚仿佛都化身为轻柔的音乐。一些习惯在夜间活动的女士从孤独的西蒙身边走过，但她们只需稍稍观察一下，便可马上判断出这位年轻人的经济状况。“哪怕我只认识一个能借给我一笔钱的人也好啊，”西蒙想，“或许可以向我的哥哥克劳斯借？不，这太丢脸了，我是有可能借到钱，但也会受到令我难堪的责备及提醒。有些人是不能去乞求的，他们对一切都期望太高。如果我认识一个人，我不是很在乎他怎样看待我，那该多好。可我没有这样的熟人，我在乎认识的每个人对我的看法，所以我必须再等等。其实在夏天我并不需要很多钱，但过不了多久冬天就要到了！我有些害怕冬天，毋庸置疑，在接下来的冬天，我的处境会很糟糕。是的，到时候我会光着脚在雪地里走来走去。我会走啊走，直到我的脚火辣辣地疼。还是夏天最舒服，我可以躺在树下的长凳上静静地休息。夏天宛如一个温暖而芳香四溢的大房间，而冬天则像一个窗户破碎的房间，狂风和暴雨破窗而入，让里面的人不得不挪窝躲避，那时我就不能再闲散度日了。不过，该来的总要来，随它去吧！我感觉夏天很漫长，这个夏天才过了几个星期，我却觉得过了很久。我想，当我不得不一直思考怎样用那一点点钱应付每一天的日子，时间就会睡觉，而且它在睡觉中延长了。我还感觉到，在夏天，时间不仅会睡觉，它还会做梦。高大树木上的树叶变得越来越宽阔，夜间它们沙沙作响，轻声低语；而白天它们在炽热的阳光下睡觉。又譬如我，我在夏天做些什么呢？没有工作的时候，我整天都待在我的房间里，躺在床上，借着一根蜡烛的光看书。当我把蜡烛吹灭，整个昏暗的房间就会弥漫着一股湿润的烟，好闻的气味沁人心脾。这时，我会感觉心情平静，一切都如此新鲜，宛若重生。现在我又突然想起我的房租怎么办呢？明天我就得付房租了。夏天的夜也是如此漫长，这是因为我在白天虚度了光阴，用睡眠度过了白天。只要到了晚上，各种嘈杂声及嗡嗡声就开始苏醒并活跃起来。哪怕仅仅用睡眠度过一个夜晚，这对我而言都是一种罪过。再说了，天气太闷热，这也令人难以入眠。在夏天，我的双手白皙而湿润，仿佛它们在触摸感知这芳香迷人的夏日世界；在冬天，它们变得肿胀通红，仿佛它们为严寒感到愤怒。是的，就是这样，冬天令人愤怒得忍不住来回跺地板；而在夏天，我真不知道除了没有能力支付房租，还有什么值得人生气的。但不能支付房租，这和美丽的夏天并没有什么关联。我不再生气了，我想，我已经失去了愤怒的能力。现在是晚上，而愤怒属于明亮的白天，它是红色的、火热的，或其他类似的东西。明天我要和我的女房东谈谈。”

第二天早上，西蒙把头探到女房东房间的门口，刻意抬高语调问女房东是否有时间和他谈谈。

“当然可以了！您找我什么事？”

西蒙说：“我付不起这个月的房租了。我并不想尝试让您理解我有多尴尬、多愧疚，每个人在这种情况下都会说些愧疚的话。请您相信，我会努力想出办法，设法弄到一笔钱，尽快还清我欠的房租。只要我愿意，我可以从一些相识的人那里借到钱，可我内心的骄傲不允许我这么做。然而我乐意从一位女士那里接受这样的恩赐，因为在女士们面前，我对尊严的理解是不一样的。您可否——我是指您，魏斯太太——借一笔钱给我，除了房租的钱，另外再增加一小笔用于接下来生活的费用？——您现在是不是觉得我特别不知羞耻？您在摇头。我觉得您是信任我的。您能看到，我在提出这种无理而过分的要求时羞得脸都红了，您这时也不无尴尬地看着我。我就是这样，尽管有些畏惧，我还是习惯于快速做出决定并执行。我乐意接受一位女士给我预支一笔钱，因为我不会欺骗女人。当有必要时，我有可能会毫不留情地欺骗男人，但我从不会欺骗女人，请您相信我。您真的要借这么多钱给我吗？这些钱足够我生活半个月了。半个月后我的处境就会改善不少，太谢谢您了。您看，我就是这样的人，我极少向一个人表达自己的感激之情，我在道谢这方面非常笨拙，没有经验。但我还是要说，我也会做些令人欣慰的事。有时只要有可能，我会拒绝人家的好意。令人欣慰！我此刻真正理解了什么是令人欣慰的事情。我本不该接受这笔钱，唉。”

“您就是一个令人欣慰的人!”

“那么，我就接受了。您千万不用担心拿不回这笔钱。我非常高兴能借到这些钱，只有傻瓜才会不在乎钱。”

“您又要出去了吗?”

西蒙这时已经走到门口，但又折回他的房间。他已经得到了他想要的，他不愿意再谈论这个话题，或者说他做出不想再谈论此话题的样子。在有人提供帮助后，他并不愿意不停地道歉或是许诺。如果有一天他是施与者，他也不需要对方的道歉或是承诺誓言，他绝对不会想到这些。在他看来，人要么出于信任和同情赠与别人些什么，要么由于反感，干脆给求助者一个冷脊背。“我完全不会反感她，我发现，她借给我钱时心情是愉悦的。一个人的行为举止可以表露出她的内心意愿。她乐意帮我，说明在她眼里我应该是个还不错的人。人一般不会帮助不喜欢的人，因为他不想和这样的人有什么关系。偿还债务这项义务会把人捆绑在一起，让彼此接触，互相信任，不得不互相接近，而且会一直走得那么近。如果一个厌恶的人欠自己的债，这是多么令人扫兴的事情啊。这些人简直骑在了债主的脖子上，让债主想要免除他们的债务，只为了能够摆脱他们。能够不用担忧、迅速地得到帮助，这真令人高兴，这证明身边的人并不反感自己。”

西蒙把拿到的钱放到背心小口袋里，走向窗口，看到楼下的窄巷里有一位黑衣女子，她似乎在寻找什么东西。女人抬头向上望去，恰好与西蒙四目相对。她长着一双深色的大眼睛，非常有女性特征的妩媚眼睛，西蒙不由得想到了克拉拉，他很久没有见到克拉拉了，几乎已经忘记了她。但这名女子不是克拉拉。女人穿着别致的衣裙，在矮墙之间款款而行。在小巷里，这道美丽的身影与污渍斑斑的矮墙形成了鲜明对比。西蒙本想向她喊一声:“克拉拉,是你吗?”但那道身影已经消失在一个角落里,除了一丝忧伤的气息,女人没有在小巷里留下任何痕迹,这种忧伤的气息是一切美好事物离开昏暗污浊的环境后都会留下的。“如果在她抬头向上望时,向她掷下一枝深红色的大玫瑰花,她弯身捡起,这一画面该多美啊,也很符合当时的情境。她会对此微微一笑,并对在这样寒酸的小巷里收到这样一份礼物而感到惊喜。玫瑰很适合她,玫瑰之于她,如同哭着恳求妈妈的小孩和他的妈妈。可是,如果一个人需要从别人那里借钱,又怎能买昂贵的玫瑰呢,又怎会提前知道,恰好在上午九点钟有一位漂亮的女士穿过小巷,还是一条光线最最昏暗的小巷,而这位女子又是我曾见过的女子中最高雅美丽的一位呢?”

西蒙脑海中不断浮现出刚刚那个令他回忆起久已忘却的克拉拉的女人,之后,他走出房间,跑下楼梯,走在大街上,无所事事地度过了一整天。傍晚时分,他来到这座城市很偏远的一个区域,工人们住在看似高大漂亮的房屋里,但倘若仔细观察,便会发现房屋有许多破败之处,包括墙壁、简陋的窗角和房顶。这些建筑并未使这里的环境变美,相反丑化了这片区域。附近的森林和草地与高大却又寒碜的房屋形成了强烈反差。西蒙还发现了许多小巧低矮的村屋,它们坐落在这个区域,就像孩子在母亲温暖的怀抱里。这座村庄是被森林覆盖着的山丘,下面有可以通火车的隧道。夜晚的月光照亮草地,西蒙感觉自己此时置身于乡下,城市的喧嚣已完全被抛在他身后。他并未感到工人们的住房丑陋,相反,他觉得这幅城乡接合的画面很美。当西蒙穿过一条光秃秃、铺满石子的道路时,看到路两旁有茂密的草地,他觉得这样的场景非常特别。当他在草地中穿过一条沾着泥土的窄路,他知道这里其实仍属于城市,并非乡村，可这又有什么关系？“工人们住在这里还是很不错的，”他想，“他们的窗外就是森林，可以看到满眼绿色。当他们坐在小小的阳台上，就可以享受清新扑鼻的空气，可以看到山丘和葡萄园的全景。当新的高楼最终取代这些旧楼，人不由得会想到，这个世界不是永远静止不变的，人类永远在变化和活动中，尽管在此刻看来这并不是一幅美好的画面。这片城区一直很美，在这里，大自然的勃勃生机与此地独有的建筑风格融为一体。因此，开垦这片遍布森林和草地的城区，最初似乎是野蛮残酷的，但每个人最终都会喜欢建筑物与大自然融为一体的景象，在路过时张望一下引人入胜的房屋的墙壁，从而完全忘记自己之前对此毫无意义的批判。人们并不需要像建筑学家对老房和新房加以比较，两种风格都各有千秋。当我看到一栋房子，我不会因为它不够美观，就认为它应该被推倒。它明明还很稳固，有许多感情丰富的人住在那里，曾经有很多双勤劳的手将它建起，那么它就是一个值得尊重的存在。那些寻求美的人应该要知道，只在这个世界上追寻一些美丽的事物是远远不够的，与欣赏一件漂亮的古代艺术品产生的幸福感相比，世上还有许多其他事物值得去追求寻觅。譬如，穷人也会努力争取和平，我称之为一些社会问题，同样值得去探寻。这比纠结于一栋房子是否与周围的景色相称更有意义。世上怎会有那么多夸夸其谈的无用头脑？当然，任何一个在思考的头脑都很重要，任何一个被提出的问题也都极其珍贵，但它们必须首先是正直的、值得尊重的。在解决伟大的艺术问题之前，首先要解决生存的问题。但目前来看，艺术问题同样也是生存问题，而生存问题在更崇高的意义上也是艺术问题。目前我当然会这么想，因为我就面临着接下来如何生存的问题。我靠抄写地址来赚取微薄的日薪，那么我对高高在上的艺术便无法产生共鸣。

目前看来，艺术于我而言是这世上最不重要的东西。事实上，人应当想一想，艺术要如何对抗生生不息的大自然。当需要塑造一棵繁花盛开的大树，或是画出一张人脸时，艺术应该使用怎样的手法？好吧，囊中羞涩这件事令我有些懊恼，我的思绪又飘到了远方，不，不是自上而下，更像是自下而上地思考，就像从一个巨大的深渊里飘出去。总之，我习惯对一些事评头论足，我也很忧郁，这都是由于身无分文的缘故。我要想办法弄些钱了，这本来是相当容易的事情。借到的钱并不属于自己，人要自己赚钱，甚至去偷，或者得到别人的馈赠。——此外还有一个原因：现在是傍晚！我通常在晚上都很疲倦，总是垂头丧气。”

西蒙走在草地上思忖着，这时，他走到一条陡立的街道上，在一栋房子前驻足，看到敞开的窗前映出一张女人的面庞。西蒙望着女人的眼睛，就像望着一个遥远而深不可测的世界。一个熟悉的声音向西蒙喊道：“啊，西蒙，是你！快上来！”

原来是克拉拉·阿加帕亚。

他跑上前去，看到克拉拉穿着深红色的裙子坐在窗边，身上精致的布料只遮住了一半手臂和胸脯。与他上回见到她相比，克拉拉的脸色变得更加苍白，她的眼里仿佛有一团火在燃烧，但双唇却紧紧抿在一起。她微笑着握住了西蒙的手。她的膝盖上摊开一本书，看上去是一本刚刚开始阅读的小说。起先，克拉拉并没有马上讲话，她看上去很疲惫，似乎有些不好意思说话。很显然，她对眼前这位年轻的朋友已有了一种陌生感，她在努力尝试着摆脱这种感觉。她微微张开嘴，似乎想使自己的表情显得柔和一些，看上去却像在哭一样。在克拉拉摆脱羞涩，开口讲话之前，她优雅、修长、丰满的双手仿佛在代替她讲话。她并未像很久不见那样打量西蒙，而是只盯着他的眼睛，西蒙平静的眼神令她情绪稳定下来。克拉拉又抓起西蒙的手，终于开口了：

“把你的手给我吧，让我到你的身边来，就像来到我的孩子身边，我的孩子非常熟悉我的一切，譬如他能辨认我从隔壁房间向他走近时长袍发出的沙沙声，他的目光总是追随着我。看着他的目光，我不需要说任何话，甚至不需要在他耳畔轻声讲出我的秘密，他就能理解我的一切想法；他的一举一动，不论是坐着、来回踱步、站着还是躺着，都在告诉我，他的所有心思和情感都在他的母亲身上，他努力尝试着理解他的母亲；看到他，我就忍不住弯下身来，到他的脚前，把他松开的鞋带系好；当他勇敢又乖巧的时候，我会亲他一下；我愿意告诉他所有的秘密；尽管他像一个小小的背叛者，很长时间以来都忽略了他的母亲。而作为母亲，我还是想把一切都给他。就像你，就像你一样，他可能忘了他的母亲。不，你永远都不可能忘记我。尽管你很可能努力尝试摆脱对我的想念，但当你遇到一个女人，即便她只有一小根头发与我的相似，你也会想起我来，你想要找到我。当你遇到与我相似的女人，比如在石阶上，突然有一扇翼门向你打开，引你进入一个房间，让你体验重逢的喜悦，你会不会因为激动而浑身颤抖呢？重逢是多么令人愉快的事情啊！当有人在街上，或是在乡村里走散了，一年之后又不期而遇，在这样的一个夜晚，当钟声敲响时，人们已经有了重逢的预感，于是会紧握对方的双手，不再谈起曾经的分离及分离的原因。把你的手给我吧！你一点都没变，你的眼睛还是那么漂亮。现在我来给你讲讲我们分开后我的经历：

你知道的，我们三人，你、卡斯帕尔和我，去年夏天不得不离开森林里的住所，在你们兄弟二人离开消失后，我不知道自己该何去何从，于是我在城市的脚下租了一个漂亮的房间。我一直在思念你们，内心焦灼不安。临近冬季，我生活的环境变得灯红酒绿，那时我几乎忘记了一切，令自己暂时沉浸在各种享乐之中。那时我还剩有一小笔财产，不过与当地的生活水准相比可谓是一大笔钱财了。我花了这笔钱，而且意识到：人时常需要一些迷醉及享受，才能使自己拥有更多的生活热情。我在剧院里有一个包厢，但剧院远远没有舞会那么令我感兴趣，在舞会里，我能够感知到自己的美丽，在那里我心情愉悦。年轻的男人都围着我转，而我却目空一切，不去理会他们中的任何一人。我总是想着你们俩，经常期待着会在众多毫无男子气概的仰慕者中看到你们冷静的脸庞与温和的举止。这时，一名肤色黝黑的男子向我走来，他是技术学院的大学生，外表像土耳其人，看起来憨厚笨拙，但长着一双深邃得可以迷惑人的大眼睛，他邀请我共赴舞池。我们跳了一支舞后，我在灵魂和肉体上都被他占有了，我成了他的女人。当女人迷醉于一时的享受，这种男人只能在舞厅里征服我们女人。倘若我在另一个地方遇到他，或许我只会嘲笑他。从第一眼见到我起，他就表现得像是我的主人一般，我对他的胆大放肆感到吃惊，而我却不懂得保护自己。他总是命令我：你要那样做，你现在得这样！我都服从了。当我们女人深陷情劫，就会变得尤其听话顺从。于是我们接受并容忍一切，或许是出于羞耻及愤怒，我们甚至希望自己的爱人比他的本来面目更加残酷，如此我们也就习以为常了。此人把我最后的钱财完全当作是他自己的，而我也这样认为，我把钱都给了他，把一切都给了他。等他把我压迫剥削够了以后，有一天，他要回他的国家，回到亚美尼亚去。而他的奴仆，也就是我，并没有阻止他离开。尽管只有我不再爱他了，才会想让他离开。我那时觉得他做的任何事都是合理的。我的自尊和骄傲也不允许我阻止他。所以，当他吩咐我帮他准备动身时，我又顺从了：我对他的爱使我总是习惯于顺从。在离别时，我亲吻了他，他却不再看我一眼，然而我也不因此感到屈辱。他说出了我的希望，说如果他的条件允许，今后会把我带到他的家乡，和我结婚。我感觉这是一个谎言，但我并不感到难过。那时，在这个男人面前，我的内心总是喜悦的。后来，我发现自己有了他的孩子，是一个女孩[1]，她现在正在隔壁房间里睡觉。”

克拉拉停顿了一会，对西蒙笑了笑，接着说：

“那个人离开后，我不得不再找一份工作，我为一名摄影师做前台接待。通过这份工作我有机会接触许多人，几乎所有的男人都这么看待我：‘她是那么的温柔，她很适合做贤妻良母！’但我不愿意为任何一个人做什么贤妻良母！我微笑着拒绝了很多人的求婚。我的工作收入不错，使我有能力留下一些自己喜欢的漂亮衣服，这对今日的我是必要的。我的老板是一个值得尊敬的人，他交给我相对轻松的工作，我在工作时就像深处于一个美梦之中。我在客人面前总是容光焕发，面露微笑，这样的我很讨人喜欢，所有人都喜欢我。于是，我吸引来的顾客越来越多，老板给我涨了薪水。那段时间我是幸福快乐的。但后来这一切都消逝了，只留下甜蜜美好的回忆。渐渐地，我又感到痛苦难过，那时天上飘着雪花，地面白皑皑一片。每天晚上走在积雪的街道上，我就会想起你们兄弟二人，想起你和卡斯帕尔，也常常想起赫特维西，那个我特别感激和敬重的人。我那时想：‘无论如何，我也应该给她写一封信。而她后来没有回信，

1. 原文为女孩，疑有误。本书编者后记中也提到小说中有一些细节方面的疏忽。克拉拉的孩子时而是男孩，时而是女孩。

不过这样也好。'当我这样想时，我的自我感觉也很不错。我越来越满足于现状，我总是慢慢地踱步，感觉自己的每一步都是那么惬意舒适。接着，我退了位于市中心的房间，在这里租了房子，就是你现在看到的这个地方。我每天早晚乘坐电车往返，在车上，我总是吸引着其他乘客的目光，这使我浑身不自在。车上许多人不由自主地与我攀谈，有些人只是为了能够和我说句话，另有一些人想和我交朋友，但我对他们并没有兴趣。我一直觉得人与人之间的关系要从最初的接触自然而然地开始。我的态度是拒绝的，但同时我也很温和。那些男人们呐，他们总是向我搭讪。他们就像些好奇的孩子，总是想知道我做什么，住在哪里，认识些什么人，中午在哪里吃饭，以及每晚习惯做些什么。他们在我眼里不过是些善良而冒失的孩子。当时的情形就是这样，我没有遇到什么粗鄙之人，我也不会遇到这样的人。他们当中没有不知羞耻之徒：在他们眼里，我既是一个有魅力的女人，也是一个病态的女子。有一次，一个看上去很聪明俏皮的小个子姑娘和我攀谈，就是罗莎，你也认识她。她向我袒露心扉，向我讲述她的生活及她所有的痛苦，于是我们成了要好的朋友。后来她结婚了，尽管我曾经劝阻过她。她现在还常常来看我，看我这个'穷人的女王'!"

克拉拉又沉默了一会，像个孩子一样好奇地看着西蒙，接着说下去：

"'穷人的女王'！是的，这个称呼很适合我。你有没有看到你的克拉拉穿得多么隆重华丽呢，这件衣服是我舞会服装中的一件：后背处开口很低！作为一名'女王'，我非常努力地装扮自己。我这一阶层的人喜欢这样的着装，她们懂得什么是高贵奢华，在她们当中只有华丽的舞会礼服，而没有布满污渍的灰白女装。倘若某人想要对他人有影响力，他就要在外表上引人注目。亲爱的西蒙，请继续安静地听我讲。你真是一个很好的倾听者，你很懂得如何倾听别人的讲述，这一点无人能及！这是你的优点之一！当我向你倾诉的时候，我总是有一种很美好的感觉：在我搬到这个偏僻的城区后，我渐渐学会了去爱那些穷人，他们被强行驱赶到这世上黑暗的边缘，他们被称为氓流，他们的世界也被贴上充满渴望与艰辛的标签。我觉得我很有必要留在这里，没有任何人强迫，也没有任何功利的目的，我下定决心留在需要我的地方。倘若我今天要离开他们，这些人会难过痛哭，是的，这里的男女老少。起初我有些厌恶反感他们的邋遢污浊，可后来我发现，这些污浊在近处并没有像从远处看起来那么令人反感。我学会了用自己的手甚至嘴去亲近这些孩子，当然，他们的脸也不是那么干净。我还使自己习惯去握工人及短工们粗糙的手，这样我很快便会感受到这些人把手递给我时的温暖及善意。我还发现了这世上很多可以令我想起你们，想起你和卡斯帕尔的事物。总之，有许多美好的感觉吸引我做这些人的女主人及监护者。这是一件既简单又困难的事。特别是那些女子！为了要说服她们改正缺点或是严重的错误，使她们渐渐乐意摆脱那些不光彩的事情，我需要做很多努力。我让她们渐渐习惯祈祷和保持整洁卫生，她们最初有过踌躇及怀疑，但最终她们从中找到了乐趣。我的容貌使男人们更乐意服从我的管教，他们更听我的话，擅于理解我对他们的教导。你知道吗，西蒙，我能成为这些穷人的教育者，这令我感到多么幸福啊！人并不需要太多学识才能帮助那些需要引导的穷人。是的，知识不是最重要的。这里需要的是积极参与的勇气及兴趣，需要自信及善良，需要激情。我已习惯用底层人民乐意接受的语言来简单易懂地解释我拥有的知识，并教给他们。我常常要使自己适应他们的想法及感情，尽管往往与我自己的喜好相悖。只有这样，我才能成为他们的领导者，渐渐地，这些也变成了我的喜好。当一个人想影响他人，首先要能不被察觉地被对方所影响，只要用心，养成习惯，这并非难事。在我刚生完孩子不久的某一天，我躺在床上，忍着疼痛看着旁边熟睡的孩子，几个女人和女孩来照顾我，她们悉心照料我，直到我又能站起来。在此期间，这些女人的丈夫们也关切地打听我的情况。当他们再见到我时，他们突然眼前一亮，似乎觉得我比之前更美了。那时正值春季，我刚刚生育不久，还很虚弱地坐在房间里，他们竭尽所能地给我带来了所有的鲜花，使我仿佛置身于花海。他们就是以这样的方式来尊敬他们的'女侯爵'。附近一个年轻而富有的男人经常来探望我。他总是坐在我的脚边，这令我感到很不自在。我觉得他这样做是出于对我的尊重，而他说这是他对我的温情及爱意的体现。一天，他向我求婚，恳求我做他的太太，我指指旁边的孩子，暗示他这并不可能，但我的这一举动反而鼓舞了他在接下来的几天重复他的求婚行为。最终，我还是被他打动了。他向我倾诉他的生活多么空洞乏味、忙碌奔波，我很同情他，答应了做他的妻子。他对于我的一切，即便是我的一个目光都充满了仰慕之情，我每时每刻都能感受到他对我的爱意。倘若我拒绝求婚，对他说：'阿图尔，这不可能。'他定会面色苍白，我甚至担心接下来会有不幸发生，他在我面前是那么的无助，我没有勇气令他更加不幸。何况他很富有，而我则需要金钱来帮助我的穷苦民众；他能帮助他们，因为他愿意做我想要的一切。他不让我请求他，而是请求我对他发号施令，他就是这样的人。他马上就要来这里了，我会向他介绍你。你想离开了吗？从你的表情来看，你想离开这里，那就离开吧，或许这样更好。是的，这样更好，否则他有可能会怀疑、不信任我，他在这方面很骇人。当他看到一名年轻男子在我身边，他可能会把头往墙上撞，撞得头破血流。另外，有你在，我也不想看到其他人；而当别人在时，你最好不要同时在旁边。我只想单独与你相处，那时你只属于我。我还要给你讲很多事情，告诉你这一切是怎么发生的。我总是滔滔不绝，但又有多少话是一针见血呢——现在你走吧。我知道，你很快还会再来的。把你的地址留给我，我会再给你写信的。保重!”

下楼梯时，西蒙碰到一个走得飞快的身影：“此人应该就是那个阿尔图吧。”他想了想，然后继续上路。天色渐晚，他在田野上踩出了一条细长的小路，走了几步之后，又转身折回去，看到那扇窗户已经关上了，深红色的窗帘也被拉上，灯光摇曳，灯应该也是刚刚点亮的。窗帘后有一个身影在走动，看得出是克拉拉的身影。西蒙一边沉思，一边慢慢继续向前走去，他并不急着去城里，城里并没有什么人在等他，而明天他又要去写字行抄写了。也是时候紧张努力地工作，赚些钱了。他或早或晚又会获得一个新的职位。当西蒙想到“职位”这个词时，他忍不住笑了。西蒙到达城里时，天色已经很晚。他走进一家仍在营业的喜剧歌舞厅，想要消遣放松一下，但立刻发觉里面单调乏味。一名滑稽演员出场了，西蒙恨不得这名演员和其他普通演员一样立刻在观众面前消失，滑稽演员的表演简直令人忍不住想给他一记耳光。噢，不！西蒙很快对这个可怜虫充满了同情，滑稽演员几乎把双腿、手臂、鼻子、嘴巴、眼睛，甚至包括瘦骨嶙峋的脸颊都要扭歪了，只为了达到一个目的：使自己显得滑稽诙谐！他有时大喊一声“哎”，有时又爆发出一阵大笑“哈哈”！西蒙仔细地打量着滑稽演员，猜想对方一定是一个老实、勇敢，但并不怎样聪明的人：他在舞台上的演出令人觉得十分蹩脚，只能取悦一些低俗之人。西蒙想，这位滑稽演员很可能不久前还在从事一份安稳的固定工作，或许因为疏忽犯错被辞退，这种推测令西蒙心情黯然，也心生反感。随后，一位娇小的年轻女歌手身穿骠骑兵军官[1]服装登场。西蒙感觉这个节目很精彩，至少这位姑娘的演出有艺术风格。紧接着出场的是一位杂技演员，他把瓶子放在鼻尖保持平衡，显得既粗鄙又好笑，或许他表演把软木瓶塞从瓶子上拔出会更优雅些。接着，杂技演员又把一盏燃烧的灯放在自己平坦的头顶上，要求观众把这盏灯想象为一件艺术品。后来，西蒙又听了一个年轻人唱歌，他觉得这首歌很动听，伴随着美好的歌声，西蒙离开了酒馆，走到街上。

街上只有零星几人。街边小巷里似乎有人在争吵，是的，西蒙走上前去，看到一幅混乱的场景：两名年轻女孩在互相殴打，一个赤手空拳，另一个手里拿着一把红色的小遮阳伞。一盏孤零零的路灯照亮了这一幕，使得两个女孩的脸忽明忽暗，她们的帽子及衣服在殴打中被撕破了。两人不停地嘶喊，这令西蒙感觉她们仿佛不是因为生气，而是因为痛苦而喊叫，或许是羞耻感令女孩们变得如此野蛮。她们打斗虽然激烈，但持续的时间并不长久，警察很快出现并及时制止了这场争斗。警察押走了两个女孩，这名警察像是一位穿着优雅的绅士，不明所以者会误认为是他导致了两名女孩打架。一名邮差在旁边向人讲述着这一幕，并显得洋洋得意。女孩们经过时把怒气都撒在了邮差身上，于是他一溜烟跑开了。

西蒙走在回家的路上，当他回到所住的小巷时，他看到一群人在大声说笑喊叫，一个女人引起了夜猫子们的注意，她在用一根鞭

---

1. 骠骑兵是16—18世纪盛行于欧洲中部地区的骑兵军种，以匈牙利最为有名，19世纪中叶后衰落。

子抽打着一名醉汉，醉汉看上去是她的丈夫。接下来，醉汉被女人从一家小酒馆里拖了出来。女人歇斯底里地大喊大叫，当西蒙走近时，她大声向西蒙抱怨自己的丈夫是多么无赖。这时，突然有人从房顶上泼下水来，房子下面人们的脑袋及衣服都被淋湿了。这一行为属于这块老城区的旧习俗，有人会把水泼在嘈杂的“夜猫子们”的头上和身上。这一习俗的年代已经相当久远了，但遭受这种待遇的人总感到又惊又气。所有人都在咒骂屋顶上穿着白色睡衣的女人，她站在屋顶的窗边，俯瞰下方，像一个恶意满满的幽灵。西蒙冲在所有人的前面，向上大喊道：“楼上的女士或者先生，您怎能做出这种事情呢？如果您家里的水太多，那么您大可把水倒在您自己的头上，而不是泼到别人头上，您的脑袋瓜或许更需要这些水。在后半夜把街道弄湿，暗中把别人的衣服淋透，这是很有教养的行为吗？倘若不是您在上面，我在下面，我真想在您头顶的苹果上咬一口，让您的嘴边都流涎。在仁慈的上帝面前，我想对您说，如果这世上有公正可言的话，您应该为我肩膀上溅到的每一滴水都支付一个塔勒，这样您就会对泼水这件事失去兴趣了。快回去吧，楼上的‘幽灵’，不然我就顺着墙爬上去，去看看您到底是男是女。被泼水激怒，这会使人同样变成魔鬼。”

西蒙沉浸在自己的挑衅话中，他大声喊叫着、骂着，这令他觉得很畅快。之后，他很快上床睡觉了。总是过着千篇一律的生活，这真无聊。从明天起，他决心要成为另外一个人。第二天，西蒙坐在写字行里忙碌着，他时不时想起克拉拉，于是变得心不在焉，不断疏忽犯错。写字行的秘书，即曾经的监督员，严厉批评警告他：如果还像现在这样不认真细心完成任务，他今后就接不到任何活计了。

第十八章

秋天来临。西蒙之前常常在炎热的夜晚穿过小巷，现在他依然穿行于此，但季节转换，天气变得阴冷。西蒙知道，即便自己不去瞧，外面的树叶也一定都已纷纷落下，落在草地上。他在小巷里能够感觉到这些。在一个阳光明媚的秋日，克劳斯来看望西蒙，因为写论文的计划，他要来这个城区待上一天。兄弟二人一起来到高高耸立的山丘田野上，在灿烂的阳光下，两人沉默不语，都在小心翼翼地避免谈起过去的那些话题。他们沿着田野小路穿过森林，又走到漫无边际的草地，有棕色斑点的母牛在草地上吃草，克劳斯惊叹草地上的草仍然如此葱绿茂盛。西蒙很喜欢一个人沉思，但像现在这样也很不错：他与克劳斯一起静静地在秋天的洼地上漫步，听着牛群的铃声，偶尔谈论几句，更多的时候他们并不交谈，而是望向远方——他显然更喜欢这样的状态。随后，他们不徐不疾、心情愉悦地爬上山丘，走到森林中。克劳斯饶有兴致地观察着每一根树枝、每一颗浆果，他们不知不觉走到了高处。走到森林的边缘时，一幅美得无以言说的秋日傍晚的落日景象映入他们眼帘，他们又向下望去，看到一个山谷，山谷里有一条蜿蜒曲折、波光闪耀的河流。目光再穿过黄色的树冠及前面的森林，可以看到一个棕色山丘之中的小村庄，村庄里散布着许多红色屋顶的房子，任谁看了都会觉得非常美。西蒙和克劳斯在草地上坐了许久，他们长久地沉默着，一言不发。他们望着这片广阔的山区，听着远处传来的钟声，发现周围总是有各种声音传来。他们不再去听钟声，而是心平气和地开始交谈，这样的对话不会被记录下来，没有任何其他目的，只是出于消遣，但是谈话的内容令人印象深刻，日后难以忘怀。克劳斯说：“你知道吗，只要想到你一切都很顺遂，我就会非常高兴满足。那么，我就有信心认为你也是一个实现了自己目标的有用之人，这使我内心感到尤为欢喜。你和其他人一样，也想得到他人的尊重，而且你需要更多的尊重，因为你有着别人没有的特点，你想要的更多。其实你不必想要得到太多，也不需对自己有过高的要求。相信我，这对你没有好处，而且这种野心最终会使人变得冷漠无情。生活中的种种事情不可能都如你所愿，但你也不能因此一直生气恼火。这世上总会有人与你意见相左，太高远的决心和打算会早早地侵蚀一个人的内心，这当然是一件坏事。你似乎还有很多奋斗的乐趣，奋力追逐实现一个目标，会带给你很多乐趣，然而这并没有什么意义。让每一个日子都静悄悄地、自然而然地流逝吧，也请为你自己过得舒适而感到自豪吧，人本应如此。我们有责任在其他人面前活得正直而有尊严，这会使我们活得更容易些。我们现在生活在一个宁静、注重思想的文明时代，这个时代不需要热血沸腾的好斗之人。我不得不说，你身上有一种野性，但为了生存，你也会变得温和，这种温和是你周遭的人施加于你的要求。许多本会伤害到你的事物并不能够伤害你，但你又使自己被生活中一些极其平常的事所伤害。你必须尝试与周围的人保持一致，这样你才能生活得更好。在你满足他人各种各样的要求时，你孜孜不倦，不知疲惫，从而赢得他人对你的喜爱，而你又感到有必要证明给他们看，你值得他们喜爱。正如你现在这样，东游西逛，有着一个普通公民，或者说一个男人不该有的念头及渴望。我总是为你筹谋打算，考虑你能做些什么，使你安定下来，但最终看来，我还是应该放手让你按照自己对生活的设想去工作，建议往往徒劳无益。”——西蒙回应说：“你为什么要在这样美好的一天忧心忡忡呢？你看，我们望望远方，便会觉得生活是那么幸福。”

于是，他们开始聊起大自然的风光，忘记了之前的沉重话题。

第二天，克劳斯离开了。

转眼秋去冬来。不论一个人有好的秉性，还是有无法改变的性格缺点，时光都会转瞬即逝，这是多么神奇。在时间的流逝中，人会感知到生活的美好、易逝及对每个人的宽容。不论是在乞丐还是共和国总统，女罪犯还是贤妻良母们面前，它都一样会流逝。时间令人觉得很多事情都微不足道、毫不重要，因为它向人们展示了什么是崇高及伟大。人类所有的生活和努力、所有的自我感动都是为了什么呢？被追求的事物根本不会在意一个人会成为了不起的人物还是一个浅薄无用之人，亦不会在意人们所期待追求的对象是否正确合理。那么，为了达到一定目标的自我努力又有什么意义呢？西蒙非常喜欢这一季节带给他的思索。一天，昏暗阴沉的小巷里飘起了雪花，西蒙看到大自然永恒交替的变化时总是非常喜悦。他想：“下雪了，这说明冬天来临了，我这个傻瓜竟然曾经以为自己不用再经历冬天了。”西蒙感到自己仿佛置身于童话中，他想象着：“在很久很久以前，有许多雪花飘啊飘啊，慢慢飘落到地上，因为它们没有其他事可做。许多雪花飘落到田野上，停留在那里；另一些飘到屋顶，也停留在那里；还有少许飘落到匆匆赶路的行人的帽子上，然后被行人抖落；还有些许飘落到拉着马车的马身上，飘到马忠诚、可爱的脸上，停留在马匹长长的睫毛上。有一片雪花飘到一扇窗子里，西蒙不知道雪花要做什么，它只是静静地待在那里。小巷里下雪了，那么森林里也一定在下雪，噢，森林里现在一定非常美。人们可以走到森林里去，希望雪一直下到傍晚点灯时分。很久很久以前，有一个非常黑的人，他想把自己洗干净，但是他没有肥皂水。当他看到外面在下雪，就走到大街上，用融化的雪水来洗澡，于是他的脸变得像雪花一样白。他四处炫耀这件事情，然而之后他开始咳嗽，这个可怜人咳了整整一年。直到第二年的冬天，他去爬山，爬到大汗淋漓时，他还在不停地咳嗽。这时，有一个小孩来到他身边，这是一名小乞丐，他手里捧着一片雪花，像一朵美丽的鲜花。'吃了这片雪花吧。'孩子说。高个男人吃了雪花，于是他的咳嗽停止了。这时太阳落山，周围一切都变得漆黑一片。小乞丐坐在雪地上，但他并不觉得冷。他在家挨了打，但他并不知道自己为什么挨打。他只是一个非常懵懂的小孩，他光着小脚丫，也不觉得冷。小孩的眼里闪着泪光，但他并不知道自己在哭。也许夜里他会冻僵，但他什么都感觉不到，他太小了，因而无法感知一些事物。上帝看到了这个小孩，但小孩并没有触动到他，上帝太大了，因而也无法感知到一些事物。"

房间里非常寒冷，尽管他起床后并没有什么事情可做，但西蒙还是决定在这段时间逼迫自己早早起床。起床后，他只需咬着牙站在那里，总会有些事情可做的。为了打发时间，他可以按摩一下手或者后背，或者试着用手在地上爬。他得做各种各样的意志训练，即便是最最可笑的事情，如此一些无聊的想法念头就会被赶走，还能把身体锻炼得更强健。每天早上，西蒙都用冷水洗澡，从头到脚，直到全身变热。外出时，西蒙也刻意不穿大衣，他想在这个季节训练自己的意志力。当他坐在桌边阅读时，他用大衣裹着脚取暖。他为自己置办了一双宽大结实的鞋子，像军队中新兵穿的那种鞋，以便随时可以在厚厚的雪地中越过山丘。他明白自己不应再去考虑优雅考究的鞋子。穿着这种厚实的鞋子，他可以稳固地立于世间。现在最重要的便是待在上面，站稳脚跟。如果他不低下头，定会发现一些他唾手可得的东西。可以从头开始，从最初开始，就算重复五十次，又有什么关系。他只需要有期盼的眼神及期待的心情，随后，他将要拥有的东西便会出现并来到他面前。

在这段时间里，他就像一个丢了钱，决心要把钱找回来的人，但他又不为此付出任何努力，只是有此决心，却什么都不去做。

临近圣诞节，一天，西蒙爬到山上，这时正值傍晚，天气十分寒冷。刺骨的寒风在他冻得通红、有些肿胀的鼻子和耳边呼啸。西蒙脚下的路正通往克拉拉曾经居住的位于森林里的房子，现在这里已经被人踩出一条路来，随处可见人为改造的痕迹。他看到眼前有一幢很大却并不精美的房子，这里曾经是那间木屋的位置，过去西蒙经常来到这座小木屋，拜访住在这里的那位与众不同的善良女子，那时卡斯帕尔也常常在这里作画。如今这里已经建成了一座居民疗养院，正如西蒙所见，里面的客人络绎不绝，好些衣着考究的人进进出出。西蒙犹豫着要不要走进去。这时，刺骨的寒风刮来，他马上想到挤满了人的温暖大厅会更舒适，于是他走入疗养院。一阵圣诞树枝散发的温暖而刺鼻的香气向西蒙迎面扑来，敞亮的大厅装饰着一棵棵葱绿的圣诞树，墙上还贴着墙纸。雪白的墙壁上画着些箴言格言，字体非常随意，又很容易识别。桌边坐满了形形色色的人，有些人欢声谈笑，有些人沉默严肃。其中有许多女人，但也有男人和一些小孩，零零散散地坐在一张小圆桌旁，或是围坐在一张长桌边。饮料及食物的香味与圣诞树的香气混杂在一起，衣着漂亮的女孩们走来走去，她们对客人非常礼貌，同时表现得坦然自若、气定神闲，看上去并不像服务员。西蒙感觉这些娇小漂亮的女孩们似乎只是为了做一个游戏才来到这里，或者说，她们就像是故意扮演成服务员，以便为她们的父母、亲戚、兄弟姐妹或是她们的孩子表演一下如何为客人服务。她们的举止既成熟又孩子气。大厅的另一端有一个被圣诞树枝环绕的舞台，可能是用来演出圣诞节戏剧或者其他类似的惹人喜爱的剧目。总之，这里的环境温暖，服务员对客人的态度也极为友好。西蒙独自在一张小圆桌旁坐下，等待着，看是否会有一个女孩向他走来，问他想要些什么。然而没有任何人过来，于是很长一段时间里，西蒙静静坐着，像所有年轻男子那样，习惯性地双手托腮。突然，一位身材颀长的女士向他走来，对他礼貌地点点头，然后扭过头大声提醒一名女服务员："你怎能让这位年轻先生等这么久呢。"女士笑着批评女服务员，她的语气听起来很温和，并不十分严厉，但西蒙还是可以看出她是疗养院的经理或是某位领导。

"很抱歉让您一直坐在这里等。"她转身对西蒙说。

"噢，这没什么好抱歉的。其实应该道歉的是我，因为我，您批评了您手下的女服务员。再说了，我也很乐意坐在这儿，在这里恰好没有人会关注到我。老实说：我在女服务员那里需要点单消费的东西少得可怜。"

"您想吃什么，喝些什么，就尽管点吧，您不需要买单。"女士说道。

"这种优待只是给我一人，还是给这里的所有人呢？"

"当然是只对您适用，我吩咐她们不向您收取餐费。"

她坐到西蒙身旁的棕色小桌边。

"我现在有些时间，能和您聊一会，那么为什么不和您聊聊呢。

您的眼睛告诉我，您是一位相当孤独的年轻人。它们还清楚地告诉我，它们的主人希望自己能够和周围的人建立联系。不知何故，我觉得您是一位受过良好教育的人。当我第一眼看到您时，我就想和您交谈。倘若我举着长柄眼镜仔细打量您，我可能会发现您衣冠不整，可又有谁想用眼镜去结识一个人呢？作为这家疗养院的经理，我乐意尽可能详细地了解我的客人都是些什么人。我不会根据一个人是否戴着破毡帽，穿戴是否整洁时尚去判断他，而是根据行为举止及个性去看待和评判一个人。随着时光的流逝，我越发坚信自己这样做是正确的。如果上帝对我仁慈的话，他也会阻止我变得高傲自大。倘若一名女商人不懂与人打交道，那么她的生意一定门可罗雀。了解越来越多的人会令人有什么变化呢，会让你对所有人都友好相待，而这不过是世上最简单的事情！在这个孤独的星球上，我们难道不都是兄弟姐妹吗？我们都是兄妹、姐弟或者姐妹。首先要有这样的思想，渐渐地我们还要行动起来，这会令人内心温暖！如果我面前出现一个粗鲁的男人或是一个愚蠢的女人，我会怎么做呢？我会很反感，并马上避开他们吗？噢，早就不会这样了。我会想：此人是令我不太舒服，甚至令我反感，他缺乏教养，也很狂妄，但我没有必要让自己表现出、也让他感觉到这些情绪。我需要稍稍隐藏一下自己的真实感受，他或许也会因此有所收敛，尽管他的收敛可能只是出于懒惰或愚蠢。为他人着想是友善之举，我内心虔诚地坚信，在这种时候不去抱怨指责对方是正确的。或者这么说吧：我们并不需要我们兄弟之中的每个人都是最聪明优秀之人，我们可以说，离我们比较遥远的一些人，也是我们的兄弟。我要求自己这样看待他们，内心也一直遵循着这一原则。许多最初在我面前耸肩、扮鬼脸，令我反感的人，他们现在都很喜欢我。我为什么不做一个仁慈而宽容的女基督徒呢？我们所有人或许比以往任何时候都更需要基督教，您瞧，我尽说些傻话。您在微笑，我很清楚您为什么笑。也许您内心所想是对的，我这样的人怎会和仁爱的基督教有什么关联。您知道吗，有时我会想：基督教的义务在我们这个时代变得越来越微不足道，几乎已经不属于我们人类的义务了，然而这种义务其实更为简单、更易执行。有人在叫我，我现在要走了。您在这里坐一会吧，我稍后回来。”

说完，她离开了。

几分钟后，她又走了回来，远远地就展开了新的话题，她对西蒙说：“这里的一切都是新的，您看看周围：一切都是新的，刚刚做好的，不会引起人对任何过往的回忆！通常每栋房子、每个家庭里都有一件旧家具，有些人还一直怀念和尊重过去时代的气息，因为人们觉得那些时代很美好，就像人们觉得一个送别的场景或是令人忧伤的落日景象很美一样。您在这里能看到一些类似的，或者哪怕是一点点的迹象吗？这在我看来就像一座通往神秘未来的、令人眩晕的拱桥。哦！展望未来要好过缅怀过去，当人思考未来时，也会做梦，这难道不是很奇妙吗？将热情和预感赋予将要到来的日子，而非已然逝去的时光，这样思考精妙的人难道不是更明智吗？未来的时光于我们而言，就像孩子一般，比亡者的陵墓更需要我们的关注，对于那些陵墓，我们只需用些太过夸张的爱修饰即可，我是说过去的岁月。现在，在设计服装这件事上，画家将表现出色，远方的人儿将优雅地穿上服饰，尽显体面与自由；诗人会为不被欲望吞噬的强者构想出美好的品质；建筑师将会发现一种极好的形状，足以赋予石块及建筑物令人着迷的生气。他进入森林，发现那拔地而起的杉树是多么挺拔、多么高贵，可不正是未来建筑的范本吗？通常，当男人在预感未来时，会丢弃许多卑鄙、下流、无用的想法。当他夫人的双唇靠近索吻时，他会在她的耳边窃窃私语，将他理解的想法倾诉于她，女人随之莞尔一笑。我们知道如何用微笑激励你们男人将想法付诸实践，我们认为，当我们用充满活力和魅力的微笑使你们意识到自己的任务之时，我们就已完成了我们的工作，相较于‘我们自己完成了什么’，‘你们做了什么’更能让我们感到高兴。我们一边阅读着你们写的书，一边想着：要是你们愿意再多做点，少写点就好了。

“一般而言，除了臣服于你们，我们不知道还有什么更有益的事了，我们还能做什么？我们是多么乐意这么做啊！但是，当然了，我已经忘了谈论未来，谈论暗黑水面上轮廓分明的桥体；谈论树木茂密的森林；谈论目光炯炯的孩子；谈论这无法言说的东西，总是吸引着人们像用网一样，用文字去捕捉它。不，我认为，现在就是未来。您难道没有发现，这里的一切都呼吸着现在的气息吗？”

“是的。”西蒙说道。

“外面正值严峻的寒冬，这里却是如此温暖，多么适合我们在这里展开对话。现在我坐在您身边，您是那么年轻，看上去又有些堕落。末了，我还疏忽了我的职守。您知道吗，您的举止是那么吸引人。真想立即给您扇上一记耳光，因为我有些暗暗生气，尽管您只是呆呆地坐在这里，却能如此奇妙地吸引人在一个雪天和您一起耗去宝贵的时间。您知道吗，尽管如此，您还是再坐一会儿，这对您而言肯定是不要紧的。我还得再对您说一次，现在我要去履行我的工作职责了。”

接着，她走开了。

趁着女士仍旧未归，西蒙打量了一下四周：台灯散发出明亮、温暖的光芒，人们在无拘无束地闲聊；一些人在匆匆赶路，夜色已深，他们还要下山赶去城里；两个年迈的老人惬意地坐在桌边，他们静默不语，引起了西蒙的注意。两位老人精神抖擞的面孔上长着花白的胡子，他们抽着烟斗，显出一副老派的样子。他们并没有说什么，聊天对他们似乎是多余的。两人时不时地四目相对，吸着烟管、抽动嘴角，但都非常平静，或许仅是出于习惯罢了。他们似乎是两个无所事事的闲人，却是精打细算的、有想法的、地位不凡的富贵闲人。当然，他们两个相互做伴，只是因为他们奉守相同的习惯——抽烟斗、散步、喜爱风、喜爱天气、喜爱自然和健康、相比聊天更喜欢沉默，还有他们的年龄和与之相关的一些特殊的小事。在西蒙看来，这真是两个令人尊敬的老头。看看那两人的目光，似乎充满了缜密的思考，煞是可爱，又令人忍俊不禁，但这样的目光并不会让人放弃对他们肃然起敬的态度，仅是他们的年龄就值得敬畏了。从他们的表情看得出来，他们有自己坚定的目标，有自己老到的经验，不再有什么争论。在关于自己的事情上，老人们不会让仅仅一个错误来困扰自己了。但是究竟什么是错误呢？如果人到了六七十岁，还将错误当作指路明星，那么这是一件不可指摘之事，不应为此事而失去年轻人对他们的尊重。这两个不寻常的人啊，无论如何都有点奇怪的习惯，一定都有他们自己的处事方法和原则，他们对此深信不疑，直至生命的最后一刻。他们像是发现了某样适于他们的法则，让他们得以平静地迎接生活的终点。“我们俩发现了你们的秘密。”他们的表情和举止仿佛在说这句话。西蒙觉得观察这两位老人，并努力猜测他们的想法非常有趣。观察了一段时间后，西蒙马上发现，这两人几乎一直形影不离，不会和其他人一起，也不会独自一人！永远都是这样！这是人们从两位白发苍苍的老人身上主要发现的特点。在生活中如影随形，很有可能在今后共赴黄泉：这似乎是他们的生活信条。事实上，他们就像两个遵循着信条渐渐老去，但仍生机勃勃、充满生活乐趣的人。当夏天又至，人们会看到他们坐在外面背阴的阳台上，也像现在这样神秘地嘴里塞着烟斗，静默不语。他们离开时总是两人同行，不会一人先动身，另一人随后，这对他们简直无法想象。是的，他们看起来怡然自得，任性而自得其乐。当西蒙从他们身边经过，望着他们时，就会这样想。

他的目光扫过形形色色的人，这时，他发现了一个英国家庭，这个家庭中的成员脸都长得很奇怪，有看起来像学者的男子，另有些人让西蒙完全猜不出职业。西蒙看到了两鬓斑白的老妇，还有一个女孩和她的未婚夫；他还发现有些人似乎很不喜欢待在这里；而还有些人，坐在这里却像在自己家里那么惬意自在。最后，大厅里显然已经空无一人。冬天的窗外狂风怒号，西蒙听到杉树树枝相互击打的沙沙声。森林离这幢房子大概只有十步之遥，西蒙在很久以前就知道这一点。

正当西蒙的思绪纷飞时，女经理又出现了。

她坐到西蒙的身旁。

她身上似乎发生了一些细微的变化。她握住西蒙的手——这有些出人意料。——接下来她轻声地说了些话，声音细若游丝，无人能听到，也无人能看到她在说话：

“人们渐渐地离开了，现在几乎没有人会干扰我坐在您身边了。请您告诉我，您是谁，您叫什么名字，是哪里人？您让人忍不住想问这些问题。在您身上人们会不禁产生疑问和好奇。这种好奇不是您自身所特有的，而是与您相对而坐的人为您感到惊讶。人们忍不住去询问，然后对您感到好奇，紧接着，人们渴望能听到您说话，并可以想象从您口中说出的话总是别有深意。人们会因为您而不由自主地感到忧伤。譬如我从您身边走开，继续去工作，在突然想到您时，会对您产生怜惜。这不是同情，因为您根本不会引起别人的同情，这也全然不是体恤。我不知道这种情感究竟算什么，也许就是好奇吧。请容我思考片刻，应该就是好奇心吧？对，就是想要了解您的一种渴望。只是想对您有所了解，之后人们就觉得对您已经很熟悉了，发现您这个人不怎么有趣。人们静静地倾听，想听您是否又说了什么，有什么话是有价值的，还能从您的嘴里听到些什么。当人们看着您时，总忍不住为您感到遗憾，有些居高临下地感到遗憾。您的内心一定有一些深邃的思想，但似乎并未有人发觉这一点，因为您完全不去尝试使它显露出来并闪耀发光。我想听听您讲这些，您父母还健在吗，您有兄弟姐妹吗？当我打量您的时候，我就可以断定，您一定有兄弟姐妹，而且他们一定有较高的身份地位。但是别人会毫无缘由地猜测您本人并没有什么社会地位。为什么会这样想呢？也许因为其他人在您面前很容易产生优越感。当别人与您交往一阵子，就会发觉自己不知不觉间犯了一些错误，之所以这样，是因为人们与您这个对一切都无所谓的人为伍，此人不屑一顾地放弃了工作职位，也没有让自己变得更优秀或去冒险的愿望。您看上去不是一个有趣的人，也似乎不爱冒险尝试新事物。对您而言，女人就是一种既需要柔情又渴望粗鲁和危险的混合体，她们总是对您构成威胁。当然，我知道您不会对我刚刚说的这些话生气，您对什么都不会气恼。我甚至不知道应该怎样与您相处。您想给我讲讲您自己吗，我对此非常期待！您知道吗，我想成为您的知己，即便只有一个小时，虽然我知道这只是我的想象。刚刚在楼上的时候，我突然迫切地想要跑到楼下，冲到您身边，仿佛您是一位非常重要的人物，无论如何也不能让您等待别人。我想，人们一定都很乐意带着对您的怜悯和有些居高临下的敬意站在您面前。当我跑过来时，那里坐着一位双颊灼热通红的先生，就是您！我的思绪真是混乱，但也很美妙，难道不是吗？现在我就静静地坐着，来听您讲述吧。”

西蒙讲道：

“我姓唐纳，西蒙·唐纳，家中有四个兄弟姐妹，我是他们之中年龄最小的，也是最没有前途的一个。我的一个哥哥是画家，住在巴黎，他在那儿画画，他住在那里比住在一个村子里更安静和与世隔绝。距我上次见他已经有一年多了，我猜他现在或多或少有了一些改变。我想，如果您能遇到他，您一定会觉得他是一位不问世事、了不起的人。与他打交道并非没有危险，他会令人着迷，会使人为了他而做一些傻事。他是一名真正的艺术家。如果说我作为他的弟弟也懂一些艺术的话，那么我对艺术的理解是受他影响，而未能进一步加深理解，责任也在于他。我猜他现在留有一头长鬈发，长鬈发很适合他，就像一名军官的头发总是剃得很短，这并不会令人感到突兀。他总是隐匿在人群中，他也渴望隐匿于人群，这样一来，他才能够安心工作。他曾在给我的一封信中提到一只鹰，这只鹰喜欢展开双翅，飞到山崖边缘，最爱在深谷的边缘飞翔。还有一次，他写信对我说，人类，包括艺术家们，都应该像一匹马一样兢兢业业地工作，纵使累倒也在所不惜，人有时需要累倒，再立刻重新站起来，精神抖擞地继续创作。当时他还是一位少年，如今他已开始作画了。倘若不让他继续画画，他简直无法活下去。他名叫卡斯帕尔，读书时，包括在家里，他都被人们看作一个懒惰的顽童。请您相信，他的个性非常随遇而安、温良恭谦。因为学业无成，他过早离开了学校，从事搬运箱子盒子的体力活。后来他离开了家乡，在外赢得了他人的尊敬，这是他应得的。他只是我的兄长之一，还有另一个哥哥名叫克劳斯。克劳斯是我们之中年龄最大的，我觉得他是这个世界上最好、最谨慎认真的人。人们可以从他的眼中读出他的毅力、忍耐及深思熟虑的品质。他是一个特别能干的人，才华横溢又谦虚内敛，在此方面无人能及。他看着我们这些弟弟妹妹长大，看着我们沉湎于自己的欲望及对一些事物的热情。他往往对这些沉默不语，偶尔才会提一句，说出他的担忧及对我们的建议。但他也不断地意识到每个人都有自己的路要走。他尽力帮助我们避免糟糕的事情发生，他也总是能够以敏锐的目光发现一个人身上的优点。我的这位哥哥对我总是充满了担忧，但他很少说出来，这一点我非常了解。他爱我，他对周围的人有一种博爱——一种特别的、谨慎的重视，这是我们这些年轻的弟弟妹妹所不具备的。他已经在学术界有了很高的地位，担任要职，但我坚信，是他的谨慎及过分认真影响了他，使他没有能够担任更高的职务，他完全可以配得上最高的、责任最重大的职位。现在我要讲到我的第三个哥哥，他是个相当不幸的人，除此之外我没有什么好讲的了。我只能给别人讲讲他早年的一些回忆。他目前身处精神病院。——我可以不向您讲述他的具体情况吗？您坐在这里，竖起耳朵聆听，定想获悉一切真相，否则您宁愿不坐在这里，是不是这样？您在点头，这是在告诉我，我已经对您很熟悉了，我大胆假设您是一位善良而勇敢的女士。请您听我慢慢道来。我这位不幸的哥哥原本是一个英俊的年轻人，他很有天分，但他的这种天分更适合于风花雪月的十八世纪，而与我们这个对人施加诸多严苛要求的时代格格不入。请您允许我对他的不幸保持缄默，尽管这样会使您不快。再者，我觉得倘若一个人原本对这种隐秘的悲痛保持缄默，那么就不该去揭露这种不幸的真相，使其失去庄严肃穆之感。我已经向您大致介绍了我的哥哥们，现在我要说起一个姑娘，一个住在小乡村茅草屋里的女教师，她是我的姐姐赫特维西。您想认识她吗？您一定会很喜欢她，这世上没有什么人能比她更值得我骄傲了。我曾经整整三个月无所事事地和她一起住在乡村里。当我到达时，她激动得哭泣；当我提着重重的行李箱，依依不舍地与她道别时，她却在笑。她把我赶走，道别时又给了我一个吻。她曾对我说，她轻视我的所作所为，但她说这些话的时候是那么亲切和蔼，这又让我觉得她是爱我的。您想想看，当我来到她身边，比一个纠缠不休、令人厌烦的流浪汉更像一个乞丐，也更加粗鲁，她却忍耐了我的一切。只有当我需要她时，我才会想起这位姐姐，我那时想：'我可以去找我的姐姐，直到我又能独立养活自己时再离开。'——整整三个月，我们生活在一起，就像住在一个有许多林荫小道的美丽大花园[1]里。这样的美好经历令人永远不会忘怀。那段日子里，每当我外出去森林散步，懒懒散散，不知该做些什么时，我有时会梦到她，只梦到她一人，我感觉她近在咫尺，又离我极其遥远。感觉她距离很遥远，是因为我对她充满敬畏；感觉她很近，是基于我对她的爱。您知道吗，她是那么骄傲，她从来不让我感到自己在她面前是多么卑微或可耻。她会为我和她住一起而高兴。这种状态一直持续到我们一起生活的最后一刻，她不许我向她告别，因为她预料到我可能会在告别时说一些令人难堪的蠢话。当我动身离开，回望我身后的小山丘时，我看到她向我挥手作别。她是那么平静而自然，仿佛我只是去找邻村的鞋匠，一小时后就会回来。她也知道，待我走后，她又要继续回到孤独一人的生活状态，

1. 原文为"Lustgarten"，指供（王公贵族）游乐散步的大花园。

她会发觉她不得不戒除作为一个社会人的习惯，于她而言，这一向都是她内心的一项任务。每当我们晚上坐在一起，讲述自己的生活，我们仿佛又听到童年时代的声音，仿佛听到母亲向孩子们走来的时候，裙裾在地板上发出的沙沙声。在我的脑海中，我的母亲和我的姐姐赫特维西的形象总是交织在一起。母亲生病的时候，赫特维西陪伴并悉心照料她，就像照顾一个小孩子那样。您设想一下：作为孩子，她目睹了自己的母亲变成小孩，然后她成为自己母亲的'母亲'。这样的角色和情感转换是多么奇特！我的母亲相当受人敬重，人们对她的尊重是纯粹而发自内心的。她给人的印象是既有淳朴的乡土气，又有一种高贵的气质。她既谦卑恭顺又乖张凌厉，她懂得如何压制不顺从她的人。她的面部神情令人觉得她既在请求你，同时又在对你发号施令。我们那座城市的女人都喜欢围着她转，当她外出散步时，许多男士都在她面前摘下礼帽，向她致意。后来她生病了，于是她被遗忘，成为大家担忧的对象，这于她而言是一种耻辱。她为自己在家里作为病人而感到羞耻，当她看到身边受人爱戴的健康人时，甚至会感到愤怒嫉妒。母亲临终前，那时我才十四岁，某天中午她写了一封信，信中写道：'我亲爱的儿子！'但您认为，她写完这句称呼后，还能在信纸上继续留下她那娟秀细长的字迹吗？当然没有，她疲惫而精神恍惚地微微笑了一下，低声呢喃了句什么，然后就不得不把羽毛笔搁置一边。她坐在那里，身旁放着那封刚刚开头的写给儿子的信，还有羽毛笔。屋外阳光明媚，我当时只是静静地观察着这一切。之后的一天夜里，赫特维西突然敲开我的房门，她催促我马上起来，告诉我母亲去世了！我奔向母亲的床头，这时，一束微弱的灯光从门缝透进来照在我身上。母亲在她的少女时代生活得并不幸福，甚至可以说她的生活非常悲惨。她曾从偏远的山区来到城里投奔她的姐姐，也就是我的姨妈。那时，在这座城市里，她基本上要靠做女佣才能生活下去。在孩童时代，她要走一条被厚厚白雪覆盖的远路才能到学校，放学后，她在一间斗室里写作业，小房间里一灯如豆，她几乎看不清书中的字母，这导致她的眼睛时常疼痛。她的父母没有善待她，这令她过早饱尝了生活的艰辛痛苦。当她成长为一名少女时，有一天，她靠在一座桥的桥栏上，犹豫自己是否要向河里纵身一跃，因为这样做对她可能是一种解脱。她定是被父母严重疏忽，甚至被虐待才会有这样的念头。当我还是一名小男孩时，我听闻她不堪回首的童年及少女时代，忍不住怒火中烧，气得浑身发抖，愤怒涌上我的面颊。从那时起，我就开始憎恨不曾谋面的外祖父母。母亲还健康的时候，她已在我们这些孩子面前树立了一种威信，令我们害怕畏惧；当她患上精神疾病后，我们又非常同情她。这是一种跳跃式的转变，由神秘的、不由自主的害怕敬畏转为同情怜悯。我们的这种转变是出于对她的爱，但我们那时还没有体会到自己对母亲的这种深厚情感。因此，我们的同情和由于自己未能感知到一些情感而产生的遗憾交织在一起，这些复杂的情感又加深了我们对母亲的怜悯。和您讲述这些时，我回忆起很多粗鄙无礼之人、一些失礼的行为，又回想起我母亲严厉的声音从远处传来，足以对一个孩子产生威慑力，进行惩戒。与之相比，随之而来的真正惩罚反而成为轻松甚至好笑的小事。她的嗓音夹杂着一种腔调，会令孩子们立刻后悔所做的错事，希望病重的母亲能够立刻得到安抚。她情绪稳定时非常温柔，这对我们而言是一种上天的恩赐，因为我们很少能够遇到母亲温和的时候。母亲总是容易情绪激动，而且相当敏感。我们几个兄弟姐妹很早以前就不再畏惧父亲了，至少不会像害怕母亲那样。我们仅是担心他可能会说一些话或者做一些事情令母亲恼火生气。他喜欢舒适，随遇而安，缺乏果敢及行动力，在母亲面前总是唯唯诺诺，这是天性使然。我父亲喜欢活跃的社交，但他无法胜任繁忙的生意往来，并不是一名成功的商人。他现在已经八十岁了，待他将要离世时，这座城市历史的一部分也会随之一同消亡。倘若老人们不再能看到我父亲从事他的店铺生意，他们定会困惑地摇头，因为这是我父亲一直以来用他强壮的身体从事的工作。他年轻时是一个非常任性、无拘无束的小伙子，城市生活磨平了他的棱角，但也诱使他过着舒适而奢侈的生活。我的父母都是年轻时从荒凉而宁静的山区来到城市的，这座城市在当时就因兼容并包、勃勃生机而享誉全国。彼时，城市的工业非常发达，像一朵正在怒放的鲜花一样生气勃勃，大众普遍拥有高收入，生活奢靡而轻松无忧。如果有人一周工作五到六天，定会被认为是一个异常勤奋之人。若没有什么糟糕的事情发生，工人往往一整天都坐在洒满阳光的河岸边，静静地钓鱼。当他需要钱来维持生计，他便再工作几日，直到所得收入能够使他继续过几天清闲日子。手艺人能够从工人身上赚钱。当穷人们变得富有，富人们便愈加富裕。周边乡村的居民纷纷涌入城里，整个城市一夜之间仿佛突然增加了一万居民，他们居住在外观看来已经完工的房屋里，然而这些房屋内部却仍是潮湿而肮脏的。建筑公司迎来其辉煌时代，老板们只需命令工人马不停蹄地建造房屋，便可赚得盆满钵满。一开始这些筑房工程便做得马虎潦草。工厂主们作为新贵开始骑马，他们的太太出行坐着四轮单驾轻便马车[1]，而城市的旧贵族们对此嗤之以鼻。在节日的时候，这座城市比其他任何一座城市都风头更盛，它借机展示自

1. 这种四轮单驾轻便马车是德国过去的旧式马车，分为有折篷或无篷的。

己的富饶及能为人们提供的一切，以便晋级为最有名的城市。在这种社会环境下，毫无疑问，商人们没有什么可抱怨的，学校里的孩子们也极少有任何不满，当时的人们普遍耽于享乐。只有少数目光敏锐、有洞察力的人不敢在这片铺满了玫瑰鲜花、肤浅又摇摇欲坠的土地上继续发展。我的父母就是在这种背景下来到这座城市，我的母亲带着她容易激动、过分敏感的性格，以及她对'高贵'的肤浅认识，我的父亲则带着他对一切都极易适应的天分。这里的每一个地方对孩子们都是新鲜有趣的。我们所在的这座城市，就其地理位置而言，拥有适合孩子们玩要的一切场所，包括岩石、洞穴、河岸、草地、洼地、峡谷、森林瀑布，宛若一个天然的儿童乐园。我们这些小孩放学后在这些地方愉快地玩要，就这样度过了童年。母亲去世后，我被安排到银行做学徒。第一年，我非常循规蹈矩，这是由于我所接触的一切新事物都令我胆怯害怕；第二年，我认为自己称得上模范学徒；但是到了第三个年头，银行经理想赶我走。由于多年来经理与我的父亲保持良好关系，为了顾及我父亲的面子，他仍然留用了我。自那以后，我对任何一项工作再无法产生兴趣，我对领导也很无礼，认为他们没有资格向我发号施令。不知为何，我感到一切都令我痛苦难过，包括每件家具、每件物品、每句话。我变得更加战战兢兢，畏缩不前，以至于经理最终不得不解雇我。家里人为我在很远的城市找到一份工作，以便可以摆脱我，他们彼时已对我无能为力，无计可施了。就这样，我去了那座城市。——但我现在不想再回忆过往的一切，也不想再谈起这些了。于我而言，若能摆脱过去青少年时代的阴影会更好，这是因为我的青少年时期并不轻松美好，反而比一些老人的生活更为艰辛多虑。一个人活的时间越久，他便愈平和、愈加与世无争。谁在年轻时激进，他日后往往很少甚至再也不愿那么激进地生活了。当我想到，我们所有这些孩子，一个接一个地，都要经历犯错、历经艰难，这个世上的所有孩子都如此，他们年少时要经历那么多的危险，我便不愿轻易赞美童年，并把童年看作是甜蜜的回忆。但我也会歌颂童年，因为它仍然是一种珍贵的回忆。做称职而贴心的父母并不容易，而‘做一个听话懂事的孩子’，这对大多数孩子而言不过是一句廉价而肤浅的话语。作为女性，您一定更懂得这些。至于我，目前为止我仍然是所有人中最无用的一个。我甚至还未曾拥有一套西装来证明我对生活已经有了一定规划。您在我身上看不到任何对未来生活有所打算的迹象。我依然一直站在生活的门前，叩响生活的大门，然而并不激烈狂热，我只是急切好奇地竖起耳朵听听是否会有人乐意来帮我推开门闩。这样的门闩很重，当人们得知站在外面敲门的是一名乞丐时，便没有人愿意来帮忙。这就是我，不过是一个在门外倾听和等待的人，我以这样的方式完结一生，我习惯在等待时去做梦、去幻想。这是相辅相成的，我乐在其中，同时保有诚实正派的品格。我不再问自己是否耽误荒废了人生，错过了一些职业，少年才会这么问，而一个男人不会这样。我大概从事任何一份职业都会处于如今这样的境地。这对我而言又有什么关系！我很清楚我的优点及弱势，我尽量避免吹嘘我的长处，也不夸大我的缺点。如果有人需要，我乐意把我拥有的知识、力量、思维及我的友爱统统给予对方。当此人伸出手，向我示意，那么他可能是一个蹒跚跛行之人，而我是一个奔跑着的人，您知道吗，就像一阵风。我对过去的一切回忆毫不留恋，这样我才能不受任何阻碍地向前奔跑。整个世界都在与我一同飞驰，我的整个人生都在奔跑！我很喜欢这样，也只能这样！这个世界上没有什么东西是属于我的，但我也不再去追求和渴望什么。是的，我不再有任何渴望。当我还拥有一些渴望的时候，周遭的人对我而言完全不重要，他们甚至会阻碍我，有时我很厌恶他们，而我现在热爱他们，因为我需要他们，我还主动供他们差遣，这是我的用途所在。如果有一个人走过来对我说：‘喂，你过来吧！我需要你。我可以给你一份工作！’此人会让我觉得很幸福。这样一来，我就知道什么是幸福了！幸福和痛苦已完全不同，于我而言，它们变得更清晰、更显而易见，它们向我解释自己，允许我在爱与痛苦中拥抱它们，以便能够拥有它们。倘若我需要给某人递一份工作申请，我总会想到我的哥哥们，既然他们可以证明自己是热爱工作的有用之人，或许我也是被人需要的，每当我想到这一点，我都会忍不住笑出来。我从不担心自己还没有定型为某一类人，我也希望自己最终定型，但我希望自己尽可能晚地定型，且应当自发进行，而不是刻意为之。我现在需要先准备几双宽大耐穿的鞋子，以便能够走得更稳健，也让别人看到我是一个有些想法的人，或许我也可以做成一些事。被他人考验是我的一大乐趣！我找不到比这更大的乐趣了。我目前是很穷，可这能说明什么呢？这根本说明不了什么，不过是一种外在的表象，完全可以通过勤劳努力来弥补。贫穷至多会令一个健康人尴尬或者苦恼，但不会令其愤怒。您在笑吗，噢，您并没有在笑，您刚刚没有笑？这真是有些遗憾，您的笑容是那么美。曾经有一段时间，我一直有去参军的冲动，但我现在不再坚持这种浪漫的想法了。为什么不待在原处呢！如果我想堕落，在自己的国度里，我更容易有这样的机会。在这里，我更有正当的理由用我的健康、力气及对生活的热情去冒险。我很高兴自己拥有健康，首先，在休息之后，我可以活动我的双腿和手臂；其次是我的头脑，我的头脑一直都很灵活；最后是我的意识，我知道我在这个世界上是一个负重前行的负债者。我迟早必须振作起来，带着对这个世界的热爱努力攀登、辛勤工作。我乐意做一个负债者！倘若我不得不告诉自己，我伤害了他人的感情，这会令我感到绝望。我会在愚钝、反感、痛苦中变得坚强。不，现实不是这样的，现实是美好的，它对一个正在成长中的人而言再美好不过了。是我，是我令这个世界变得糟糕。世界在我面前就像一个被冒犯的恼火的母亲：她容颜美丽，令我沉醉；这片像母亲一样的土地，拥有使人忍不住想要为它赎罪的绝美容颜！我历数自己忽视了什么、失去了什么、在空想中虚度了什么、错过了什么、做错了什么。我会令被冒犯的人满意，会在一个美丽而舒适的傍晚给我的兄弟姐妹讲述我是如何变成今天这样，为何我总是高昂着头，如此骄傲。一份工作越是需要经年累月的艰苦付出，它对我就越有吸引力，哪怕寻找的过程可能需要持续很多年。好了，您现在对我多少有些了解了。”

女士亲吻了西蒙。

“不，”她说，“您不会堕落的。如果真是那样就太遗憾了。您千万不要这样充满负罪感地评判自己。您过于看重他人，却不够看重自己。我想保护您，让您对自己不要过于严苛。您知道您缺少什么吗？过段时间您定会重新拥有您缺失的东西。您要学会对他人轻声耳语，学会回应他人给予您的温情。否则您就还不够成熟。我会教您怎么做，您所缺失的一切，我都会教给您并补偿于您。您跟我来，我们一起出去，走向冬夜，走到狂风呼啸的森林里去。我有许多话要和您讲。您知道吗，我感觉自己已经成了您的俘虏，这既可怜而又幸福。什么都不要说，什么都不要说了。您跟我来。”

编者后记

1906年初，罗伯特·瓦尔泽结束了他年轻时代不安分的、内心缺乏安全感的漫游生涯。从十七岁起，他先后辗转任职于工厂账房、银行、出版社及一家书店，为一名律师工作过，也当过工程师秘书及富太太的仆人。即便这些工作岗位并非从一开始就是临时性质的，他也通常几周之后便会放弃。离开家乡比尔[1]之后，他曾在巴塞尔[2]、斯图加特、苏黎世及其他一些瑞士小城生活，他去过慕尼黑，也曾四度（1897年、1901年、1902年和1905年）尝试在柏林闯出一番事业。其中有两次，因他对自己不知有无可能在柏林成为一名作家的前景深感绝望，便从德国首都逃回故乡。第四次尝试时，瓦尔泽采取了一种迂回的方式。他首先实现了另一个梦想，去了一座宫殿当仆人，以此作为对自己的一项特殊训练。1905年秋，在初步接触过柏林文艺圈后，他隐去自己凭借第一本书奠定的作家身份，用化名在上西里西亚（Oberschlesien）的达姆布劳宫殿（Schloß Dambrau）得到一份仆人的工作。这段经历之后，他才开始把写作当成自己真正的事业。过去，他仅在全职工作以外，以“店员伙计”或失业者的身份为之。后来瓦尔泽又回到柏林，他的哥哥——画家卡尔·瓦尔泽（Karl Walser）收留了他，后者住在一个相对宽敞的工作室（凯

1. 瑞士城市，坐落于汝拉山脚下，是瑞士唯一同时使用德语和法语的城市，也是瑞士制表业的中心。
2. 瑞士城市。

撒·弗里德里希大街70号，位于当时独立的夏洛滕堡郊区）。二十七岁的罗伯特·瓦尔泽成了一名真正的作家，并立即投身于创作——有一位出版商正希冀从他那里获得一部小说。

这位出版商名叫布鲁诺·卡西尔（Bruno Cassirer），他是艺术品商人保尔·卡西尔的表兄弟，二人出身于同一个富裕且有教养的犹太家庭，并曾在初创阶段共同经营。卡尔·瓦尔泽与两兄弟结识后，便向他们推荐了自己的弟弟。罗伯特以散文集《弗利茨·考赫作文集》（*Fritz Kochers Aufsätze*，1904）和其他小品文及短篇故事小试牛刀，后来这些作品于1914年收录成《故事集》（*Geschichten*）一书。随后卡西尔鼓励他尝试创作更长篇幅的作品。日后成为布鲁诺·卡西尔出版社编辑的马克斯·陶（Max Tau）告诉我一则趣闻：彼时瓦尔泽同意了，并询问这本小说应该有多少页。卡西尔报了一个数字，瓦尔泽向他要了一本有着同样数量空白页的书。一段时间后，他用《唐纳兄妹》交了稿，正好写满了要求的页数，仅有最后三行写在了页边空白处。保存下来的原手稿并未证实这则出自卡西尔之口的轶事，但它似乎符合罗伯特·瓦尔泽的行事风格，或许也有些本质的东西是真实的。事实上，原手稿的页数比印刷本少得多，未装订成册，最后一页也只写了四分之一。

可以肯定的是，罗伯特·瓦尔泽从1906年1月就开始创作这部小说。2月21日，他已通过明信片向岛屿出版社[1]（他第一本书的出版商）询问了接收意向。他不切实际地预估“印刷成品大约有400页”。或许他只是想以此项“备选”来巩固他在卡西尔心中的位置，

1. 岛屿出版社（InselVerlag）于1901年在莱比锡成立，专门出版经典文学作品。1963年与德国苏尔坎普出版社合并。

也可能是因为卡西尔迟迟未接收完稿。后来，瓦尔泽告知卡尔·塞里希（Carl Seelig），他用了三四周时间便完成了这部作品。在小品文《唐纳兄妹》中，瓦尔泽生动地描述了他当时的心情，该文于1914年5月首次发表在《新墨丘利》（*Neuen Merkur*）[1]上，后又收入《小诗集》（*Kleine Dichtungen*）中（《全集》第4卷，第127页）。他在文中写道："记得我最初写这本书的时候，不过是些无望的文字游戏，还有各种漫不经心的绘画及涂鸦。——我从来不抱希望能够完成什么严肃、美好或优秀的东西。——好的想法以及随之而来的创作勇气，只是慢慢地却更加神秘地从自我厌恶、粗心和怀疑的深渊中浮现出来……一幅画面取代着另一幅画面，这些想法就像快乐、优雅、乖巧的孩子一样相互嬉戏。我满心欢喜地保持着令人愉悦的基本思路，就这样，我只要努力地写下去，文字就自然而然地形成了关联。"

瓦尔泽很快就以其异常迅速、凭借自发的灵感无心插柳游戏般的工作方式而声名鹊起（例如瓦尔特·本雅明就在1929年的一篇文章中有所提及），尽管后来他在自己的回忆文章中用"自我风格"的说法来鼓励这种"传奇"，但在这里，如同在其他地方一样，我们必须告诫人们不要轻信这种建构出来的"传奇"。这种"游戏"并非完全是无意、无计划、无规律的，而是也基于一定的计划考量。《唐纳兄妹》的手稿研究表明，该小说最初由两本书组成，每本书十章（在现有版本的第十章，即西蒙逗留在乡下姐姐处之后，也可看出两部小说之间的中断停顿）。第一本"书"由96页手稿组成，各章长度几乎相同，大约都是十页；第二本105页，各章的篇幅分配不再那

1. 魏玛共和国时期重要的文学刊物。

么均衡，但大体还是可以套用第一部的计数方式，因而得出全书大约有200页。这种形式上的平衡和对称就更加不可能是巧合了。瓦尔泽在创作他的第一本书时已向出版商指出，按照他自己的演算，这些文章“都是用长度完全相等的章节写成的”，即20+10+15=55这样的排布（1904年6月12日致岛屿出版社）。

因此，即便他对作品内容没有规划，他也为自己预设了一个以某种方式划分得非常精确的框架，在此框架中，他像画家一样按照一定的格式规范进行创作。但此时的瓦尔泽并未像许多其他作家那样分步进行，而是快速地完成了这项工作。小说手稿中，边写边修改的痕迹比较少见便证明了这一点（另一方面，少见的修改痕迹也提供了明确的证据，证明这不是原稿或试作的誊抄副本）。作品里只有四处对一个单词或句子片段的修改超出了其原本插入或替换的空间范围——在其中一页，瓦尔泽为了重新开始一个情节而删除了几个段落，即使在优雅的笔尖游戏中，也仍可看出那种“不经意的绘画及涂鸦”的痕迹。

正如瓦尔泽后来向卡尔·塞里希所言，出版商对完成的小说并不十分热情，认为它很枯燥，即使在接收稿件后也坚持要求删改[1]。当时克里斯蒂安·摩根斯坦（Christian Morgenstern）以审稿人的身份向布鲁诺·卡西尔提出了建议，瓦尔泽的小说被接纳或许要归功于他的影响——他阅读了校样（其中也涉及文风的修改），并写信给瓦尔泽：

“受卡西尔出版社之托，我阅读了您的小说《唐纳兄妹》校样，

1. 根据卡尔·塞里希《与罗伯特·瓦尔泽的漫游》（*Wanderungen mit Robert Walser*）1997年版第51页，瓦尔泽曾说，省略的情节之后发表在《三月》（*März*）杂志上，这显然是记错了。——原注。

也许稍显冒昧，但我想更积极主动地来完成这件相对被动的事情。我对您及您的写作抱有如此直接与真诚的兴趣，倘若我逐页拜读并附上一些小小的评论意见，相信您定然不会责怪我。当然，这些意见主要涉及语言方面的问题。我想，这样能使您感觉不那么受伤，好过您自己向卡西尔先生承认，您个人是不可能润饰这部作品的，但倘若他人一定坚持要做此事，这终归也是合理的。现在，我非常乐意通过刚刚提到的评论意见，在一定程度上治好您不愿意做这项艺术加工的毛病，而这项加工在您的工作中有着双重的必要性。首先，我想告诉您我读第一页时的感受——您要知道，每当我开始读一部新作，我最先关注的总是语言，因为它几乎总能为我提供关于作者的最有力的印象——尽管我之后也常常改变主意，甚至收回最初的想法。这么说吧，您的作品开头部分给我留下的印象不佳，从您的私人手写稿到公开印刷的版本都是如此。起初，我（一如既往地）只看到您写作风格中的问题：不必要的冗长、随意草率的句子结构、自满导致的平庸无奇、语法上的不确定性、一个个引入不当又展开不足的主题。请您注意这些要点，如果在写作时没有想到，那也定要在第一遍写完这页、这一章或整部作品后加以留意，如此您就不再需要读者赐予您令人羞愧的宽容，不然它无疑会混杂在公众的赞美之中。掌握材料是首要条件，我们今天可以对每一名德国人提出这一要求。因为我知道您的工作方式——我很难用散文表达自己的思想和情感，从这个角度来看，我很羡慕您——我再补充一点：在产出的时刻，一切都可能令人满意，一切解决方案看起来都可能是最美、最好的。在写作的那一刻，人们对每一句话都可能爱不释手，但事后，作者的这种‘爱不释手’必须让位于读者的高要求和极其讲究的严谨。不仅要做第一位且最好的读者，而且要做最不留情面的读者，我认为这是每位作家的基本原则。我还有更多的事情要告诉您（也要给您建议）：但这一切与您的文本结合起来会更好。倘若有些内容显得拘泥细节、过分认真，请您也不要生气：最主要的是，即便是在一些细节上，也请您更注意文体风格。”这封信的寄件地址是梅兰的奥伯迈斯（Meran，Obermais），基希勒希纳别墅（Villa Kirchlechner），日期是“1906 年 9 月中旬”，最早于 1920 年出现在布鲁诺·卡西尔出版社的年鉴中，虽然去掉了收信人的名字，但提到了小说的标题，后者在后来出版的摩根斯坦的书信中又略去了[1]。

摩根斯坦的批评是严厉的，瓦尔泽一生都对任何形式的批评异常敏感。但摩根斯坦大概认为，他视为弱点的事，瓦尔泽必须更加严肃地对待，而非倾向于一种固执的自信。正是因为他非常确信瓦尔泽的才华，对他很友好，并对外公开支持他、维护他，因此，从他的意见中，我们须读出更多教益的倾向，而非仅仅是客观的判断。事实上，在给作者和出版商的其他信件中，他都对瓦尔泽的首部小说表现出充分的热情。

对比《唐纳兄妹》的手稿与印刷版本之间的差别，可以看出定稿修改的痕迹，很有可能是摩根斯坦的意见发挥了主要作用，包括：1. 标点符号。定稿加入了大量逗号，另有大量不必要的逗号被删去了；“因为（denn）”前的逗号变为分号；许多反问句后增添了缺失的问号等等。2. 语法错误（主要是一些完成时态的错误形式，如“bratete”、“frierten”、“ wäschte”等，即便这只是一些粗心造成的错

1. 参见克里斯蒂安·摩根斯坦，《一切都是为了人》（*Alles um des Menschen willen* ），慕尼黑，1962 年，第 172—174 页：《致一位年轻的作家》（*An einen jungen Schriftsteller* ）。——原注

误，也表明了自学的作者在书面德语表达中的欠缺——瓦尔泽十四岁时便辍学了）。3. 文风细节。用其他更好或更合适的词语替代了个别表达方式；重构了某些结构不当的句子；极少数情况下，也删去了部分或整个句子。尽管改动很多，但没有一个变化影响到内容上的互相关联，即使是文体上的修正，也没有严重影响到某一章节的表达。对于某些地方的修改，可能会有人争论其合理性，但大多数情况下，确实对一些细小的、语言上的不当之处做出了改进完善，瓦尔泽本人显然也对此表示赞同。

除了瓦尔泽初稿写作过程中的修改和这一版的编辑修改，有人还对完稿做了彻底的修订，通过手稿便可看出这一点。我们不能假定是瓦尔泽自发计划修订，而更可能是——如他自己后来所说——应出版商的要求或在出版商的配合下进行的（从摩根斯坦写给卡西尔的信可以看出，他也至少在建议下参与了这次编辑工作）。有八处删除了一些段落或整段情节（但在手稿中仍得以保存），手稿中的两张插页被去除了，另有一张调整了位置。这些从新旧版分页的区别中可以明显看出的改动让瓦尔泽意识到，有必要相应地建立一些新的过渡，尽管有时这会令他费些心思；还有些句子后来也被补充到手稿中（否则是不会插入的）。

《唐纳兄妹》约于 1907 年初问世，首印一千册。封面图由卡尔・瓦尔泽所绘，采用深绿色及黑色的色调，绘制了一幢别墅的阳台，上面站着两个人，下方是郁郁葱葱的花园。在一篇晚期的散文（《论文》（*Abhandlung*），《全集》第 17 卷，第 144 页）中，瓦尔泽回忆道："克里斯蒂安・摩根斯坦这个异常聪明的人推测，《唐纳兄妹》的封面毁了这本书。书封呈现的形象和郁郁葱葱的绿色调让人以为这是一部巴黎的小说。”起初，小说的销售相当成功，1907 年 4 月 10 日，出版社在《德国书业交易报》（*Börsenblatt des deutschen Buchhandels*）上刊登了一则广告，由于“读者需求不断增长”，要求书商退回多余的存货；1907 年 11 月 1 日，出版社在同一地方宣布了重印的消息：“罗伯特 · 瓦尔泽的首部较大型的作品得到了评论界的好评，这标志着本书的出版获得了成功……”但随后销量大大下降，同样印了一千册的第二版成了最后一版（此后二十六年再未重印过），这一总体结果令作者及出版社都非常失望。1933 年，苏黎世的拉舍尔出版社获得了版权，并与当时已经居住在伯尔尼瓦尔道精神病院的罗伯特 · 瓦尔泽协定再版，新版首印三千册，之后又是三十年的销售期。瓦尔泽寄予厚望的第一部小说也逃脱不了与他的其余作品相同的命运：传播规模小且速度缓慢。

然而评论界的反响却很好，达到了一个年轻作者所能期待的最大程度。J. V. 维德曼（Joseph Victor Widmann）是瑞士首位颇具影响力的瓦尔泽赞助人，例如在他充满感情的长篇评论中，他将此书称为“一个启示”，“因为它凭借对自身经历和命运的回忆，优美、欢快且不试图改变地宣告着诗人认定的真正的人生价值，而这与普通人力求实现的人生价值截然不同”。维德曼在西蒙 · 唐纳身上看到了艾辛多夫笔下“无用之人”[1] 的“复兴”，但同时也指出小说中不含浪漫色彩的当代现实主义。他称赞这部作品，说他在“爱的暖流”中看到了美，赞扬“多处真切的生活洞察”（《联盟周日报》

1. Joseph Karl BenediktFreiherr von Eichendorff（1788—1857），是 19 世纪德国浪漫时期一位重要的多产诗人及作家，其最有代表性的中篇小说《一个无用之人的生涯》（1826）把现实描绘为一个宁静的田园世界。艾辛多夫通过表现人与自然和谐统一的田园风光，讽刺了一个庸庸碌碌、急功近利的现实。

[*Sonntagsblatt des Bund*]，伯尔尼，第 3 期，1907 年，第 21—23 页）。菲利克斯·波彭贝格（Felix Poppenberg）在《新观察》[1]（*Neuen Rundschau* ，1907 年，第 1 期，第 376/377 页）中对这位新人小说家给予了高度肯定。赫尔曼·黑塞（Hermann Hesse）在一篇关于瓦尔泽的文章中提到了年龄较低的读者群对《唐纳兄妹》的肯定："两年后，我在苏黎世听到年轻人热烈地讨论一本新书，如此激昂，又如此刻薄，这使我产生了好奇……那就是瓦尔泽的《唐纳兄妹》。当我阅读了引人入胜的前几页后，我立刻想起了一本随笔，是同一位诗人所写，尽管我不记得那本小书的名字了。那本随笔中我喜欢的和不喜欢的内容，都在这本了不起的小说得到了更为强烈、更为丰富的表达。这一次，我充满热情地用心阅读，不只是出于对文体风格的兴趣，而是被诗人的本质所吸引，它似乎在某一时刻灵动地闪现，又很快在另一时刻以冷酷的姿态被半刻意地隐藏。又一次，我阅读了被德语作家们如此低估的、平静而又自然的散文式的行文；又一次，我欣喜地发现有趣和动人的事物并存；又一次，我对某种粗心和放肆大动肝火……我对这本书是如此喜爱，不禁反复思考它的优点及缺陷，尤其是对错误，或者说我认为的错误进行思考。最后，我自己都不确定，我是否真的想失去这些'缺陷'……凭借此书，瓦尔泽获得了一定的文学声誉及成就，自那以后，虽然他的书没有真正声名鹊起，但他本人的声望不断增长。"（《巴塞尔新闻》[*Basler Nachrichten*] 周日版，第 36 期，1909 年 9 月 5 日，几乎同时发表于柏林《日报》[*Tag*][2]。）

---

1. 欧洲最古老的文学杂志。
2. 参见《关于罗伯特·瓦尔泽》（*Über Robert Walser* ），第 1 卷，由卡塔琳娜·克尔（Katharina Kerr）出版，美因河畔法兰克福，1978 年，第 52 页）。——原注

后来，瓦尔泽告知卡尔·塞里希，值1933年再版之际，他想删除小说中的“七八十页”（卡尔·塞里希，《与罗伯特·瓦尔泽的漫游》，1977年，第14页），他觉得自己在书中对兄弟姐妹的描写及评价太过直白。即使没有作者这样的表述，这部小说的自传色彩也是显而易见的——西蒙·唐纳是瓦尔泽的化身，其相似性比起《作文集》中他的前辈弗利茨·考赫更不加掩饰。他把自己在小说故事的主要发生地苏黎世（1896年至1905年，中间还穿插了在其他地方的逗留）频繁更换工作的回忆，此前一年和他哥哥卡尔一起在斯图加特度过的时光以及拜访作为教师住在比尔湖畔托伊费伦（Bieler See，Täuffelen）的姐妹丽萨（Lisa）的回忆细节，都纳入到了小说的情节中[1]。与父母的角色一样，不难看出西蒙·唐纳的兄弟姐妹原型便是罗伯特·瓦尔泽的七个兄弟姐妹：卡斯帕尔·唐纳是卡尔·瓦尔泽，现实中罗伯特与其一起生活在柏林；赫特维西是女教师丽萨，她与罗伯特也保持着密切的关系；克劳斯是比罗伯特年长八岁的哥哥赫尔曼·瓦尔泽，他最初是文理中学教师，后成为伯尔尼的一名地理教授；年长瓦尔泽五岁的哥哥恩斯特·瓦尔泽的命运在写到患有精神疾病的埃米尔·唐纳的一段叙述中得以还原；提及“证券专家”时，读者无疑会联想到银行家奥斯卡·瓦尔泽。只有两名家庭成员不曾出现在作品中——在罗伯特·瓦尔泽童年时期便已去世的长兄及他最小的妹妹。“书中所描写的兄弟姐妹关系具有一种独特的情感张力，他们身处一个麻木不仁、世道不公的世界，都极其敏感，是一个患难共同体。瓦尔泽兄弟之间的关系很奇特，既强烈地相互吸

---

1. 参见罗伯特·迈希勒（Robert Mächler）的传记《罗伯特·瓦尔泽的一生》（*Das Leben Robert Walsers*），1966及1976年。

引，又相互厌恶，罗伯特・瓦尔泽后期散文中有相当一部分对主流文化的批评、对成功及卓越的疏远态度便基于此。瓦尔泽与其姐妹的性格特征非常相似，因此他对女性心理有着惊人的理解，对女性有着持续的认同和强烈的情感。”[1]。

另一方面，也不必非要把书中的人物理解为瓦尔泽同胞的真实写照——尽管他们的某些特征与原型颇为相似，但作者也按照自己的意愿及写作意图对他们进行了改写，让他们的性格和命运更典型化和风格化。瓦尔泽描写其他熟人时也会如此处理。在这部小说中，瓦尔泽显然无意精确描述世上某个具体的场景和时间，而是着眼于普遍的、精神—本质的、典型的和现状的事物。虽然这样会导致现象的多样性、连续不断地出现各种人物及一系列叙事性的人生故事，但在这部作品中，个人的历史性发展是次要的，纯粹的语言表达只具有表面意义。瓦尔泽对自己生活素材的艺术加工已经暗示了整部作品的悖论：在他的很大一部分作品（包括小散文）中可以看到一个持续的自传和自我映射的过程，但在那些新的表述中所论及的“我”，却在这个过程中失去了其具体的形象——它不断地穿透镜面，在纯粹的主观性中一步步瓦解自己的个性及这个世界。作品产生的影响奠定了瓦尔泽的文学地位，他的处女作不仅是一份记录文学发展的有趣文献，也是一部极具魅力的作品。

人们很容易产生这样的猜测：罗伯特・瓦尔泽许多作品中的命名、至少主要人物的命名并不完全是巧合，继而推测这种命名游戏完全符合瓦尔泽的特点，然而这些猜测往往并不确定，因为我们对他的写作

1. 安妮・加布里施（Anne Gabrisch），罗伯特・瓦尔泽《长篇小说》（*Romane* ）后记，第 1 卷，柏林 [东]，1984 年，第 331 页。——原注

灵感及其来源（例如他的阅读内容）知之甚少。不过至少“西蒙”这个名字的来源是比较清楚的：当时《新苏黎世报》（*Neue Zürcher Zeitung*）的文学编辑汉斯·特罗格（Hans Trog）在一篇关于“瓦尔泽兄弟”的文章中给出了作者就此问题的答复（见一篇演讲的印刷本，载于《瑞士》[*Schweizerland*]，第 1 卷，11/12 期，1915 年 8/9 月，第 645—652 页）。瓦尔泽对雅各布·布克哈特（Jakob Burckhardt）的《文艺复兴时期的文化》（*Kultur der Renaissance*）[1] 给予了高度评价，并提及他“在讲述著名的佩鲁贾[2] 市巴廖内家族残忍的僭主统治及血腥婚礼那几页中，读到十八岁的西蒙内托·巴廖内带领寥寥数人，在广场上与数百名敌人顽强地对抗，他身负多处重伤仍然挣扎着站起来，最终在 1500 年那个持续回响着胜利欢呼的血腥之夜倒下了。如布克哈特向编年史家所讲述，当西蒙内托的尸体倒在小巷里，围观者在西蒙内托身上看到了一种顽强勇敢的精神，甚至死亡都无法令他屈服”。

瓦尔泽把自己隐藏在他的小说中，仿佛戴着一副面具，这使作品在主人公无所事事、无忧无虑消磨时光，充满阳光和乐观的幸福表象下隐藏着更为深刻的内容，然而肤浅的读者往往看不到这一层。另一方面，相比由瓦尔泽（Walser）联想到森林（Wald）[3]，家族的姓氏唐纳（Tanner）可能更容易令人联想到冷杉树（Tannen）。作品中的冷杉树及森林于罗伯特·瓦尔泽而言并非意味着亲切无害的美好自然。在《弗利茨·考赫作文集》的《森林》（*Der Wald*）一文中，作者描述了人类难以与之抗衡、使人类失去理性的森林强大的力量。

---

1. 原名为《意大利文艺复兴时期的文化》，是瑞士历史学家雅各布·布克哈特创作的历史学著作，首次出版于 1860 年。
2. 意大利中部城市。
3. 这一联想并非根据词源学而来。

相较于他后期的作品，这一时期他对自然研究的关注更明显。

《唐纳兄妹》由一个个独立的事件构成，这与旧式的冒险小说结构一致：主人公在世上永不停歇地漫游，积累着生活经历和经验，在此过程中自身却没有任何发展变化。尽管主人公西蒙·唐纳接触的外部世界极其狭小，这部小说仍属于冒险小说。西蒙的所见所闻可以来自他漫游生涯的任何一个时刻，这些零散的事件既没有开端，也没有结尾，它们的位置似乎是可以互换的。因此，正如另一附件中所注，在对手稿进行加工处理时，内容并未做过多的改动。

在小说的第十三章，西蒙·唐纳梦到了魔幻的、童话般的“巴黎”。在梦境中，克拉拉拥有神奇的魔法，她成为西蒙的“心灵导师”。在最初的手稿中，罗伯特·瓦尔泽曾计划在这一章加入两个丢失的附录，其中至少有一个题为《女侯爵喀耳刻[1]》的附录在1903年11月就已出版，瓦尔泽曾把此附录与其他文章一起推荐给岛屿出版社，想要以散文集的形式出版。

早在1903年2月，瓦尔泽就在另一封信中提及小品文《西蒙——一则爱情故事》（*Simon. Eine Liebesgeschichte*），其中出现了阿加帕亚[2]故事情节的雏形——那个富有而可怜的家伙，那个在夜间射击、像幽灵一般的人。他在这篇小品文中被称为阿格加帕亚[3]，其太太与小说中一样，也叫克拉拉，她和《故事》（*Geschichten*，《全集》第2卷，第15页）合集中的童话小说人物一样兼具讽刺与浪漫元素。1921年5月，《莱比锡日报》（*Leipziger Tageblatt*）刊登了一个类似的对话短篇，题为《爱情场景》（*Liebesszene*，《全集》第15卷，第76

1. 喀耳刻：（希腊神话）赫利俄斯和珀耳塞的女儿，是女魔法师，能把人变为牲畜。
2. 阿加帕亚（Agappaia），《唐纳兄妹》中克拉拉的丈夫。
3. 散文中的名字比小说中的名字多了一个字母“g”，即Aggappaia。

页）。这部作品应该是更早的一个版本，书中幽灵般的男人自称Agapaia（比小说中阿加帕亚的名字少了一个字母“p”）。这则故事的主要母题为：一名年轻男子爱上了一名已婚女子，而他是这名女子的仆人。这种梦幻般的爱情关系“与世界格格不入”，是一场心灵的游戏——故事中的丈夫（威严的幽灵般的男主人）对此束手无策，在故事中他被描述为一个“可怜的人”。他的不同寻常的名字听起来像希腊语中的 Agapaios，即“恋爱中的男子”（同样也是一个希腊暴君的名字），不过这一名字的结尾字母一般用于女性。

以上母题在瓦尔泽的后期作品中又多次出现，对他而言显然有着重要意义。在其他作品中，作者没有直接切入这种“三角关系”，而是把它嵌入到其他的人物关系之中。在一本没有留传下来的晚于《唐纳兄妹》问世的小说中，“男主人公去了亚洲，在那里，他为一位知名学者——‘穿着夏装外套的幽灵’——做助手”。1906 年 10 月，瓦尔泽写信为摩根斯坦介绍了这部小说的内容。在瓦尔泽的小说《助手》中，这样的“三角关系”又体现在主人公约瑟夫·马蒂与那位喜欢自夸的雇主及性格敏感而偏执的雇主太太之间，尽管不甚明显。同样，在小说《雅考伯·封·贡腾》中也可寻到这一母题的痕迹。在一些小品文之后，这一母题又出现在 1921 年的未完成小说《提奥多尔》（*Theodor*）中，此时已与《唐纳兄妹》中的原型更为接近（《全集》第 17 卷，第 345 页）。尽管瓦尔泽曾在早年指出这部作品与其自身经历略有相似，然而这部未完成之作实际上没有明确的自传成分。相较而言，它更像是一个映射了瓦尔泽与世界关系的典型范本。作品描述了一种特殊的冲突关系：纯粹的、超越世俗的内心世界（在梦境和幻想中对现实世界的扬弃，仆人对女主人的爱情）与需要实践行动的复杂世俗世界之间的冲突。

在《唐纳兄妹》中，尽管这种冲突在三角关系中未得以体现，但在克拉拉和阿加帕亚的关系里，克拉拉从承受痛苦的、不断等待丈夫归来的妻子角色，转变为热心帮助他人的社会人，即“穷人的女王”。（在西蒙的梦境中，克拉拉成为西蒙的“心灵导师”，这意味着作者刻意在个人内心和世界之间架起一座桥梁，即由克拉拉引领西蒙去往各个地方。）瓦尔泽的其他作品中也有类似的母题：在《小散文》（*Kleine Prosa*）（《全集》第 5 卷，第 192 页）中收录的短篇小说《露易丝》（*Luise*）里，瓦尔泽回忆了两位他在早年苏黎世时期交往甚密的女性朋友罗莎和露易丝——这里也有《唐纳兄妹》中罗莎的影子，两部作品中罗莎的形象融合在了一起，而露易丝后期的命运则与克拉拉极为相似（露易丝在这部短篇小说中也成为“穷人的女王”）。在《助手》中也出现了一个名叫克拉拉的姑娘，但与之相关的叙述更为简短，甚至带有些许反讽的意味。民主德国时期瓦尔泽长篇小说的出版人安娜·加布里施对此做过注解：“作者以讲述的方式、主人公浪漫华丽的服饰及一些细节方面的疏忽（克拉拉的孩子时而是男孩，时而是女孩），在字里行间展现了有女性觉醒意识的克拉拉这一形象的来源：人们似乎只有在书本中才会看到这样的人物形象，这样的形象在现实中是不存在的。小说《助手》中克拉拉的形象同样如此。瓦尔泽笔下的克拉拉，作为‘自由的女性’及‘穷人的女王’，极有可能出自自然主义者的文学素材。自然主义者往往歌颂赞美‘自由的母性’及美丽的无产者，他们往往只是被‘象征为人民大众’（如彼得·希勒[1]长篇小说中的主人公们被称为‘社会主义者’）。”[2] 在理想化的描写背

---

1. Peter Hille，著名德国诗人、作家。
2.《罗伯特·瓦尔泽的长篇小说》（*Nachwort zu R. W. “Romane”*）后记，第 2 卷，柏林［东］，1984 年，第 331 页等。——原注

后，当然还隐藏着真实的自传成分。[1]

另有几篇独立的小品文与瓦尔泽的这部长篇小说也有内容上的紧密关联：早在 1905 年 7 月，巴塞尔一家杂志社发表了瓦尔泽的《一名男子致另一名男子的信》（*Brief eines Mannes an einen Mann*，收录于《作文集》，《全集》第 3 卷, 第 12 页），这是一封安慰鼓励一个被社会抛弃的失业者的信件，结尾处是这样写的："西蒙是一名二十岁的年轻人。他身无分文，但又不去做任何事情来改善现状"，这些话也被用在《唐纳兄妹》后面的章节中。另一方面，《作文集》的第一篇《西蒙・唐纳的信件》（*Brief von Simon Tanner*）[2] 提到了小说中出现的女房东，在《唐纳兄妹》的第十七章，西蒙向女房东借了一笔钱，文章中也提到这次借款，在第十八章中可能也有提及（在《助手》的附录中，我们还会看到一封给魏斯太太的信件——这位太太与《唐纳兄妹》中的女房东有着相同的名字）[3]。

年轻职员唐纳这个人物，很显然就像作者瓦尔泽本人所戴的一副面具，也曾出现在《小男孩》（*Das Büebli*）[4] 一文中。基于部分相同的人物，它又与《一个上午》（*Ein Vormittag*）、《格尔默》（*Germer*）

---

1. 参见伯恩哈德・艾希特，《卡尔及罗伯特・瓦尔泽。一份自传体报告》（*Karl und Robert Walser. Eine biographische Reportage*），收录于《卡尔及罗伯特・瓦尔泽兄弟。画家与诗人》（*Die Brüder Karl und Robert Walser. Maler und Dichter*），伯恩哈德・艾希特及安德里亚斯・迈尔，施泰法编，1990 年，第 60 页，第 61 页。——原注
2. 1912 年首次发表于《痴儿西木月历》（*Simplicissimus-Kalender*）。《痴儿西木杂志》（*Simplicissimus*）是德国阿尔伯特・朗根出版社于 1896 年至 1967 年间发行的插图讽刺文学杂志，1944 年至 1954 年停刊。起初为周刊，1964 年起改为双周刊。月历每年发行一期，配以丰富的插图、讽刺文章、诗歌和其他内容。
3. 这可能是之前的版本，最终出版的小说第十八章中未出现西蒙给魏斯太太的信。
4. 原文 Büebli，属于瑞士的口语表达。

和《赫尔博林的故事》(*Helblings Geschichte*)[1] 有着紧密的关联。这些文章也涉及《唐纳兄妹》中的一个重要主题：对现代工业社会的批判。在瓦尔泽的散文中，这些批判采用一种特殊的反讽形式，但其目的与小说中的相应章节一致，都在于批判劳动对人的异化及功能化。在此环境下，人变成一个个无所不能却内心枯竭、毫无灵魂的机器，他们不再审视自己所作所为的意义；在追求安全感、成功以及对未来的保障时，他们忘却了自然、当下及生命的本质。

西蒙·唐纳拒绝把自己交付给这种他业已洞悉的异化过程——这种拒绝令他与社会产生对立冲突，使他被孤立。作为一个有着自身价值观的“局外人”，其价值观却只能体现在消极的行动中：他总是在寻找能够令他全心全意、毫无条件投身其中的工作机会，但又不断逃离工作岗位。他对生活总是充满乌托邦式的幻想，想要摆脱所有受限制的关系，拒绝任何妥协——积极的行动及承诺只出现在他的幻想和梦境，即他的内心世界里。这些想法像微光一样，伴随着西蒙的漫游生活。“小说的结尾寓意深刻，隐含着西蒙尝试继续远游不过是一个天真之举，最终他的生活仍是毫无希望、没有前途的。尽管小说仿佛蒙着一层美丽的面纱，主人公做一个有用之人的良好意愿看似有可能成真，但它还是不言自明地暗含着主人公在事业上终将一无所成的结局。西蒙最终必然要去适应社会，或是沦为一个失败者——这也是瓦尔泽在其职场系列小散文故事中反映的一个现

1. 前三篇文章分别于1907年，1908年和1910年收录于《痴儿西木月历》，后收录于《全集》中的《作文集》和《故事集》中。《赫尔博林》于1913年8月首发于《三月》，后收录在《全集》的《小诗集》中。——原注

实。尽管已然洞悉世事，瓦尔泽笔下的西蒙还保留着一个乐善好施的幻想者的特质。除却其叛逆的性格，西蒙头脑灵活、思维敏捷，这也是瓦尔泽笔下人物鲜明的个性特征——这些人物与家庭和社会的关系正是小说的出彩之处。当他自言自语说出自己伤害了他人时，他是那么无助而绝望。‘那我一定会在愚钝、反感和痛苦中变得愈加坚强’。然而现实情况对他而言恰恰相反：‘是我令这个世界变得糟糕。世界在我面前就像一个被冒犯的恼火的母亲……我历数自己忽视了什么、失去了什么、在空想中虚度了什么、错过了什么、做错了什么……’”[1] 克劳斯-米歇尔·林茨（Klaus - Michael Hinz）用“独立自主”一词来积极评判瓦尔泽笔下主人公们背离社会规则的行为：“瓦尔泽小说中的主人公对凡是涉及经济方面的社会规则习俗都持否定态度……小说的故事情节显示了主人公‘独立自主的生活方式’……主人公是一位工业时代的堂吉诃德，通过对其生活方式的极端美化及浪漫化，这位后浪漫主义时期的小说主人公竭尽全力追求诗意与生活的重新统一。在不再有神秘和诗意的世界里，他孜孜不倦地追求着神秘。”“西蒙的言行举止延续了浪漫主义小说中主人公的特征，但他并未被严格限制在某个阶层。他的行为属于自由知识分子的行为。”他在自我轻视、自我贬低中赢得了某种自我独立：“这把瓦尔泽的命运和他笔下小说主人公的性格命运联系在了一起。‘我一事无成’这种独立自主的处事姿态是瓦尔泽自己生命历程得到了美化的体现。”“瓦尔泽笔下的人物没有自我发展，没有自己的命运。在小说中，只有他们叛逆的性格得到发展……使他们立足于世的，是他们独立的性格。”（《罗伯特·瓦尔泽的独立性》［*Robert*

1. 引自安娜·加布里施的已被他人引用过的出版后记，第 333 页。——原注

Walsers Souveränität]，收录于《重音》[*Akzente*]，1985 年 10 月 5 日，第 463 页等。）

以上的注释及引文仅仅指出了阐释瓦尔泽首部小说的一部分视角。倘若把它们与其他作品中的一些母题联系在一起，便会证明《唐纳兄妹》中的人物性格和主要母题并非预设性地偶然形成，而是经过深度的加工完善。这位当年只有二十七岁的作家曾提出要以长篇小说来丰富文坛的图景；他向文学界呈现的这一文学体裁的范例，又证明他不惧于挑战文学传统。瓦尔泽作品中的互文性并不明显，但就《唐纳兄妹》而言，米歇尔·卡度（Michel Cadot）指出，瓦尔泽多次在此作品中提及法国作家司汤达的著名小说，如《红与黑》[1]。

另一方面，如果说《唐纳兄妹》模仿了布伦塔诺[2]，被人称作一部“荒芜的小说”，这对作者显然是不公平的。根据传统诗学原则及文学体裁的惯例，这部小说存在明显的结构缺陷：作品在对主人公西蒙及其在世上经历的种种事件的比重分配上不够合理。另外，小说还在客观、全知视角以及主观视角的叙述模式中不断切换。作品中反复不断涌现西蒙的内心感受，其中不乏诸多絮絮叨叨的重复，以及间或出现的喋喋不休的说教般的话语。在以往的小说传统中，既不会在对话及信件中出现这种与故事情节联系并不紧密的内心独白，

1. 引自《罗伯特·瓦尔泽读司汤达》（*Robert Walser liest Stendhal* ），收录于：《〈离深渊越来越近……〉——关于瓦尔泽的作品》（〈*Immer dicht vor dem Sturze...*〉 *Zum Werk Robert Walsers* ），保罗·亚里尼（Paolo Chiarini）及汉斯·迪尔特·齐默尔曼（Hans Dieter Zimmermann）编，美因河畔法兰克福，1987 年，第 199 页等。——原注
2. 弗朗茨·布伦塔诺（Franz Clemens Brentano，生于 1838 年 1 月 16 日，逝于 1917 年 3 月 17 日），德国哲学家、心理学家，意动心理学派的创始人。出生于莱茵河畔的马利恩堡，逝于苏黎世。

也不会对一些短暂出现的非主要人物的情况做如此详尽的说明介绍。一些细心的读者还会发现作品内容中的一些矛盾（例如，在第十七章中，克拉拉向西蒙所讲述的事件并不可能在一年之内发生）。瓦尔泽的修改版本并未完全按照他自己的意愿进行，然而，尽管小说中有些许纰漏，瓦尔泽的小说仍然是有阅读价值的。小说是否采用了起源于19世纪、被其他作家刻意规避的现实主义发展小说的模式，这一问题还有待商榷：小说所遵循的相应规则是有限的。小说的叙事结构——一个完整的现实世界，即由社会和个体组成的世界——是易碎的。然而通过拼接，小说里又有一些新的东西喷涌而出：这是一种语言，一种挣脱了固有的想象释放出来并戏谑式地自我反省的语言。在这样的语言里，现实世界及主人公亲历的事件变得不同寻常，蒙上了一层魔幻色彩："……在这里，瓦尔泽把小说提升到了童话的高度；如果人在悲伤沮丧和贫穷中能够成功，那么一切皆有可能成功。《唐纳兄妹》是一部童话，于我而言，它是一部震撼人心的童话，作者写它，是因为没有其他东西可以像这部童话一样影射现实。"（引自彼特·毕克塞尔[1]写在系列丛书《现代的春天》[*Frühling der Gegenwart*]中的《唐纳兄妹》出版后记，藏书票读书俱乐部出版社，苏黎世，1983年。）

此外，还有一部与《唐纳兄妹》同时代的小说《奥特，阿留斯和瓦尔什》（*Ott, Alios und Werelsche*），作者阿尔伯特·斯蒂芬（Albert Steffen）是一名比瓦尔泽年轻六岁、同样生活在柏林的瑞士人，此人后来成了一名人智学家。两部小说的作者仅有过极其短暂

1. Peter Bichsel，1935年3月24日生于瑞士卢瑟恩，瑞士德语作家，尤因其短篇小说和专栏作品而出名。

的交集，把两部作品紧密联系在一起的，是小说中人物内心对资产阶级狂热的反对、热烈的爱情及兄弟情谊、一种追求新的生活方式的意识觉醒、对青春的自我信仰——而这些特点与青年运动的内容极为接近（在许多书中，例如同时期赫尔曼·黑塞的散文中也有类似元素）。这些作品与它们所处的时代紧密相连，当今的许多历史研究者也对其非常感兴趣。在同一时代，比瓦尔泽年长三岁的里尔克也在巴黎写下了《布里格手记》（*Aufzeichnungen des Malte Laurids Brigge*）。倘若人们拿这部小说与《唐纳兄妹》作比较（这似乎对瓦尔泽有些不公平），便可从中发现为什么数十年来瓦尔泽的小说比斯蒂芬的书更有影响力。相较而言，由于形式上的巧妙安排，瓦尔泽的小说似乎更有优势。他的作品最先激烈地提出了一个问题，即活在自己内心世界的人如何适应外部世界；在一个充满异化和复杂关系的世界里，纯粹的内心世界如何被拯救以及如何存活下去。这些问题把两部风格迥异的作品紧密联系在了一起。而这一在现代社会之初提出的问题，在今天仍有着重要的现实意义。

西蒙·唐纳这位局外人及梦想家知晓生活的真正价值，其内心独白及行为方式都是他对外部世界的抗议（尽管他总表现得很乐观），外部世界对人的种种苛求显然与西蒙内心的价值观并不相符。比瓦尔泽年轻五岁的弗兰茨·卡夫卡作品中体现的价值观与此类似，他渴望自己像西蒙·唐纳那样特立独行——但卡夫卡的根本观点与之并不完全相同，他认为并非世界，而是人类本身导致了这些冲突的产生，即世界是独立的，而一些冲突、事物的瓦解及对一些自由观点的批判只会令人被蒙蔽、产生错觉。在给他的办公室上司迪尔·埃斯纳的信中，卡夫卡用形象生动的比喻表达了上述观点。这位上司曾戏谑地称卡夫卡与西蒙·唐纳明显是同一类人。信中这样谈到了瓦尔泽与卡夫卡之间的联系：

“瓦尔泽认识我吗？我并不认识他，我只知道《雅考伯·封·贡腾》，这是一本很不错的书。瓦尔泽的其他作品我还没有读过，这其中有您的原因，尽管我向您推荐过《唐纳兄妹》这本书，但您仍不打算购买它。我认为，西蒙是所有兄弟姐妹中一个真正的人。他四处漫游，总是感到幸福满足。而在小说结尾，他一事无成，一无所有，不过是供读者业余消遣的一个人物形象。他的职业生涯是失败的，但只有这种失败的职业生涯才会给世界带来一点启示。这是一位虽非卓越，但也非常优秀的作家乐意为世界创作的启示，可惜他为此付出了巨大代价。从外部世界来看，当然处处都有这样的人，我能够列举出一些，包括我自己也属于此类，但他们并没有像在优秀的小说作品中那样被描述出来。人们可以说，这些是相比前一代人而言，步伐较慢的一群人，我们不可以要求所有人与时代保持相同节奏的步伐。人一旦从某个队伍中掉队，他便永远赶不上大多数人的队伍了，这是必然的。而掉队者孤独的步履令人想说这将不再是人类应有的生活步伐。然而，总有人会掉队，会迷失。请您想象一下奔跑在跑道上的骏马的目光，一匹跃过障碍物的骏马的目光定会为人们展现出赛跑以外的最真实的本质，包括赛马场的看台、台下的观众、在某个季节赛场周围的环境等等，以及赛场中人们喜欢听的乐队演奏的最后一曲华尔兹。倘若我的马掉转头，或是它不肯跳跃，而是绕过障碍物，或是它待在室内想要逃避比赛，或是干脆把我从它的背上摔下来，台下其他人一定会认为自己赢定了。观众之间隔着椅子，有人欢呼雀跃，有人摔倒在地，人们的双手就像在风中摇摆一样来回挥舞，于是我与观众有了短暂的关联。当我像一条蚯蚓一般躺在草地上，一些观众很可能会感觉到我的存在，并支持我的做法。这可以证明些什么吗？”（这封信可能写于1909年。收录于弗兰茨·卡夫卡的《1902年至1924年的信件》[*Briefe 1902 bis 1924*]，绍肯出版社/法兰克福费舍尔出版社，1958年，第75页。）

Robert Walser
Geschwister Tanner
Simplified Chinese edition copyright:
2023 SHANGHAI TRANSLATION PUBLISHING HOUSE (STPH)

图书在版编目(CIP)数据

唐纳兄妹/(瑞士)罗伯特·瓦尔泽著;次晓芳译.—上海:上海译文出版社,2023.5
书名原文:Geschwister Tanner
ISBN 978-7-5327-9145-3

Ⅰ.①唐… Ⅱ.①罗… ②次… Ⅲ.①长篇小说-瑞士-现代 Ⅳ.①I522.45

中国国家版本馆 CIP 数据核字(2023)第 069924 号

唐纳兄妹

[瑞士]罗伯特·瓦尔泽 著 次晓芳 译
责任编辑/杨懿晶 装帧设计/小阳工作室

上海译文出版社有限公司出版、发行
网址:www.yiwen.com.cn
201101 上海市闵行区号景路 159 弄 B 座
上海盛通时代印刷有限公司印刷

开本 890×1240 1/32 印张 8.5 插页 6 字数 177,000
2023 年 8 月第 1 版 2023 年 8 月第 1 次印刷
印数:0,001—6,000 册

ISBN 978-7-5327-9145-3/I·5687
定价:69.00 元